KB200992

더 뉴 게이트

03. 파르닛드 수연합

THE **NEW**

더 뉴 게이트

GATE

03. 파르닛드 수연합

카자나미 시노기 지음
Illustration 마계의 주민
김진환 옮김

목차

「THE NEW GATE」 세계의 용어에 관해

● 능력치

LV: 레벨

HP: 히트 포인트

MP: 매직 포인트

STR: 힘

VIT: 체력

DEX: 기술

AGI: 민첩성

INT: 지력

LUC: 운

● 거리·무게

1세메르 = 1cm

1메르 = 1m

1케메르 = 1km

1구므 = 1g

1케구므 = 1kg

● 화폐

쥬르(J): 500년 뒤의 게임 세계에서 널리 통용되는 화폐.

제일(G): 게임 시대의 화폐. 쥬르보다 10억 배 이상의 가치가 있다.

쥬르 동화(銅貨) = 100J

쥬르 은화(銀貨) = 쥬르 동화 100닢 = 10,000J

쥬르 금화(金貨) = 쥬르 은화 100닢 = 1,000,000J

쥬르 백금화(白金貨) = 쥬르 금화 100닢 = 100,000,000J

● 주요 종족

휴먼(인간족): 개체수가 가장 많고 다양한 국가를 이루고 있다.

드래그닐[용인족(龍人族)]: 힘과 생명력이 특히 강하다.

비스트[수인족(獸人族)]: 휴먼에 이어 개체수가 많고 부족마다 특징이 다르다.

로드[마인족(魔人族)]: 전체 능력치가 큰 편차 없이 고르게 높다.

드워프: 손재주가 좋아 무기나 도구 제작이 특기다.

픽시(요정족): 수명이 길고 마법 사용 능력이 뛰어나다. 요정향이라는 독자적인 세계를 구축하고 있다.

엘프: 픽시 다음으로 수명이 길다. 위기 감지 능력이 뛰어나다. 숲에서 살아가는 자가 많다.

가이엔 그레이그
129세. 드래그닐. 섬나라 히노모토 출신의 무인. 사무라이 말투를 사용하며 의를 중시한다.

츠바키 이그니트
16세. 로드. 작은 키가 콤플렉스다. 모험가가 된 지 얼마 되지 않았다.

지라트 에스트레이아
521세. 하이 비스트. 신의 서포트 캐릭터. 신이 사라진 뒤에 초대 수왕이 되었다.

쿠오레 에스트레이아
17세. 하이 비스트. 지라트의 직계 9대손. 무인 기질이 있고 성실한 성격이다.

슈니 라이자

521세. 하이 엘프. 신의 서포트 캐릭터. 저주받은 티에라를 오랫동안 보호해 왔다.

신

본작의 주인공. 21세. 하이 휴먼. 온라인 게임에서 이름을 떨친 최강 플레이어. 데스 게임 클리어 후, 500년 뒤의 게임 세계로 차원 이동되었다.

유즈하

?세. 엘레멘트 테일. 신이 구해준 몬스터. 겉모습은 새끼 여우처럼 보이지만 엄청난 힘을 숨기고 있다.

티에라 루센트

157세. 엘프. 「잡화점 달의 사당」의 종업원. 강력한 저주에 걸린 흔적으로 머리카락 대부분이 까맣다.

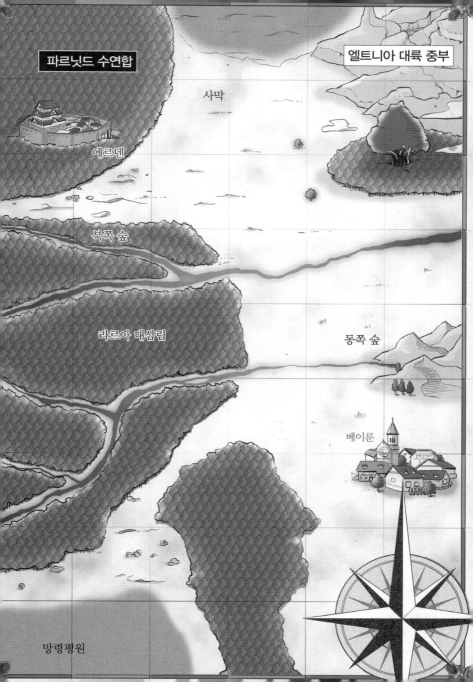

호위 임무 | Chapter 1

THE NEW
GATE

"그러면 슬슬 준비를 시작하자."

옛 동료 지라트가 기다리는 파르닛드 수연합에 가기로 정한 신 일행은 각자 여행 준비에 돌입했다. 하지만 이 점포—달의 사당을 통째로 가져갈 수 있기에 이렇다 할 준비가 필요 없는 것도 사실이었다.

엘프인 티에라는 외출할 옷을 고르기 위해 방으로 돌아갔고, 엘레멘트 테일인 유즈하는 새끼 여우의 모습으로 신의 머리 위에서 대기 중이었다.

하이 엘프인 슈니는 신을 돌아보며 말했다.

"저는 의뢰를 완수하고 올게요. 만약을 위해 식료품이나 비품을 사다 주시겠어요?"

"좋아. 잠깐 검을 만들다가 모험가 길드에 가는 김에 사 올게."

"길드에 가시려고요?"

"응. 슈니는 지난 스컬페이스 일 때문에 한동안 따로 행동해야 하잖아. 그래서 난 파르닛드 쪽으로 가는 의뢰라도 맡아서 모험가 랭크를 올려두려고. 언제까지 G랭크일 수는 없잖아."

길드에 등록한 뒤로 계속 최저 랭크로 있으면 남들 보기에도 좋지 않았다.

아무리 실력이 없어도 오랫동안 G랭크에 머무르는 경우는 드물었기에 최소한 F까지 올려두자고 생각한 것이다.

스컬페이스도 정식 의뢰를 통해 토벌한 건 아니었기에 신의 의뢰 달성률은 여전히 0퍼센트였다.

"알았어요. 합류 장소는 어디로 할까요?"

"상황을 봐서 정하자. 이제 서로에게 메시지 카드를 보낼 수 있게 됐잖아."

"그러면 파티를 결성하죠. 그렇게 하면 음성 채팅 기능을 사용할 수 있어요. 메시지보다 그게 더 편할 거예요."

"어, 정말이야?!"

슈니의 말에 따르면, 한 파티에 속한 사람들끼리는 음성 채팅을 사용할 수 있다. 지금은 마음으로 이야기한다는 뜻에서 【심화心話】라는 명칭으로 불렸다.

"즉시 사용할 수 있는 건 우리 구세대뿐이지만요. 티에라처럼 『영광의 낙일』 이후에 태어난 신세대 사람들은 서로를 완전히 신뢰하게 된 뒤에 사용할 수 있다고 하는데, 그 말도 어디까지 사실인지는 알 수 없어요."

"그러면 신구 세대가 뒤섞인 파티는 어떻게 되는 거야?"

"구세대만 쓸 수 있다고 해요."

어떤 원리인지도 알려지지 않았기에 정확한 사용 조건은

불분명했다.

신세대의 경우는 어느 날 갑자기 사용할 수 있게 된다고 한다. 물론 파티를 해제하면 사용할 수 없지만 다시 파티에 들어가면 경험자는 금방 심화로 통신할 수 있었다.

"그렇다면 당장 사용할 수 있는 건 나와 슈니뿐인가."

"유즈하도 신하고 이야기할 수 있어."

신의 머리 위에서 귀여운 목소리가 들렸다.

"유즈하의 경우는 신의 조련사 능력과 유즈하의 개인적인 자질 때문인 것 같으니까 남들에게는 밝히지 않는 게 좋을 거예요. 그리고 우리가 말하는 파티와 길드에서 말하는 파티는 전혀 다른 개념이니까 그것도 기억해두시고요."

"무슨 말이야?"

"다른 거야?"

신과 유즈하가 나란히 의문을 표했다.

"길드 파티는 길드에 등록한 이후에만 적용돼요. 하지만 저와 신 같은 구세대의 파티 편성 시스템은 일반인이 인식할 수 없는 메뉴 표시를 통해 이뤄지거든요. 즉, 우리는 이중으로 파티를 편성할 수 있는 거죠."

애초에 메뉴 화면을 열 수 있는 건『영광의 낙일』이전에 태어난 사람들뿐이었다.

신세대는 스킬과 아츠의 설명문도 읽어볼 수 없었기에 대강의 사용법만 알 수 있다고 한다.

"신세대는 길드 카드가 없으면 레벨을 제외한 자기 능력치를 어림짐작으로만 알 수 있다고 했었지. 하지만 결국 공식적으로 인정받는 건 길드 파티잖아. 구세대 버전 파티의 이점은 뭐야?"

"역시 심화를 사용할 수 있다는 게 가장 크겠죠. 이 세계에서는 여러 명과 장거리 통신을 할 수 있다는 것만으로도 엄청난 능력으로 인정받거든요. 메시지 카드를 가진 사람이 거의 없으니까요. 어느 나라에서든 심화를 사용할 수 있는 사람은 귀한 대접을 받아요. 직접 싸울 능력이 있다면 더할 나위 없을 테지만, 그렇지 않다 해도 파티에 참가시켜서 각지에 파견하면 가장 빨리 정보를 전달받을 수 있으니까요."

"그렇군. 심화를 쓸 수 있는 사람은 존재만으로도 가치가 있다는 건가."

이쪽 세계의 정보 전달은 주로 말이나 마차로 배달되는 편지를 통해 이뤄졌다. 따라서 정보가 전달되는 속도는 심화와 비교도 안 될 만큼 느렸다.

슈니의 말에 따르면, 심화를 사용할 수 있는 신세대는 전체 모험가 중에서도 극히 일부였다. 구세대도 점점 줄어드는 지금, 그 가치는 이루 헤아릴 수 없을 정도였다.

"쿠우~? 그게 굉장한 거야?"

유즈하가 꼬리를 흔들며 물었다.

"그래, 굉장하다고. 자기 생각을 멀리 떨어진 상대에게 바로 전할 수 있으니까 말이지. 부상을 입고 움직일 수 없을 때 도움을 요청하거나 중요한 정보를 빠르게 가르쳐줄 수도 있어."

"쿠우! 신이 어려울 땐 유즈하가 도울게!"

"그럴 일이 생기면 잘 부탁할게. 유즈하도 곤란한 일이 있을 때는 날 부르도록 하고."

"알았어!"

빠른 정보 전달의 이점을 이해하지 못하던 유즈하도 신의 이야기를 듣고 대충 알아들은 것 같았다. 다만 완벽하게 이해하지는 못하는 것이 어린애다웠다.

"현재 신세대와 구세대 사이에서 심화를 사용하려면 길드 파티로 편성되어 있어야 해요. 길드에 등록하지 않은 일반인은 일부를 제외하면 심화를 사용할 수 없어요. 그러니까 만약 시간이 나면 티에라도 모험가로 등록해두는 게 좋을지도 모르겠네요."

"그렇군. 그러면 오늘 길드에 함께 가야겠어."

"잘 부탁할게요. 지난 50년 동안 기초적인 전투 기술은 가르쳐두었으니까 일반인보다는 나을 거예요."

"어, 네가 직접 가르친 거야?"

지난번 망령평원에서 함께 싸웠던 빌헬름이 해준 말이 있었다. 슈니와 대련한 적이 있는데 일방적으로 얻어맞았다고 말이다.

"네. 그게 뭐 문제라도 있나요?"

슈니는 신이 왜 놀라는지 모르겠다는 듯이 고개를 갸웃거렸다.

그런 천진난만한 동작이 신의 남심을 자극했다. 신은 그게 표정에 나오지 않도록 정신을 바싹 차렸다.

"괜찮았던 거야?"

"으음, 무슨 말씀인지 모르겠는데요……."

신의 머릿속에 떠오른 건 티에라를 스파르타식으로 호되게 가르치는 슈니의 모습이었다.

"신이 무슨 상상을 한 건지는 모르겠지만 기초 훈련을 도와줬을 뿐이에요. 제가 있으면 결계 밖에 나와도 괜찮았으니까 시간이 날 때 가르친 거죠. 아직 레벨은 낮지만 웬만한 모험가보다는 쓸 만할 거예요."

슈니는 신이 무슨 상상을 한 건지 꿰뚫어 보고는 조금 토라진 듯이 말했다.

"아니, 저기, 미안. 조금 무섭게 가르친다는 말을 들은 적이 있어서, 나도 모르게 그만."

이럴 때는 순순히 사과해야 한다는 것이 그의 어머니의 가르침이었다. 그리고 사과하지 않으면 입장이 곤란해진다는 게 아버지의 가르침이었다.

슈니와 대화하다 문득 그런 기억이 떠올랐다.

"그러면 대신 간단한 부탁 하나만 들어주세요."

"응…… 알았어."

슈니는 빙긋 웃었다. 만인을 매료시키는 그 미소가 지금의 신에게는 조금 무섭게 느껴졌다.

대체 무슨 일을 시킬지 우울한 기분이 들었던 것이다.

†

슈니가 나가자마자 신은 유즈하를 데리고 대장간에 갔다.

"자, 어디 한번 해볼까."

신은 아이템 박스에서 가공되지 않은 철 주괴를 꺼냈다. 좋지도 나쁘지도 않은 중간 품질의 평범한 물건이었다.

이제부터 만들 물건 역시 일반적인 롱소드였다. 물론 단조법을 사용할 예정이었다.

주조법이 편하고 빠르지만 이것만큼은 양보할 수 없었다. 애초부터 돈을 벌기 위한 일이 아니었기에 신은 본인이 하고 싶은 대로만 만들어왔다.

"이게 칼이 되는 거야?"

"그래. 위험하니까 너무 가까이 다가오지는 마."

신은 유즈하에게 떨어지라고 말한 뒤에 롱소드를 만들기 시작했다. 게임상에서 이래저래 5년 이상 만들어온 탓인지, 이쪽 세계에서도 자연스레 몸이 움직였다.

신은 철을 달군 뒤 망치로 두들겼다. 꽝, 꽝 하고 금속을 때

리는 소리가 대장간에 울렸고 그에 맞춰 유즈하의 꼬리도 움찔움찔했다.

게임에서는 주괴의 어느 부분을 두들겨도—어지간히 구석이 아닌 이상—무기가 만들어졌지만, 현실인 지금은 그래도 될 리가 없었다.

하지만 신은 어디를 두들겨야 할지 대충 알 수 있었다. 아마도 스킬 덕분일 것이다.

신은 진짜 장인들도 이런 감각으로 일을 하지 않을까 생각하며 망치를 더욱 세게 두들겼다.

"대단해~!"

점점 모양이 바뀌어가는 쇠를 보며 유즈하가 탄성을 질렀다. 평범한 대장장이가 본다면 넋을 잃고 볼 만큼 빠른 속도였다.

그렇게 빨리 두들겨도 괜찮을까 싶었지만 당연히 괜찮지 않았다. 단순하게 빨리 두들기기만 해서는 조악한 물건밖에 만들어낼 수 없었다.

그걸 해결해주는 것이 신이 가진 【대장장이】 스킬이었다.

이 스킬은 제작자가 의도한 형태와 성능을 반영하면서 제작 속도를 높여주는 기능을 갖고 있었다. 현실 세계에서는 재현이 불가능한 사기 기술이다.

물론 대장장이 스킬만으로 어떤 무기든 만들 수 있는 건 아니었다. 마법을 부여하려면 마법 스킬이 필요하고 재료에 따라【조합】이나【연금술】스킬이 필요할 수도 있었다.

생산직에서 한 분야를 파고들기 위해서는 필연적으로 다른 생산 기술도 익혀둬야 하는 것이다.

"일단 한 자루 완성."

신은 훈련 삼아 만든 검을 바라보았다. 아직은 검신밖에 없지만 평범한 철 주괴로 만들었다는 게 믿기지 않을 만한 완성도였다. 대장간 입구를 통해 내리쬐는 햇빛에 검신이 하얗게 빛났다. 검의 날카로움은 말할 것도 없었다. 초짜 모험가가 들고 싸워도 나름의 성과를 올릴 수 있을 만한 명품이었다.

"……너무 기합이 들어갔군."

시험 삼아 만들었지만 가게 앞에 진열하기만 해도 난리가 날 물건이 나오고 말았다.

이걸 평범한 롱소드로 팔기는 어려웠다. 여기에 마법 부여만 해도 희귀나 고유 급으로 분류될 것이다.

마법이 부여된 검은 부여된 마법의 종류에 따라 마검이나 성검으로 불리곤 했다.

하지만 이쪽 세계에서는 전설급 이상의 무기를 소지한 사람이 거의 없었기에 검의 등급은 희귀나 고유인 경우가 대부분이었다.

다만 전설급 이상의 무기는 처음부터 마검 이상의 성능을 가졌기에 굳이 마법을 부여할 필요가 없었다.

"실패한 거야?"

"아니, 실패는 아니지만 팔지는 못할 것 같아. 왕국의 무기점에서도 마법이 부여된 검은 몇 자루 못 봤으니까."

그런 무기가 아예 없었던 건 아니지만 매우 드물었다. 게다가 아무리 대충 했다지만 신이 만든 칼은 웬만한 마검을 훨씬 능가하는 수준이었다.

무기점에서 살 수 있는 일반적인 마검이 롱소드 2자루를 한꺼번에 자를 수 있다면, 신이 만든 마검은 4자루까지 벨 수 있었다. 잘하면 저급 마검까지 자를 수 있을지도 모른다.

신의 검 만드는 실력 하나는 확실했다.

하지만 이번에는 그게 오히려 독이 되었다. 이쪽 세계의 대장일과 게임상의 대장일은 다르다는 사실이 무기에 여실히 드러난 셈이었다.

"그래도 대충 감은 잡았어. 다음번이나 그다음 번에는 성공할 거야."

신은 대장장이 스킬이 무의식중에 발동되지 않도록 신경 쓰면서 계속 롱소드를 만들어나갔다.

처음 선언한 대로 2번째는 성능이 약간 좋은 정도였고, 3번째에 평범한 성능의 칼이 만들어졌다. 그러나 남들과 똑같이 만드는 것도 자존심이 상했기에 2번째와 비슷한 성능의 칼을 양산하기로 했다.

신은 1시간 정도 계속 쇠를 두드려서 웬만큼 숫자를 채운 뒤에 일을 끝냈다.

유즈하는 그동안 얌전하게 신이 롱소드 만드는 모습을 보고 있었다. 시간이 흘러가는 것도 모를 만큼 재밌었던 모양이다. 어린아이 특유의 집중력이 발동된 건지도 몰랐다.

"이제 슬슬 티에라도 준비가 끝났겠지."

신은 대장간에서 나와 거실로 향했다. 실은 티에라가 방에서 나오는 기척이 느껴졌기에 서둘러 일을 끝낸 것이다.

"어, 신. 미안, 많이 기다렸지?"

"괜찮아. 나도 검을 만들고 있었으니까."

"나도 이렇게 시간이 많이 걸릴 줄은 몰랐어. 너무 오랜만이라 뭘 입어야 좋을지 몰랐거든."

티에라의 심정도 이해는 갔다. 사람이 많은 장소에 나가는 건 거의 100년 만이었으니까 말이다. 입을 옷을 고민하는 것은 지극히 당연한 일이었다.

모험가 길드에 등록하러 가려면 활동하기 편한 옷이 좋겠다고 생각했는지, 그녀는 사냥꾼 같은 차림을 하고 있었다.

하반신에는 타이트한 핫팬츠와 롱부츠, 상반신에는 검은 이너웨어 위에 연녹색 재킷을 걸쳤다. 몸에 착 달라붙는 디자인이라 티에라의 몸매가 여실히 드러났다.

전형적인 엘프의 복장이라 할 수 있었다.

무기는 들고 있지 않았지만 사실 카드화해서 숨겨두고 있었다. 엘프답게 단검과 활, 마법을 활용한 전투 스타일인 것 같았다.

"자, 그럼 출발할까."

"응, 조금 서두르자."

"쿠우."

유즈하를 머리 위에 태운 신이 먼저 가게 밖으로 나왔다. 하늘은 맑았다. 따뜻한 햇살이 두 사람을 향해 내리쬐었다.

"하~ 역시 바깥은 좋다니까."

"그래, 좋은 날씨─앗?!"

자연스레 대답하며 티에라 쪽을 돌아본 신의 눈에 충격적인 것이 들어왔다.

수박이 두 개 있었다.

지금까지 본 적이 없을 만큼 훌륭한 수박이었다.

'엄청나네…….'

객관적으로 보면 티에라가 햇볕을 받으며 기지개를 켠 것뿐이었다. 하지만 팔을 들고 몸을 뒤로 크게 젖히면 자연스레 가슴이 강조될 수밖에 없었다.

평소에도 크다는 걸 알 수 있을 만한 몸매였기에 지금의 강조된 자세는 신의 시선을 고정시키기에 충분했다.

"휴우. 자, 가자."

"그래."

신은 가슴을 노골적으로 봤다는 걸 들키지 않도록 최대한 태연한 척했다. 자신은 아무것도 보지 않았다는 것을 온몸으로 어필하는 듯했다.

티에라는 그런 신의 옆에서 걸어가며 불쑥 중얼거렸다.

"그래서 내 가슴을 본 소감이 어때?"

"이야, 정말 눈이 호강—앗?!"

남자가 힐끔 쳐다보기만 해도 여자는 금방 알아챈다고 한다. 그게 정말인지 남자인 신은 알 수 없었지만 적어도 티에라에게는 확실히 들킨 것 같았다.

"시장에서 쓸 돈은 전부 신이 내. 그리고 아까는 너무 빤히 봤어."

"미안. 휴우, 비싼 대가를 치르게 됐군……."

"여자애의 가슴을 무례하게 쳐다봤으니까 당연하지."

티에라가 쌤통이라는 듯이 웃자 신은 쓴웃음을 지을 수밖에 없었다. 일부러 시선을 유도했던 걸까, 아니면 소녀처럼 순수해서 거리낌이 없는 걸까. 진실은 티에라만이 알 것이다.

"쿠우?"

그런 두 사람의 대화를 유즈하가 고개를 갸웃거리며 바라보았다.

†

두 사람은 달의 사당에서 출발한 지 얼마 되지 않아 베일리히트 왕국의 성문에 도착했다. 한산한 시간대라 통과하는 사람이 많지 않았다.

성문을 지나 도시 안에 들어서자 티에라는 주위를 신기하다는 듯이 두리번거렸다.

"우와, 사람 정말 많다. 평소에도 이렇게 많아?"

"아니, 지금은 적은 편인데. 아침이나 저녁쯤에는 이것보다 2배 정도 돼."

티에라는 놀이공원에 처음 온 어린아이처럼 눈에 생기가 넘쳤다.

"사람들이 가게에 와서 하던 이야기가 사실이었구나."

그녀도 상품을 사러 온 모험가들에게서 여러 가지 세상 이야기를 듣곤 했다.

가게에서 나가지 못하는 처지였을 때는 상상할 수밖에 없었지만 이렇게 직접 보게 되니 감회가 새로운 듯했다.

"너무 들떠 있다가 미아라도 되면 어쩌려고 그래?"

"그, 그 정도로 들떠 있는 건…… 아니…… 라고."

스스로도 느끼고 있는 것이리라. 입으로는 부정하지만 목소리에 힘이 없었다.

"일단 모험가 등록하고 쇼핑부터 끝내자. 그리고 남는 시간에 뭘 할지 정하면 되니까."

"그, 그래. 그러면 빨리 길드로 가자."

티에라는 관광이라는 단어에 매료되었는지 신의 손을 잡고 성큼성큼 걸어갔다.

큰길을 당당히 나아가는 모습을 보면 사람 많은 곳을 두려워했다는 게 믿어지지 않을 정도였다.

"잠깐! 서두르는 건 좋지만 길드가 어디 있는지 알면서 가는 거야?"

"앗."

모르는 게 당연했다. 티에라는 발을 멈추고 주위를 두리번거렸다.

"이쪽이야."

"······응."

두 번이나 지적당하자 티에라도 얌전해졌다. 그녀는 안내해주는 신의 손을 꼭 잡은 채 길을 걸어갔다.

익숙한 사람의 눈에는 한산해 보이는 길도 처음 와본 사람에게는 그렇지 않았다.

적어도 티에라에게는 잠시만 한눈을 팔아도 신을 놓칠 것처럼 정신없게 느껴졌다.

사람들과 부딪치지 않도록 주의하며 인파가 특히 많은 교차로에 이르렀을 때, 티에라는 문득 앞에서 걸어가던 남녀를 보고 지금 자신이 어떤 상황인지를 깨달았다.

'손, 계속 잡고 있었네······.'

100년 만에 바깥세상에 나와 들떠 있던 탓인지, 그녀는 자신이 지금까지 이성과 손을 잡고 있다는 것을 전혀 의식하지 못했다.

티에라의 손은 신의 손안에 쏙 감싸여 있었다.

자신의 손과는 달리 조금 거칠고 큰 손이었다.

그 안에 감싸인 자신의 손을 보자 왠지 모르게 얼굴이 달아오르는 것 같았다.

'남자…… 잖아.'

가게에서 일하는 동안 남성과 이야기해본 적은 있었다. 하지만 손을 잡은 건 대체 얼마 만일까.

티에라는 스스로도 알 수 없는 감정을 주체하지 못하며 그저 걸어가고 있었다.

"봐, 저기가 모험가 길드야."

"큰 건물이라고 들었는데, 정말로 크네."

인파를 빠져나오자 한층 커다란 건물이 보였다.

주위에도 길을 지나는 모험가들이 많이 보이는 가운데, 신은 자신들을 향하는 시선이 유난히 많다는 걸 깨닫고 의아해했다.

"왠지 다들 우리들만 보는 것 같지 않아?"

"응, 확실히 그래."

스쳐 지나가는 모험가들—대부분 남자였다—이 적대적인 시선을 보내는 이유를 신은 알지 못했다. 그는 무언가가 이상해 보이나 싶어 자신의 모습을 확인하고서야 진실을 알아챘다.

"아, 계속 손을 잡고 있었구나."

가뜩이나 티에라는 미인이었다. 그런 상대와 손을 잡고 걸어가는 남자는 당연히 질투 섞인 시선을 받을 수밖에 없었다.

"미안, 사람들 많은 곳에서 혹시라도 잃어버릴까 봐 잡았던 건데."

신은 황급히 티에라의 손을 놓았다.

"아……."

티에라는 살짝 아쉬워하는 것 같았지만, 신은 자신의 착각일 거라 생각했다.

"자, 그러면 빨리 등록하러 가자."

"그, 그래. 그렇게 해."

신은 살짝 당황하는 티에라와 함께 길드 안에 들어섰다. 아침과 낮의 중간 시간대라 길드 내부도 그렇게 붐비지는 않았다. 접수 데스크에는 직원인 세리카와 엘스가 앉아 있었다.

신과 티에라가 다가가자 그들을 발견한 두 직원은 각자 다른 반응을 보여주었다.

세리카는 약간 울컥하는 표정이었지만, 엘스는 무척 놀라는 표정을 짓더니 이내 기쁨을 폭발했다.

"티에라!"

엘스는 이름을 부르며 카운터를 뛰어넘더니 티에라를 끌어안았다.

"우왓?! 에, 엘스?!"

티에라는 갑작스러운 포옹에 깜짝 놀랐지만 상대가 엘스라는 걸 알아보고는 안심하며 긴장을 풀었다.

"잠깐, 엘스. 숨 막혀."

"이런, 미안하군. 전에 네가 보내준 전갈은 읽었지만 이렇게 직접 보니까 너무 반가워서 참을 수가 없었어."

엘스는 눈물을 글썽이며 티에라를 다시 부드럽게 안아주었다.

갑작스러운 사태에 주위의 모험가들도 눈을 동그랗게 떴다. 엘스가 이 정도로 감정을 드러내는 일은 좀처럼 없었기 때문이다.

"당장이라도 만나러 가고 싶었지만 지금 길드 일이 바빠서 말이지. 빠져나올 수가 없었어."

"엘스가 내 엄마도 아니고, 너무 걱정하지 않아도 돼."

"무슨 소리냐. 에이렌의 딸이라면 내 딸이나 마찬가지야."

티에라와 엘스는 진짜 모녀처럼 포옹을 나누었다.

그런 두 사람을 보며 세리카가 신에게 말을 건넸다.

"신 님. 저분과는 어떤 관계인가요?"

"사정이 있어서 함께 여행을 하게 됐어요. 하는 김에 모험가 등록을 해두려고요."

"연인처럼 손을 잡고 있었다던데요?"

"이럴 수가! 그걸 어떻게?!"

정보 전달이 너무나 빨랐기에 신은 놀라고 말았다. 그는 설마 심화를 쓸 수 있는 사람에게 감시당하고 있나 싶어 주위를 경계했지만 사실 그런 건 아니었다. 신의 이름과 얼굴을 아는 모험가가 우연히 두 사람을 보고 세리카에게 불평하듯 이야기해준 것뿐이었다.

"뭐, 미인이니까요. 남자라면 어쩔 수 없겠죠."

"저기, 왠지 말에 가시가 돋친 것 같은데요?"

"아니요, 아니요. 설마 그럴 리가요."

신은 분명히 그렇다고 말하고 싶었다.

그런 대화를 하는 사이 티에라와 엘스는 모두의 주목을 받고 있다는 사실을 깨닫고 그들에게 돌아왔다.

"어째서 모르는 사람이라는 듯이 떨어져 있는 거냐?"

"어머, 감동의 재회를 방해할 수는 없잖아요. 게다가 혼자 뛰쳐나간 건 엘스였다고요."

"으."

"자, 자, 두 사람 다 그쯤 해둬. 일단 티에라를 모험가로 등록해줬음 하거든."

그러자 세리카와 엘스는 직원다운 모습으로 돌아가며 가볍게 고개를 숙였다.

"아, 죄송합니다. 부끄러운 모습을 보여드렸네요."

"나도 너무나 보고 싶었던 마음에……."

엘스는 어지간히 기뻤는지 아직도 눈시울이 촉촉했다. 아무래도 티에라의 어머니와 친한 사이이다 보니 기쁨이 더한 것 같았다.

"저기, 어떻게 하면 되는데?"

"신규 등록은 원래 절차가 복잡해. 내가 안내해주지."

엘스는 그렇게 말하더니 티에라를 데리고 2층으로 올라갔다. 전에 신이 등록할 때처럼 서류 기입을 도와주고 길드 활동에 대한 설명을 해주는 것이리라.

"그러면 난 무슨 의뢰가 있나 보러 가볼까."

"아, 신 님. 죄송하지만 잠시 시간 괜찮으신가요?"

"저요? 괜찮은데요."

파르닛드 방면의 의뢰를 보러 가려는 신을 세리카가 불러 세웠다. 아무래도 신에게 할 이야기가 있는 것 같았다.

그녀가 길드 카드를 달라고 했기에 신은 아이템 박스에서 꺼낸 뒤에 건네주었다. 세리카는 그것을 복잡한 문양이 새겨진 쟁반 같은 물건 위에 올려놓았다.

"대체 뭘……."

신이 의아하게 생각하는 사이 투명하던 길드 카드가 노란색으로 물들었다.

"자, 이걸로 랭크업이 끝났습니다. 신 님은 오늘부터 E랭크입니다."

"네?"

신은 갑작스러운 일에 얼빠진 대답을 하고 말았다.

그는 아직 의뢰 달성률이 0퍼센트였다.

길드 내의 평가로 따지면 랭크업은커녕 같은 G랭크의 초짜 모험가들에게도 밀리는 수준이었다. 그런데 갑자기 E랭크가 된다는 건 전혀 예상치 못한 일이었다.

그러고 보니 전에 세리카가 해준 설명 중에는 랭크에 따라 카드 색이 달라진다는 이야기가 있었다.

SS는 금, S는 은, A는 검정, B는 하양, C는 빨강, D는 파랑, E는 노랑, F는 초록, 최하급인 G는 반투명이라고 한다.

"저기, 난 아직 의뢰를 완수한 적이 없는데 어째서 랭크업이 된 거죠?"

"신 님의 정식 의뢰 달성률은 분명 0퍼센트입니다. 하지만 스컬페이스의 상위 개체와 대량 발생한 스컬페이스를 토벌한 실적이 있습니다. 저희 길드의 조사를 통해 신 님의 보고가 사실이라고 판명되었기에 그 보상으로 신 님의 승격이 결정된 거예요. E랭크이긴 하지만 의뢰를 한 번만 더 완수하면 바로 랭크가 올라갈 수 있는 상태니까 거의 D랭크라고 봐도 됩니다."

"그렇군요. 그런데 왜 그런 어중간한 상태가 된 거죠?"

"제 개인적인 의견으로는 A까지 올려도 될 것 같지만, 랭크가 한 번에 너무 많이 올라가면 다른 모험가들이 좋게 보지 않겠죠. 그런 부분까지 감안해서 내려진 결정이에요. 물론 보상금도 나왔고요. 전에 맡기셨던 보석도 함께 돌려드릴 테니 잠시만 기다려주세요."

신에게 길드 카드를 돌려준 세리카는 접수 데스크 안쪽에 있는 방으로 들어가더니 5분 뒤에 돌아왔다. 그녀는 날카롭게 빛나는 보석과 주머니를 들고 있었다.

"스컬페이스의 보석하고 금화 250닢의 보상금이 든 주머니예요."

쓰기 편하라고 금화로 가져와준 것 같았다. 백금화는 일상생활에서 거의 쓰이지 않는다. 백금화 1닢만 있어도 10년 이상 놀고먹을 수 있는 금액이기에 당연한 일이었다.

신은 상당한 거금을 보며 문득 생각난 질문을 꺼냈다.

"물어볼 게 있는데요. 제가 돈을 조금 지불하는 대신 티에라의 길드 카드를 더 빨리 만들어주실 수 있을까요?"

"길드 카드를 말인가요? 글쎄요. 서두른다면 오늘 오후에는 나올 수 있겠네요."

"그러면 부탁드릴게요. 이번에 조금 멀리 떠나게 되어서 되도록이면 빨리 출발하고 싶거든요."

"알겠습니다. 그러면 보상금이 금화 200닢으로 줄어드는데 괜찮으신가요?"

"괜찮습니다. 그런데 너무 조금 깎인 것 아닌가요?"

금화 50닢이면 적은 금액은 아니었지만, 길드 카드가 길드의 독자적인 특수 기술로 만들어진다는 걸 아는 신에게는 싼 가격처럼 느껴졌다.

"기술자분이 조금 더 힘써주셔야 할 테지만 추가 요금은 그 정도면 충분합니다."

"그런데 스컬페이스의 토벌 보수는 얼마나 되죠?"

"폰급이 1마리당 은화 5닢. 잭급이 1마리당 금화 5닢이에요. 잭급의 경우는 지니고 있던 갑옷이나 검을 팔면 상당한 금액이 나오니까 실제로는 더 많이 벌 수 있겠죠."

'물론 잭급이 훨씬 더 위험하긴 하지만요'라고 덧붙이며 세리카는 쓴웃음을 지었다.

실제로 폰급을 쓰러뜨리고 우쭐해진 모험가가 잭급을 건드리다 당하는 경우가 1년에 한두 번은 나온다고 한다.

세리카가 말한 금액을 통해 생각해보면 신이 받아야 할 보수는 원래 금화 500닢 정도였지만 정식으로 의뢰를 수행한 것이 아니기에 랭크에 맞춰 줄어든 것 같았다.

애초에 뜨내기 모험가 혼자서 낼 수 있는 성과가 아니었으므로 신이 길드 마스터인 발크스나 스킬 계승자인 엘스와 아는 사이가 아니었다면 쉽게 보수가 나오지 않았을 것이다.

"스컬페이스가 그렇게 빈번히 출현하는 건가요?"

"근처에 망령평원이라는 출현 명소가 있긴 해도 보통 그렇게 여러 번 나타나진 않아요. 폰급이라면 몰라도 잭급 이상의 개체가 몇 마리나 출현하는 경우는 저도 처음 봤어요. 물론 과거에 그런 사례가 전혀 없었던 건 아니지만요."

"그렇군요. 그런데 길드에서 몬스터와 상관없는 정보도 수집하나요?"

"……정보의 종류에 따라 다르겠죠. 몬스터와 유적에 관한 정보는 많이 들어오지만 그 외에는 정보 상인에게 물어보는 게 나을 거예요."

"그렇군요. 그런데 성지에 대한 정보는 어떤 식으로 취급되나요?"

신은 몬스터와 유적에 대한 정보가 많다면 『영광의 낙일』 때 멸망했다는 성지에 대한 정보도 있을 거라 생각하며 물어보았다.

"성지에 관한 정보는 별로 없습니다. 길드에서도 조사하고는 있지만 워낙 위험한 지역이라 아무나 쉽게 보낼 수도 없는 거고요. 길드에서는 최소 B랭크 이상인 분께만 공개하도록 정해져 있어요. 죄송하지만 지금의 신 님에게 알려드릴 수는……."

"아, 괜찮아요. 그냥 궁금해서 물어본 거니까 신경 쓰지 마세요. 랭크를 좀 더 올리고 나서 물어보러 올 테니까요."

역시 간단히 가르쳐주지는 않는 모양이다. 이 문제는 나중에 슈니에게 물어봐야겠다고 신은 생각했다.

"그러고 보니 멀리 떠난다고 하셨죠. 목적지에 가면서 수행할 수 있는 의뢰를 찾으시는 건가요?"

"네, 적어도 1건 정도는 의뢰를 완수하고 싶어서요. 파르닛드 방면으로 가는 의뢰가 있을까요?"

직접 게시판을 확인할 수도 있겠지만 모처럼 먼저 물어봐준 만큼 그녀에게 봐달라고 하는 게 빠를 것이다.

세리카는 데스크 아래에서 두꺼운 파일을 꺼내더니 그 안에서 의뢰서를 한 장 빼냈다.

"그렇다면 이 의뢰가 어떨까요? 현재 파르닛드까지 가는 의뢰는 없지만 베이른까지 가는 의뢰라면 있거든요. 베이른은 파르닛드에 가는 길목에 있어요."

"티에라도 함께 참여할 수 있나요?"

"네. 두 분이서 파티를 편성하면 신 님의 링크에 맞춰 의뢰를 받을 수 있으니까 문제없습니다. 의뢰 내용은 이렇습니다."

신은 세리카가 건네준 종이를 읽어 내려갔다.

- 의뢰 내용: 베이른행 마차 호위
- 의뢰인: 나크
- 모집인원: 최대 5명
- 랭크: E 이상(개인, 파티 양쪽 다 가능)
- 보수: 1인당 은화 10닢
- 비고: 식사 제공

"출발 시간은 내일 오후 세 번의 종이 울릴 때(오후 3시)입니다. 이미 모험가 2명이 참가했지만 아직 지원이 가능합니다. 이 의뢰가 아니면 며칠을 더 기다려야 할 거예요."

"일단 티에라에게 물어보고 결정할게요. 등록이 끝나고 돌아올 때까지 잠깐 기다려주실 수 있을까요?"

"네. 조금 정도는 괜찮습니다."

사람이 붐비는 시간대가 아니었기에 신은 잠시 세리카와 잡담을 나누었다.

그 뒤로 10분도 지나지 않아 티에라와 엘스가 돌아왔고, 신은 의뢰 내용을 설명해주었다.

"난 괜찮아. 그러면 빨리 볼일을 끝마치자."

티에라도 문제가 없다고 했기에 신은 빨리 길드에서 나와 장을 보러 가기로 했다.

두 사람은 쇼핑객으로 붐비는 길을 걸어가며 식재료를 사들였다.

여행용 말린 고기나 오랫동안 썩지 않는 빵이 아니라 평범한 식재료를 구입할 수 있는 건 아이템 박스 덕분이었다.

아이템 박스에 넣어두기만 하면 식재료가 상할 일이 없기에 신선도를 중시해도 문제가 없었다.

과일이나 생채소를 고르는 둘을 보며 이제부터 긴 여행을 떠날 거라 상상하는 사람은 아마 없을 것이다.

사들인 짐은 사람들의 눈이 닿지 않는 곳에서 신이 아이템 박스에 넣어두었다. 길 한복판에서 당당하게 아이템 박스를 사용할 만큼 멍청하진 않았던 것이다.

긴 여정이 될 것이기에 후드 달린 외투와 살충제 등 여행에 필요한 물품도 함께 구입해두었다.

짐을 들고 다닐 필요가 없어서인지 쇼핑은 30분 정도 만에 금방 끝났다.

"아이템 박스가 확실히 편리하긴 하네. 길드에서 카드가 나오려면 아직 시간이 남았는데 이제 뭘 할까?"

티에라도 이 정도로 빨리 끝날 줄은 몰랐던 모양이다.

"잠깐 가고 싶은 데가 있는데 괜찮을까?"

"상관없어. 그런데 어디 가려고?"

"고아원에 들렀다 가고 싶거든."

신도 교회의 후계자 문제가 어떻게 되어가는지 궁금했던 것이다.

수녀인 라시아가 【정화】를 배우면서 고아원이 존속될 수 있는 조건은 충족되었지만 만약 돼지 사제(신이 붙인 별명이었다)가 방해하려 든다면 당장이라도 혼쭐을 낼 생각이었다.

"고아원? 아아, 우리 가게에 과자를 사러 오는 사람이 자주 다닌다는?"

"떠나기 전에 일단 말해줘야 할 것 같아서."

"알았어. 마침 교회라는 건물이 어떻게 생겼는지도 궁금했는데, 빨리 가보자."

신이 앞장서며 두 사람은 교회로 향했다. 머리 위의 유즈하는 미리와 만나는 게 기대되는지 꼬리를 세차게 흔들어댔다.

수십 분을 걸어가서 교회 건물에 도착했지만 문은 닫혀 있었고 라시아와 트리아가 주위를 청소하고 있었다. 신과 티에라가 교회 부지 안에 들어서자 그들을 발견한 라시아가 달려 왔다.

"신 씨, 어서 오세요! 오늘은 무슨 일이에요?"

"어떻게 지내나 잠깐 보러 왔어. 지난번 일은 어떻게 됐지?"

"그 이야기라면 고아원에 가서 하죠. 저기, 그쪽 분은?"

"아, 저는 티에라라고 합니다. 잘 부탁드려요."

"인사가 늦었네요. 저는 이 교회의 수녀인 라시아라고 합니다."

긴장하며 자기소개하는 티에라에게 라시아는 온화한 표정을 지어 보였다. 교회 일이 잘되었는지, 며칠 전과는 딴판으로 침착해 보이는 모습이었다.

그녀가 달의 사당의 종업원이라는 말을 듣자 라시아는 많이 놀랐지만, 그렇다면 별문제가 없을 거라고 안심하며 두 사람을 고아원으로 안내해주었다.

신은 교회 업무에 문제가 있는 게 아닌가 걱정했지만 오늘은 교회의 휴일이라고 한다.

고아원 응접실에 도착하자 마치 기다렸다는 듯이 미리가 소파에 앉아 있었다.

"신 오빠!"

미리는 라시아 뒤에 들어오는 게 신이라는 걸 알아보자 그

를 향해 기세 좋게 뛰어왔다. 밝게 웃으며 신을 끌어안는 걸
보면 고아원의 문제는 잘 해결된 것 같았다.

"안녕. 기분이 좋아 보이네."

"고아원 안 없어진대! 신 오빠 덕분이야, 고마워!"

주체할 수 없이 기쁜 감정이 표정에 여실히 드러났다. 고
아원이 사라질지도 모른다는 건 미리에게 엄청난 사건이었
으리라.

신은 미리가 진정하기를 기다렸다가 소파에 앉았다. 그리
고 라시아와 빌헬름이 신과 헤어진 후 어떻게 되었는지를 들
었다.

"신 씨 덕분에 무사히 제가 이 교회를 이어받게 됐어요. 아
직 정식으로 발표되진 않았지만 큰 변동 사항이 없는 한 괜찮
을 거예요."

얼마 전에 귀족들이 사는 상급 구역의 사제가 이곳에 와서
라시아의 스킬 획득을 확인했다고 한다.

스킬을 어떻게 익혔냐는 질문을 받자 라시아는 수행의 성
과라고 대답했다. 엄연한 사실이었기에 특별히 의심을 받을
일은 없었다.

"아이들도 많이 기뻐해요. 정말 어떻게 감사를 드려야 할
지."

"보수는 이미 받았으니까 부담 갖지 마세요. 아, 여기 선물
이오."

신은 쑥스러운 상황을 피하려는 듯이 선물로 사 온 사탕을 트리아에게 건넸다.

장을 보다가 행상인에게서 구입한 것으로, 다른 기호품과 비교해도 상당히 비싼 가격이었다. 그런 상품을 대량으로 구입하자 행상인은 매우 놀라는 반응을 보였다.

"이렇게 많이 받을 수는 없어요."

"드리려고 사 온 거니까 안 받아주시면 오히려 곤란하죠. 자, 미리도 하나 먹어봐."

신은 사양하려는 트리아를 설득하며, 유즈하를 품에 안고 앉아 있던 미리에게 사탕이 든 봉지 하나를 펼쳐 보였다.

미리는 그 안에서 주황색 사탕을 꺼내더니 주저 없이 입에 넣었다.

"맛있어~!"

"미리는 좋겠구나."

미리가 미소 짓자 다른 이들도 자연스레 웃음이 나왔다.

그렇게 화기애애한 분위기에서 갑자기 문이 열리는 소리가 들렸다.

"선생님~ 정말로 오빠 왔어요~?"

전에 유즈하를 숨 막힐 듯이 끌어안았던 건강한 여자아이가 문틈으로 얼굴을 내밀었다.

"지금은 안 돼요, 메르카. 이야기가 아직 끝나지 않았거든요."

트리아가 주의를 주었다.

"어~ 오빠, 놀자~."

"미안. 지금은 중요한 이야기를 하는 중이거든. 다음에 놀아줄게."

"음~ 그럼 언니, 놀자~."

"어, 나 말이니?"

메르카라고 불린 소녀는 신에게 거절당하자마자 티에라로 타깃을 변경했다.

신과 함께 있었기 때문일까, 아니면 어린아이의 직감인 걸까. 소녀는 티에라를 경계할 필요가 없다고 판단한 것 같았다. 이미 티에라의 옷깃을 잡아당기고 있었다.

"저기, 난 오늘 처음 온 거라 잘 모르는데……."

"놀면 안 돼?"

"윽……."

신은 티에라가 거절하지 못할 거라 예상하며 쓴웃음을 지었다.

혀 짧은 소리와 간절한 눈빛 앞에서 소녀의 부탁을 거절하는 건 강한 정신력 없이는 불가능했다.

아이의 영악함을 간파할 수 있을 만큼 많이 상대해본 사람이라면 모를까, 티에라로서는 난감할 수밖에 없었다.

"미리도 놀을래."

"시, 신……."

"미안. 어쩔 수 없어."

"배, 배신자~."

티에라는 신에게 도움을 요청했지만 결국은 미리와 메르카에게 끌려가고 말았다. 보다 못한 트리아가 그들을 따라나선 것이 그나마 다행이었다.

"저기, 괜찮을까요?"

"뭐, 아마도."

신은 라시아에게 대답했다. 어린아이와 함께 놀아보는 건 티에라에게도 좋은 경험이 될 것이다.

"그런데 빌헬름은?"

"그 사제에 대해 조사하러 나갔어요. 이대로 물러날 리가 없다면서요."

"역시 잘 아는군."

고아원 출신 모험가이자 신과도 친분이 있는 빌헬름은 다른 모험가와 협력해 정보 수집을 하고 있다고 한다. 빌헬름 역시 그런 자가 순순히 손을 뗄 리 없다고 생각한 것 같았다.

"신 씨도 빌하고 똑같은 생각을 하신 건가요?"

"물론이야. 상대가 무슨 생각으로 이 교회를 빼앗으려 나선 건지는 몰라도 그렇게 간단히 포기할 것 같지는 않거든."

"아무 일도 없다면 좋겠지만……."

"아아, 그렇지. 혹시 모르니까 트리아 씨와 미리에게 이걸 전해줘."

신은 아이템 박스에서 작은 액세서리를 2개 꺼냈다.

하나는 전에 라시아에게 건네준 것과 똑같은 팔찌였고, 다른 하나는 연녹색 끈에 마름모꼴 나뭇조각이 달린 소박한 목걸이였다. 좋게 말하면 직접 만든 느낌이 나고, 나쁘게 말하면 싸구려 같은 모양새였다.

"이걸…… 말인가요?"

"여러 가지 마법 스킬이 부여된 거야. 혹시 모르잖아."

대미지를 경감하는 팔찌는 이미 설명했으니 생략하고 목걸이에 대해 이야기해보자.

겉모양은 소박하지만 끈과 나무는 라시아가 이름만 들어도 경악할 만한 재료로 만들어졌다. 고아원 아이가 금속으로 된 목걸이를 하면 눈에 띌 수 있기에 신은 이 소재를 선택한 것이다.

"뭐랄까, 굉장하다는 말밖에 안 나오네요."

"미리가 보통 능력을 가진 게 아니니까 말이지. 전에 내가 준 팔찌는 어떻게 했어?"

"지금 차고 있어요. 계속 갖고 있기 미안했지만 빌이 그냥 차고 있으라고 해서요. 당장 내일이라도 돌려드리러 가려던 참이었어요."

"아니, 그냥 갖고 있어. 아직 확실하게 안전한 건 아니니까 라시아가 표적이 될 가능성도 있어. 그걸 차고 있으면 위험도 적어질 거야."

고아원의 존속 문제 때문이라면 라시아를 노릴 가능성이 오히려 높다고 할 수 있었다.

미리의 목걸이만큼은 아니지만 라시아와 트리아의 팔찌도 상당한 성능을 낼 수 있었다. 선정자 상대로도 어느 정도는 버틸 수 있을 것이다.

"이런 것까지 신경 써주시고, 정말로 감사합니다."

"그렇게 부담 가질 필요 없어."

어차피 자기만족이라는 말은 굳이 하지 않기로 했다.

"그러면 하다못해 점심이라도 대접할게요. 아직 시간 괜찮으시죠?"

"그래. 그러면 잘 얻어먹을게."

라시아는 조금이라도 감사 표시를 하고 싶은 것 같았다. 신은 그녀에게 고개를 끄덕여 보인 뒤 아이들이 놀고 있는 공터로 이동했다.

공터에서는 티에라가 어린 소녀들에게 둘러싸여 있었다. 인형놀이 중인지 그녀들 주위로 손수 만든 인형이 여러 개 보였다.

전에 비슷한 상황에서 험한 꼴을 당해본 유즈하는 티에라의 머리 위로 피난해 있었다. 그 위치라면 아무도 손을 대지 못한다는 걸 학습한 것 같았다.

한편 즐겁게 웃고 떠드는 소녀들과는 달리 소년들은 그런 모습을 멀찍이서 지켜볼 뿐이었다. 남자아이들은 공차기를 하며 놀면서도 소녀들, 특히 티에라에게 계속 눈길을 보내고 있었다.

"남자아이들이 오늘따라 왠지 얌전하네요."

"아니, 저건 오히려 정상적인 반응이야."

신이 웃음을 참으며 대답하자 라시아는 고개를 갸웃거렸다.

"무슨 뜻인가요?"

"티에라가 미인이라서 부끄러워하는 거라고."

소녀들과 섞여서 함께 노는 남자아이들도 있었지만 그건 아직 어린이집이나 유치원에 다닐 만한 나이의 아이들이었다. 멀찍이서 보고 있는 남자아이들은 모두 사춘기에 접어드는 나이대였다.

저 정도 나이가 되면 연상의 예쁜 누나에게 말을 쉽게 걸기 어려워진다.

모든 남자가 똑같다고 할 수는 없겠지만, 그와 비슷한 경험을 해본 신은 부끄러워서 다가가지 못하는 남자아이들의 심정을 충분히 이해할 수 있었다.

"확실히 티에라 씨는 여자인 제가 봐도 예쁘지만 그렇게 말을 걸기 어려워 보이진 않는데요."

"뭐, 여자인 라시아는 이해하지 못하는 게 당연할 거야."

비슷한 경우라면 유치원 선생님을 짝사랑하는 남자아이나, 옆집 누나에게 자꾸만 관심이 가는 초등학생을 들 수 있었다.

누구든 어른이 되어 되돌아보면 쓴웃음이 나올 만한 그리운 추억이었다. 세계가 달라도 비슷한 일은 어디서나 일어나는 것 같았다.

신은 모르겠다는 표정의 라시아에게 신경 쓰지 말라고 말하며 티에라에게 손짓했다. 그걸 본 티에라가 소녀들의 아쉬워하는 시선을 받으며 신에게 다가왔다.

"신~ 잘도 날 버렸겠다."

"아니, 잠깐만 진정해봐. 아까는 아이들한테 안 된다고 말하기 힘들었잖아."

"그야…… 확실히 거절하기 힘들긴 했어. 휴우, 한 번 봐줄게."

"그것보다도 여기서 점심을 대접해준다니까 우리가 식재료를 제공하는 게 어때?"

"좋아. 그러면 전에 유즈하에게 유부 초밥을 만들어주기로 약속했으니까 하는 김에 여기 아이들에게도 만들어줘야겠어. 저기, 잠깐 부엌을 빌려도 괜찮을까요?"

해가 중천에 떴지만 시간은 아직 충분했다. 이곳에 조금 오래 머물러도 문제는 없었다.

【요리】스킬을 가진 슈니에게 직접 배운 덕분에 티에라의 음식 솜씨도 상당했다. 차례차례로 접시에 날라져 오는 먹음직스러운 유부 초밥을 보며 아이들은 군침을 삼켰다.

"죄송해요. 당연히 저희가 대접해야 하는 건데."

"제가 부탁한 일이니까 신경 쓰지 마세요. 이러니저러니 해도 아이들과 함께하는 건 즐거웠거든요."

아이들의 솔직한 모습을 보며 티에라의 마음도 편안해진 것 같았다. 신의 눈에도 티에라의 표정은 전보다 훨씬 부드러워 보였다.

식사가 끝나고 뒷정리를 도우려던 신과 티에라는 라시아가 '두 분께 그런 일까지 시킬 수는 없어요'라고 단호히 말하자 어쩔 수 없이 물러나고 말았다.

두 사람은 교회를 나와 일단 길드로 돌아왔다. 이미 점심시간이 지났으므로 티에라의 길드 카드는 완성되었을 것이다.

길드 안의 술집은 식사를 하는 모험가들로 붐볐다.

두 사람은 인파를 피하듯 접수 데스크로 다가가 세리카에게 말을 건넸다. 이런 시간에 의뢰를 받으러 오는 모험가는 많지 않았기에 기다리지 않고 바로 이야기할 수 있었다.

"티에라 님의 길드 카드입니다. 확인해주세요."

"별문제 없네요. 고맙습니다."

티에라는 카드가 문제없이 기능한다는 걸 확인했다. 그때 신도 자신의 카드를 꺼냈다.

"하는 김에 파티 등록을 하고 싶은데요."

"알겠습니다. 멤버는 두 분뿐이신가요?"

"네. 그렇게 해주세요."

고정 파티의 경우 따로 파티명을 붙이기도 하지만 이번에는 특별히 정하지 않기로 했다.

두 사람은 세리카와 엘스의 배웅을 받으며 길드를 나왔다. 다음에 갈 곳은 또 상점가였다.

이번에는 여행에서 흔히 먹는 보존식을 구입했다. 여행길에 동행하는 사람 앞에서 아이템 박스를 쉽게 사용할 수 없겠다는 생각에서였다.

하지만 어차피 카드화해서 가져가기 때문에 지구의 여행 준비와 비교하면 훨씬 간편했다.

의뢰 내용에 『식사 제공』이라 적혀 있었지만 혹시 모를 사태가 발생할 수도 있었다. 두 사람은 유비무환이라고 생각하며 쇼핑을 계속했다.

"자, 이제 슬슬 돌아가자."

필요한 물건이 전부 갖춰지자 신이 티에라에게 말했다.

"어, 하지만 아직 약속 시간이 안 됐는데?"

"아니, 달의 사당을 가지러 말이야."

달의 사당을 이대로 둔 채 출발할 수는 없었다.

"깜빡 잊고 있었어."

"제일 까먹으면 안 되는 게 그거잖아."

"『집』을 가져간다는 생각을 보통 누가 하겠냐고!"

지극히 당연한 말이었다. 짐 목록에 『집』이라는 항목이 있다면 그게 더 이상했으니까.

"미, 미안. 난 일단 달의 사당의 주인이잖아. 그래서 가져가는 게 당연하게 느껴지거든."

"구세대는 역시 이상해. 아니면 신이 특별히 이상한 건가?"

"그 말은 좀 너무하지 않아?!"

티에라는 놀리듯 웃으며 짓궂게 말했다. 신은 정신적인 대미지를 받으면서도 아이템 박스에서 하늘색 수정을 꺼냈다.

"『결정석』이야. 본 적 없어?"

"이게 결정석이라고? 이렇게 크고 이 정도로 예쁘게 가공된 건 처음 봐."

"요 녀석에는 【전송】 마법이 부여되어 있어. 사용하면 등록해둔 포인트까지 순식간에 이동할 수 있지. 1회용이지만 말이야. 오늘은 이걸로 달의 사당까지 가자."

"……그래. 신이 꺼내는 것 중에 제대로 된 물건은 하나도 없었지."

"거 참, 실례되는 소릴 하네."

티에라는 어이없음을 넘어 그냥 포기하는 지경에 이르렀다.

순식간에 이동하는 전송 마법. 신은 방금 분명 그렇게 말했다.

그건 지금까지 수많은 마법사가 재현을 시도했지만 자그마한 실마리도 잡지 못한 마법이었다. 이미 사라졌다고 알려진 오의 중의 오의였던 것이다.

그런 기술이 담긴 아이템을 아무렇지도 않게 꺼낸다는 걸 누가 상상이나 했을까.

"신, 한 가지 물어볼 게 있는데."

"어, 그래. 뭔데?"

"혹시나, 혹시나 해서 말인데……. 그거, 만들 수 있어?"

티에라의 눈빛은 싸늘했다. 방금 전까지와 완전히 달라진 분위기에 신은 당혹스러움을 감추지 못했다.

다만 자신이 꺼낸 아이템이 또 상식을 뒤엎는 물건이었다는 사실은 이해할 수 있었다.

"그 질문에 답하기 전에 나도 하나 물어볼 게 있어. 전송 마법이 부여된 결정석은 지금 어떻게 취급되지?"

"……지금은 전송 마법 자체가 남아 있지 않아."

"그렇구나."

신은 그 말을 듣자 납득이 갔다. 그렇다면 당연히 티에라가 놀랄 만했다.

신도 지금까지의 경험을 통해 전송 마법이 상당히 귀중해졌을 거라 짐작하고 있었다. 하지만 아예 사라졌다는 말은 그대로 믿기 힘들었다.

표면상으로만 그렇게 알려졌을 뿐, 어딘가에는 아직 남아 있을지도 모르는 것이다. 국가나 특정 조직에서 비밀리에 보유하고 있어도 놀랄 일은 아니었다.

"그러면 나도 대답할게. 만들 수 있어. 재료만 있으면 얼마든지."

"……하아, 그야 그렇겠지. 육천의 일원이니까 전송 마법이 부여된 결정석 정도는 가볍게 만들 수 있을 거야."

한숨을 쉬며 그렇게 말하는 걸 보면 티에라도 육천에 소속된 신과 그 친구들이 어떤 인간들인지 이해한 것 같았다.

"어~ 피곤한 와중에 미안하지만 이제 전송해도 될까?"

"응, 얼마든지 해."

신은 정색하는 티에라와 함께 인적 없는 골목길로 들어섰다.

문제없이 사용할 수 있다는 건 이미 슈니를 통해 확인한 뒤였다. 실패했을 때 어떻게 될지 모르는 아이템을 사용하고 싶지는 않았기에 미리 슈니에게 물어본 것이다.

신이 결정석에 마력을 주입하자 그걸 기폭제 삼아 돌에 담긴 마법이 발동되었다. 눈앞이 일그러지더니 다음 순간에는 상품이 늘어선 선반이 나타났다.

두 사람은 틀림없는 달의 사당 안에 와 있었다.

"이, 이상한 느낌이야……. 그런데 여기를 어떻게 해서 가져간다는 거야?"

"일단 밖으로 나가자. 이야기는 그다음부터야. 그리고……."

신은 그렇게 중얼거리며 출구로 향했다. 신이 등을 보이고 있었기에 티에라는 그의 입이 계속 움직이고 있다는 걸 알지 못했다.

가게 밖으로 나오자 익숙한 숲이 펼쳐져 있었다. 신은 그곳을 둘러보듯이 시선을 움직였다.

지금까지 달의 사당에 왔을 때는 보이지 않던 녹색 마크가 미니맵에서 반짝이고 있었다.

"왜 그래?"

"쥐새끼들이 있어서. 조금 놀려주려고."

나무들을 살피며 그렇게 말하는 신을 보고 티에라는 머리 위에 물음표를 띄웠다.

쥐가 있다면서 왜 엉뚱한 곳을 보느냐고 지적하고 싶었지만 상대는 신이었다. 어차피 상식은 통하지 않을 거라는 생각에 티에라는 아무 말도 하지 않았다.

준비를 끝낸 신은 계속 뭔가 중얼거리던 입을 다물고 달의 사당을 향해 손을 뻗었다.

"『스토리지(수납)』!"

그 말을 외치는 것과 동시에 달의 사당이 희미하게 빛나기 시작했다. 가게 전체를 뒤덮듯 퍼져나간 빛은 다음 순간 똑바로 쳐다볼 수 없을 만큼 밝아지더니 작은 크기로 줄어들었다.

그 빛은 몇 초 동안 그 자리를 맴돌다가 천천히 신의 손안으로 이동했다.

빛이 사라지자 그의 손에는 초승달 모양의 목걸이가 쥐어져 있었다.

이 목걸이는 아마 고가의 미술품보다도 높은 가치가 있을 것이다. 신비한 광택은 그것이 단순한 은 세공품이 아니라는 걸 증명해주는 듯했다.

"이게……?"

"맞아. 달의 사당의 휴대 모드야."

"정말로 휴대할 수 있구나. 역시 대단해."

놀라기도 지친 걸까, 아니면 익숙해진 걸까. 티에라는 단순하게 감탄하는 것 같았다.

아무것도 남지 않은 곳에 계속 머무를 이유는 없었기에 신은 달의 사당이 있던 자리를 물끄러미 보던 티에라를 재촉하며 의뢰의 집합 장소로 향했다.

이제 딱 적당한 시간이었다. 신이 그걸 알 수 있는 건 메뉴 화면에 시각이 표시되는 데다 따로 시계 아이템도 갖고 있었기 때문이다.

이미 다른 2명이 도착했을 가능성도 있었다. 그렇다면 지금 가서 미리 친해지는 것도 좋겠다고 신은 생각했다.

한동안 함께 행동할 사람들인 만큼 친목을 도모해서 나쁠 건 없다고 판단한 것이다.

달의 사당 터에서 동문으로 가자 출발 지점인 광장 한쪽에 이미 짐이 실린 마차가 대기하고 있었다.

그 옆에는 드래그닐과 로드로 보이는 2인조가 서 있었다.

"실례합니다. 이게 나크 씨의 마차가 맞나요?"

"응? 그렇소만……. 아아, 그대들이 우리와 함께 갈 모험자인 게로군."

길드에서 들은 멤버 구성과 일치했기에 말을 걸어보자 드래그닐이 대답해주었다.

온몸을 뒤덮은 푸른 비늘은 매우 튼튼한 인상을 주었다. 목소리가 낮은 걸 보면 남성 같았다. 무언가의 가죽으로 만든 가슴받이와 허리에 찬 일본도가 눈에 들어왔다.

튼튼한 방어구를 착용하지 않은 걸 보면 속도로 승부하는 타입인지도 모른다. 아니면 방어구가 필요 없을 만큼 비늘이 딱딱하거나.

"네, 이번에 함께 의뢰를 수행하게 됐습니다. 저는 신이고, 이쪽은 같은 파티원인 티에라입니다."

"티에라라고 합니다. 잘 부탁드려요."

"으음, 내 이름은 가이엔이오. 가는 동안 잘 부탁하겠소. 그리고 이쪽은—."

"츠바키. 잘 부탁해."

등까지 내려오는 진홍색 머리카락과 붉은 눈동자를 가진 소녀가 짧게 자기소개를 했다. 짙은 색의 머리카락과는 대조적으로 투명해 보이는 붉은 눈동자가 신과 티에라를 관찰하고 있었다.

키는 상당히 작았다. 티에라보다도 주먹 하나는 작아 보였다. 대충 150세메르 정도일까.

얼굴 생김새는 단정했지만 외모만 보면 중학생이라 해도 이상할 게 없었다.

하지만 겉모습만 보고 판단하다가 큰코다치는 게 【THE NEW GATE】의 세계였다.

모험가를 하고 있는 이상 얕잡아볼 수는 없을 것이다. 최소 E랭크의 실력이 있다는 것만은 분명하니까 말이다.

신이 스킬을 통해 분석한 결과 가이엔과 츠바키의 레벨은 187과 133이었다. 레벨만으로 판단한다면 가이엔은 A랭크 모험가라 할 수 있었다. 일본도를 장식으로 차고 있진 않은 것 같았다. 츠바키도 일반적인 E랭크 모험가의 레벨보다 높은 편이었다.

"오오! 추가 인원들도 와 있었군. 난 상인인 나크라고 하네. 베이룬까지 잘 부탁함세!"

서로 자기소개를 하는 사이 마차 안에서 드워프 한 명이 나타나 말을 건넸다. 아무래도 이 인물이 의뢰인인 것 같았다.

드워프다운 우람한 체구를 고급스러운 옷으로 감싼 모습이 어색해 보였지만 신은 아무 말도 하지 않았다. 그들은 제대로 인사를 나눈 뒤 순서대로 마차에 탑승했다.

"다들 탔는가? 그러면 조금 이르지만 출발하겠네!"

마부석에 앉은 나크의 우렁찬 목소리와 채찍 소리가 연달아 들리더니 마차가 천천히 출발했다.

5명을 태운 마차는 동문을 지나 베이룬을 향해 북상하기 시작했다.

잠시 뒤, 달의 사당이 사라졌다는 소식이 베일리히트 왕국

상층부를 발칵 뒤집어 놓았지만, 신과 티에라는 그걸 전혀 모른 채 여행을 계속하게 되었다.

　달의 사당 소멸.
　그 소식은 베일리히트 왕국뿐만 아니라 달의 사당을 감시하던 타국까지 순식간에 퍼져나갔다.
　처음에는 다들 착오가 있는 게 아니냐며 확인에 나섰다.
　달의 사당은 『영광의 낙일』까지 견디며 500년 넘는 세월 동안 존재해온 부동의 건축물이었다.
　어떤 강자도 함락하지 못하고 고레벨 몬스터조차 침입할 수 없는 신비한 기술로 만들어진 상점. 그것이 바로 달의 사당이었다. 사라졌다는 말을 쉽게 받아들일 수 있을 리가 없었다.
　하지만 몇 번을 확인해봐도 돌아오는 건 '틀림없다'는 대답뿐이었다.
　보고를 받은 사람들은 그나마 나았다.
　현장에서, 그것도 눈앞에서 건물이 사라지는 걸 목격한 자들은 간접적으로 전해 들은 사람들보다 훨씬 큰 충격에 휩싸였다.
　서로를 견제해오던 공작원들도 이때만큼은 한데 모여 그들이 본 광경이 사실인지를 서로 확인하는 진풍경이 연출되었다.

『도대체 무슨 일이 있었던 거지!』

관계자들의 공통된 절규였다.

†

소란스러운 성안.

그들은 중요한 안건이 논의되는 회의실에 모여 있었다.

해가 뜨기도 전에 억지로 일어나야 했지만 그들 중 누구도 불만스러운 표정을 짓지 않았다. 아니, 일부를 제외하면 그런 생각을 할 여유 자체가 없어 보였다.

"그러면 역시 보고 내용이 틀림없다는 건가?"

"네. 보고서에 적힌 그대로입니다."

상좌에 앉아 물은 사람은 베일리히트 왕국 국왕 제온 칼타드 베일리히트였다.

금발 벽안에 2메르의 키와 다부진 근육―그의 육체는 웬만한 무인들에게도 뒤지지 않았다.

평소에는 통치자로서의 위엄이 넘치는 훌륭한 국왕이지만 오늘만큼은 그러지 못했다.

재상도 고뇌하는 표정의 왕을 보며 어떻게 말을 이어나가야 할지 몰라 당혹해하고 있었다.

오늘 일어난 일은 베일리히트 왕국만의 문제가 아니었다. 대체 어떻게 된 일이냐며 주변국들은 물론이고 황국과 제국에서도 문의가 쇄도할 것이다.

"달의 사당이…… 사라진 건가…….."

그곳에 모인 이들의 표정은 한결같이 어두웠다.

그나마 괜찮아 보이는 건 첫째 공주와 궁정 마법사장 정도였다.

제온은 몇 번 읽어도 내용이 바뀌진 않는다는 걸 알면서도 보고서를 계속 들여다보았다.

요약하자면 이랬다.

─달의 사당 소멸에 관한 보고─

넷의 달, 불의 둘.

정오를 알리는 12번의 종이 울린 이후에 달의 사당이 갑자기 빛을 내기 시작.

몇 초 뒤에 빛은 가라앉았지만 달의 사당은 이미 소멸.

갑작스러운 사태에 각국 공작원들이 혼란에 빠져 서로 접촉하는 사태가 발생.

지면에 남은 흔적을 조사했지만 탐지계 스킬에 반응 없음.

또한 주위에도 무언가가 일어난 흔적 없음.

완벽히 원인 불명.

보고서에는 감시 임무를 맡은 자들이 목격한 내용이 그대로 기술되어 있었다. 가능한 한 상세하게 보고하라고 지시했음에도 내용이 빈약한 건 밝혀진 정보가 너무나도 적었기 때문이다.

서로 경계해야 할 타국의 공작원들과 정보를 교환했다는 것만 봐도 현장이 얼마나 혼란스러웠는지 상상이 갔다. 그만큼 느닷없는 사태였던 것이다.

하지만 아무것도 모르는 채로 손을 놓고 있을 수는 없었다.

달의 사당이 베일리히트 왕국에 소속된 건 아니지만 바로 옆에 위치했다. 그래서 타국보다는 가까운 관계라는 자부심이 있었다.

"라이자 공은 어떻게 됐는지 아는가?"

"아니요. 하지만 둘째 공주 리온 님이 망령평원에서 접촉했다고 합니다. 상당히 먼 거리이므로 달의 사당만 사라졌을 가능성이 높겠지요."

"그렇군. 리온이 하는 말이라면 틀림없을 테지……. 라이자 공에게 큰 문제가 생기지 않았다면 며칠 뒤 전리품을 분배할 때 나타날 걸세. 그때 각국이 라이자 공이 건재하다는 걸 알게 된다면 다행이네만."

달의 사당이 사라졌다 해도 슈니 라이자가 건재하다면 치명적인 문제는 아니었다. 중요한 건 건물이 아니라 그곳에 사는 사람인 것이다.

"리온에게 전하게. 라이자 공이 모습을 드러내면 즉시 심화로 보고하라고. 이건 왕명일세!"

"넷!"

호위병 중 한 명이 명령을 전달하기 위해 밖으로 나갔다.

왕을 섬기는 구세대는 이제 소수만 남았고 지금은 모두 정보 수집을 위해 나가 있었다. 제온도 그들을 고생시킨다는 건 알지만 이번만큼은 어쩔 도리가 없었다.

그리고 그는 달의 사당이 사라지기 전에 뭔가 이상한 점은 없었는지에 대한 조사를 명했다.

†

시간을 조금 되돌려 전날 저녁으로 돌아가 보자.

왕국을 출발한 신 일행은 흔들리는 마차 안에서 서로의 능력을 공개했다. 할 수 있는 일과 할 수 없는 일을 서로 확인해 두면 결정적인 순간에 재빠른 판단을 할 수 있기 때문이다.

확인 내용은 메인 직업과 랭크, 그리고 마법 가능 여부였다. 그걸로 대충의 전투 스타일과 레벨을 알 수 있었다.

물론 처음 만난 상대에게 레벨이나 비장의 무기를 알려주는 건 위험하기 때문에 다들 어느 정도는 비밀로 해둘 것이다.

"나는 보이는 대로 사무라이를 하고 있소. 모험가 랭크는 A외다. 마법도 조금 사용할 수 있지만 그쪽은 별로 기대하지 않는 게 좋소."

처음 정보를 밝힌 건 가이엔이었다. 신이 추측한 대로 A랭크의 모험가였다.

　무기 자체는 직업에 상관없이 장비할 수 있었다. 그래서 기모노라도 입지 않는 이상 겉모습만으로는 사무라이라는 걸 알아볼 수 없었다.

　사무라이는 탱커 계열로 마법에 대한 직업 보너스가 없기 때문에 기대하지 말라고 하는 게 당연했다.

　제대로 된 공격 마법을 쓰려면 직업 보너스를 얻기 쉬운 후방 계열 직업을 선택해야 했다.

　"난 권투사. 랭크는 E. 민첩성을 높이는 보조 마법이라면 조금 쓸 수 있어."

　다음으로 입을 연 사람은 츠바키였다. 레벨로 따지면 D랭크 수준이었지만 그녀 역시 길드에 등록한 지 얼마 되지 않았고 이제 곧 D랭크가 된다고 한다.

　"난 일단 연금술사지만 활과 단검도 쓸 수 있습…… 쓸 수 있어. 이제 막 모험가가 되었고 랭크는 G야. 물, 바람 계열 마법 아츠와 간단한 회복을 할 수 있으니까 필요하면 말해주세…… 말해줘."

　첫 대면이라 그런지 티에라는 계속 존댓말이 나왔다. 달의 사당에서 신과 처음 만났을 때와는 전혀 다른 모습이었다.

　거리감을 줄이기 위해 서로 편하게 이야기하자는 건 가이엔의 제안이었다. 앞으로 서로의 목숨을 맡겨야 하는 만큼 반대하는 사람은 아무도 없었다.

가이엔과 츠바키는 조금 위축된 티에라를 보며, 회복 마법을 쓸 수 있다는 것만으로도 충분히 대단하니까 레벨이나 랭크는 신경 쓰지 말라고 격려해주었다.

실제로 전투 중에 포션을 마시는 건 상당히 어려운 일이었다. 물론 위험한 몬스터를 사냥할 때처럼 많은 인원이 모인다면 이야기가 달라지겠지만 그런 경우는 흔치 않았다.

적은 인원으로 싸우는 게 일상인 모험가는 회복 마법을 쓸 수 있는 동료가 있느냐 없느냐에 따라 생존율이 확 달라진다.

"난 가이엔과 똑같은 사무라이야. 랭크는 E. 조금이지만 불과 번개 마법을 쓸 수 있어. 그리고 이쪽은 유즈하야. 이래 봬도 어엿한 몬스터라고."

신은 자기소개를 하며 티에라와 자신은 호위 의뢰를 처음 수행한다고 덧붙였다. 경험의 유무도 전투에서 중요한 요인이기 때문이다.

이번에는 물어보지 않았지만 레벨을 대답해야 할 때는 되도록 낮게 줄여서 이야기할 생각이었다.

200이 넘는다고 솔직히 말해버리면 모두가 놀라기 때문이었다. 신의 나이를 고려하면 역시 이상하게 생각할 수밖에 없었다.

티에라와는 이미 말을 맞춘 뒤였다.

물론 사정을 잘 아는 세리카에게도 신신당부를 해두었다.

유즈하에 대해서는 길들이기 스킬을 통해 계약했고 위험하진 않다고 설명했다.

"호오, 사무라이면서 마법도 사용하는 거요? 캐묻진 않겠소만 엄청난 수련을 해왔겠구려. 거기에 몬스터까지 길들일 줄 알다니, 정말 대단하오."

"그렇다고 마법사 수준의 능력을 기대하진 마. 견제나 기습 용도로만 생각해줘. 그리고 유즈하는 의외로 강하다고."

"쿠우!"

원래는 견제는커녕 일격필살 수준이었지만 E랭크인 만큼 겸손하게 이야기했다. 탱커가 마법을 쓸 수 있다는 것만으로도 대단한 일이었기에 가이엔과 츠바키도 충분히 납득할 것이다.

"당신은 히노모토 출신?"

"아닌데. 왜 그렇게 생각하지?"

"사무라이는 히노모토 출신이 대부분이야. 가이엔 이외의 사무라이는 처음 봐."

신은 츠바키의 질문에 고개를 갸웃거렸지만 이유를 듣자 납득이 갔다. 신도 애널라이즈나 귀 기울이기 스킬로 정보 수집을 해왔지만 사무라이를 직업으로 삼은 사람은 거의 보지 못했다. 츠바키의 말처럼 상당히 드문 것이리라.

물론 전혀 보지 못한 건 아니었다. 처음 모험자 길드에 가는 길에서 일본도를 찬 드래그닐을 목격한 적이 있었다.—실은 그게 가이엔이었지만 말이다.

"보통은 전사나 기사. 아니면 특화 직업. 사무라이가 되려는 사람은 괴짜가 많아."

"괴짜?! 이럴 수가…… 탱커부터 유격대까지 수행해내는 우수 직업인데……."

사무라이의 기본 전법은 상대를 속도로 농락하다 강한 일격을 가하는 히트 앤 어웨이지만 무사 갑옷을 장비하면 탱커 역할도 할 수 있었다.

게임 시절에는 항상 인기가 많던 직업이었지만 이쪽 세계에선 다르게 인식되는 것 같았다.

"사무라이가 되려면 먼저 전사와 광전사를 마스터해야 한다니, 이해가 안 가."

"아아…… 그게 문제였군."

신은 이번에도 이유를 듣고 납득하고 말았다.

게임에서는 사무라이가 되기 전에 기사와 광전사라는 두 직업을 경유해야 했는데 이쪽 세계에서도 마찬가지였다.

한쪽은 수비에 특화된 전사, 다른 한쪽은 공격에 특화된 광전사. 상반되는 직업을 마스터하면서 만능에 가까운 전투 스타일을 익히게 된다는 게 설정상의 이유였다.

바로 그렇기 때문에 직업의 활용도가 좋고 높은 보정도 받을 수 있지만 이쪽 세계 사람들은 이상하게 생각하는 것 같았다.

"이해는 하지만 사무라이는 강하다고."

"그건 동의해. 하지만 역시 이상해."

가이엔이 끼어들었다.

"역시 문화 차이 때문일 거요. 천재지변으로 생긴 섬나라 히노모토에는 사무라이나 닌자가 주축이 된 길드의 거점이 많았다고 하오. 그자들이 중심이 되어 나라를 만든 것이오. 따라서 히노모토에서 싸움을 업으로 삼은 이들은 모두 사무라이에 대한 동경을 품고 있소. 작은 섬나라에 굳이 찾아오는 사람이 많지 않다 보니 우리의 문화가 생소하게 느껴질 것이오. 나 역시 섬을 나온 뒤에는 적응하기 힘든 일이 적지 않았소이다."

가이엔이 말하는 길드는 현재의 모험가 길드와는 다른 개념이라고 한다. 이야기를 들어보니 아무래도 게임 시절의 길드를 가리키는 것 같았다.

섬나라와 사무라이라고 하니 지나치게 절묘하다는 느낌이 들긴 했다.

"그런데 그 근원이 된 길드의 이름을 알 수 있을까?"

"흐음, 많이 알려진 건 화조풍월花鳥風月, 마인혈풍록魔刃血風錄, 쿠로미코 신사 정도요."

"헤, 헤에. 그렇구나."

신은 마음속으로 혼자 납득하고 있었다.

가이엔이 말한 길드는 일본식 이름이 나타내는 것처럼 사무라이와 닌자, 무녀 같은 일본식 복장을 좋아하는 사람들이 모여 결성한 길드였다. 순서대로 각각 사무라이, 닌자, 무녀의 수가 가장 많은 길드였고 각 세력의 힘은 서로 비슷했다. 길드 하우스는 당연히 일본식 성이나 신사였고 사소한 고증에 집착하는 플레이어가 많았다.

길드 하우스를 지키는 군대 중에는 서포트 캐릭터로만 결성된 부대도 있었기에, 플레이어가 사라진 뒤에도 몬스터를 격퇴할 수 있었던 것이리라.

그들이 손을 잡으면 작은 나라 정도는 충분히 다스릴 수 있을 거라고 신은 생각했다.

"그 밖에도 작은 길드가 몇 개 있지만 별로 유명하진 않소."

"잘 알았어. 고마워."

게임 시절의 길드에서 유래된 국가가 존재한다는 건 이번에 처음 알게 된 사실이었다. 어쩌면 그런 경우가 의외로 많을지도 몰랐다.

†

서로 여러 가지 정보를 교환하며 마차로 이동한 지 며칠이 지났다.

일행은 특별히 몬스터의 습격도 받지 않고 순조롭게 나아가고 있었다. 말 종류의 몬스터인 그림 호스가 마차를 끌었기에 일반적인 말보다 2배는 빨랐다.

사실 이 그림 호스는 신이 처음 베일리히트를 찾아왔을 때 성문에서 본 개체였다. 게임 시절에는 나크처럼 서브 직업을 조련사로 정한 상인이 마차를 끌게 하는 경우가 많았다.

4명이 당번을 정해 순서대로 주위를 경계했고, 마부를 볼 수 있는 사람은 나크와도 교대하면서 여행을 계속하고 있었다.

신의 감지 범위 내에 적이 포착된 건 마침 나크가 말채찍을 쥐고 있을 때였다.

"무언가가 다가오고 있어. 빠르군."

그러자 나크가 뒤를 돌아보았다.

"뭐라고? 자세히 말해보게."

"정면에서 12마리. 숫자와 속도로 보면 아마 늑대 계열 같아."

자세한 정보까지 전부 알 수 있었지만 너무 정확하게 알려줄 수도 없었기에 신은 추측인 것처럼 말했다.

"그것만 알면 충분해. 이봐, 자네들! 일할 시간이다!"

이야기를 듣자마자 나크가 크게 소리쳤다.

전직 모험가답게 쩌렁쩌렁한 목소리였다. 설령 누군가가 자고 있었다 해도 금방 눈을 떴을 것이다. 다만 말투가 상인보다는 산적에 가까웠다.

나크가 외쳤을 때 가이엔과 츠바키는 이미 준비가 되어 있었다. 티에라도 활을 쥐고 등 뒤로 화살통의 위치를 확인했다.

아무래도 가이엔 역시 기척을 감지하고 있었던 것 같았다.

"아마 신이 말한 것처럼 늑대 계열의 몬스터일 것이오. 최후방의 2마리가 움직이지 않는 게 신경 쓰이지만 일단 10마리를 상대해야 할 거요."

"나도 같은 의견이네. 그럼 호스가 마차를 끌고 있다는 걸 알면서도 접근해오는 거라면 최소한 평범한 짐승은 아닐 걸세."

가이엔과 나크가 의견을 나누는 가운데 신은 다가오는 몬스터의 상세한 정보를 살폈다.

몬스터의 이름은 잭 울프. 일반 늑대보다 체구가 크고 매우 호전적인 몬스터였다. 이동 속도는 일반 늑대와 비교조차 되지 않았다.

신 일행에게 접근하는 것은 10마리였다. 레벨은 평균 100 정도로 한 마리만 120이었다. 그 한 마리가 아마 무리의 우두머리일 것이다.

움직이지 않는 2마리는 레벨이 10도 되지 않았다. 위험하진 않을 것 같았기에 그냥 무시하기로 했다.

10마리 중에 3마리가 먼저 다가왔다. 이어서 좌우로 2마리씩 흩어져 숲 속에 숨었고 리더를 포함한 3마리가 그 뒤를 따랐다.

지금 마차가 달리고 있는 곳은 좌우가 숲에 둘러싸인 가도였다. 숲을 이용해 기습을 가할 생각인 것 같았다.

가이엔도 다가오는 적의 위치를 파악하고 있었는지 신이

조언하기도 전에 재빨리 지시를 내렸다.

"좌우로 나뉜 겐가. 내가 전방을 막겠소. 신은 오른쪽, 츠바키는 왼쪽. 티에라는 마차 위에서 엄호. 나크 공은 말과 함께 있도록 하시오. 조련사가 옆에 있으면 그림 호스가 날뛰지 않을 거라 믿어도 되겠소이까?"

"이런 상황에선 그럴 수밖에 없겠지. 부탁함세!!"

나크는 길의 폭이 비교적 넓은 곳에서 마차를 세웠고 다른 이들도 자리를 잡았다. 유즈하는 만약을 위해 그림 호스 옆에 남겨두었다.

"온다!!"

가이엔의 외침이 신호탄이 된 것처럼 앞장서던 잭 울프 3마리가 움직였다. 중앙의 1마리가 정면에서 뛰어들었고 나머지 2마리는 자세를 낮추며 양옆으로 파고들었다.

한편 가이엔은 오른손에 대태도大太刀, 왼손에 칼집을 든 채 정면으로 돌격했다.

"흐음!!"

잭 울프에게 뛰어든 가이엔의 몸을 하늘색 아우라가 뒤덮었고 달려들던 1마리를 튕겨냈다.

한 박자 늦게 2마리의 잭 울프가 다가왔지만 가이엔은 당황하지 않고 오른쪽 1마리의 턱을 대태도로 쳐올렸고 왼쪽 1마리의 입안에는 칼집을 쑤셔 넣었다.

아우라에 튕겨나간 잭 울프는 동료가 순식간에 쓰러지는

걸 보자 쉽사리 덤비지 못했다.

"음, 너무 쉽군."

가이엔은 눈썹을 찡그렸지만 적이 약한 것을 불평해선 안 된다고 생각하며 뒤이어 오는 적의 우두머리 쪽으로 의식을 집중했다.

"역시 대단하군. 자, 이쪽도 온다."

"왼쪽이 빨라. 위에서 보여?"

숲을 방패 삼아 접근하는 잭 울프에 대해 신이 경고하자 츠바키가 티에라에게 물었다.

"확인했어!"

티에라는 이미 제일 빠른 1마리를 조준하고 있었는지 숲 속을 향해 활을 쏘았다.

화살이 빨려 들어가듯 날아간 뒤에 끽 하는 울음소리가 들렸고 신의 미니맵에 표시되던 마크 하나가 사라졌다.

"해치웠나?"

티에라가 안심하듯 중얼거리자 츠바키가 감탄하며 말했다.

"잘했어."

레벨 차이를 생각하면 한 방에 쓰러뜨리기 힘들 것 같았지만 잭 울프는 예상과 달리 숨을 거두었다. 급소에 맞은 건지도 모른다.

왼쪽에 남은 1마리는 예상치 못한 반격을 당해서인지 리더가 있는 쪽으로 돌아갔다.

"좋아, 츠바키는 가이엔을 도우러 가줘. 이쪽은 나와 티에라로 충분해."

"알았어."

츠바키가 신의 지시에 따라 움직이자 이번에는 오른쪽 숲에서 잭 울프가 뛰어나왔다.

신이 발톱을 피하자 잭 울프는 그대로 직진하여 나크가 있는 마차 쪽으로 향하려 했다. 신에 대한 공격은 견제일 뿐이었다.

하지만 고작 그 정도로 신을 따돌릴 수는 없었다.

신은 잭 울프의 발톱을 피하는 것과 동시에 몸을 비틀어 엄청난 속도로 검을 뽑았다. 그가 부서진 카즈우치 대신 허리에 차고 있던 무기는 달의 사당에서 만든 롱소드를 일본도로 고쳐 만든 검이었다.

마검급 성능을 가진 검이 허공에 하얀 궤적을 남기며 잭 울프의 목을 양단했다.

달려오던 기세 때문에 잭 울프의 사체가 바닥을 뒹구는 사이, 신체 능력에 비례해서 상승한 동체 시력과 빨라진 사고 능력 덕분에 신이 적을 관찰할 수 있는 짧은 시간이 생겼다. 그리고 신은 위화감을 느꼈다.

그는 위화감의 정체를 생각하면서도 다른 잭 울프가 접근하는 것을 감지했다.

그쪽으로 시선을 돌렸을 때는 이미 눈앞에서 잭 울프가 이빨을 드러내고 있었지만 신의 검이라면 충분히 반격할 수 있는 거리였다.

그러나 신의 검이 빛나기도 전에 잭 울프의 이마에 화살이 날아와 박혔다.

치명상을 입고 달려오던 기세 그대로 땅에 처박힌 잭 울프를 피한 뒤, 신은 티에라 쪽으로 고개를 돌렸다.

"나이스 커버!"

"지금 그런 소리가 나와? 정말이지······."

화살을 쏜 티에라는 안심하듯 한숨을 쉬며 다음 화살을 시위에 걸었다.

순간적인 저격치고는 상당한 정확성이었다. 누가 봐도 초보 모험가의 움직임은 아니었다.

역시 슈니에게 배운 실력은 어디 가지 않는 것 같았다.

"너라면 쉽게 해치울 수 있었을 테지만, 그건 E랭크의 움직임이 아니라고······. 자, 빨리 저쪽을 도우러 가!"

"그렇게 따지면 츠바키도 다를 게 없는데. 뭐, 알았어."

정면으로 눈을 돌리자 가이엔과 츠바키가 리더를 포함한 잭 울프 5마리와 싸우는 중이었다.

츠바키는 전에 말한 것처럼 민첩성을 높이는 마법을 사용한 건지 몸 주위로 희미한 아우라를 내뿜으며 잭 울프를 농락하고 있었다.

"하얏!!"

그 움직임을 따라가지 못한 1마리의 잭 울프가 주먹을 정통으로 맞았다.

츠바키의 날카롭게 빛나는 장갑이 몸통을 파고들었고 잭 울프는 기역자로 구부러진 채 나무에 처박힌 뒤 움직이지 않았다.

그 가느다란 팔에서 어떻게 그런 힘이 나오는지 신기할 따름이었다.

츠바키의 레벨은 133. 잭 울프와 비교하면 30 정도 높지만 그걸 감안해도 너무 강하다는 생각이 들었다.

"역시 이상하오. 움직임이 너무 둔한 것 같소."

"동감이야. 너무 쉬워."

적을 쓰러뜨리며 가이엔이 중얼거리자 츠바키도 그에 동의했다. 아무래도 다들 위화감을 느끼는 것 같았다.

신이 합류하고 3:3으로 대치하게 되었지만 리더를 포함한 3마리의 잭 울프는 절대 등을 보이려 하지 않았다. 평소 같았으면 벌써 도망치고도 남을 상황이었다.

"이봐. 이 녀석들 자세히 보면 상당히 야위지 않았어?"

신이 문득 발견한 점을 이야기했다. 자세히 보니 우두머리조차 뼈가 앙상해 보였다.

"아무래도 마소의 영향을 받은 몬스터 같소이다. 고기와 마소를 함께 얻기 위해 그림 호스를 노린 거요. 아까부터 너무 쉽게 느껴졌던 이유를 이제야 알 것 같소."

가이엔은 경계를 풀지 않으며 납득했다는 듯이 고개를 끄덕거렸다.

몬스터는 마소에서 생겨나는 유형과, 야생 짐승이 마소의 영향을 받아 변화하는 유형으로 나뉜다. 전자는 마소만으로도 살아갈 수 있지만 후자는 달랐다. 마소뿐만 아니라 고기도 먹어야만 육체를 유지할 수 있는 것이다.

사람이나 가축을 습격하는 몬스터는 대부분이 후자였고, 전자는 마소가 짙은 쪽으로 이동하기 때문에 사람 눈에 잘 띄지 않는다고 마차에서 가이엔이 말해준 적이 있었다. 신 역시 게임에서 몬스터가 발생하는 자세한 이유까지 기억하진 못했기에 좋은 참고가 되었다.

"선택의 여지가 없으니까 죽을 각오로 덤비려는 거야."

츠바키가 담담하게 말했다. 이쪽 세계에서는 몬스터라 해서 항상 강자일 수는 없었다. 약육강식의 법칙 앞에서는 모든 생물이 평등했다. 거기서는 몬스터와 사람의 구분이 없었다.

신 일행의 의뢰 내용은 어디까지나 호위였다. 도망친다면 굳이 추격할 이유가 없었지만 덤빈다면 쓰러뜨려야만 했다.

잭 울프에게 남은 선택지는 굶어 죽느냐, 싸우다 죽느냐의 두 가지였다.

"죽을 각오인 건 우리들 역시 같소이다. 신, 봐줄 필요는 없소."

"알고 있어."

짧게 대답한 신도 살아 있는 몬스터와 싸우는 게 처음은 아니었다. 다만 이번처럼 죽을 각오로 덤비는 상대는 처음 보았다.

'지금까지 본 녀석들과는 각오의 차원이 달라. 차이점은 그것뿐인데도 이렇게 싸우기 힘들 줄이야.'

강자에 대한 도전도 아니고 싸우는 법을 배우기 위한 사냥도 아니었다.

그저 살아남기 위한 싸움이었다.

그것만으로도 상대에게 주는 압박감은 엄청났다.

'게다가 뒤에 남은 2마리는 새끼인 건가.'

조금 떨어진 곳에서 천천히 접근하는 2마리는 아직 강아지만 한 크기였다.

이런 상황에서 마음이 약해지는 건 신이 일본인이기 때문일까.

"내가 우두머리를 베겠소. 츠바키는 오른쪽, 신은 왼쪽을 맡으시오."

"알았어."

"오케이."

신과 츠바키가 각자 대답했다.

"그럼…… 지금이오!!"

그들은 서로의 호흡을 읽으며 타이밍을 맞췄다.

먼저 공격한 건 츠바키와 신이었다.

츠바키는 속도 상승 아우라를 지속한 채로 상대에게 달려들었다. 잭 울프에게는 거리가 순식간에 좁혀진 것처럼 느껴졌을 것이다.

반사적으로 몸을 움츠리는 상대에게 츠바키는 가차 없이 주먹을 내뻗었다.

무언가가 깨지는 소리가 나며 잭 울프가 땅을 뒹굴었고 몇 번 경련을 일으키다 움직임을 멈추었다.

신도 검을 높이 치켜든 채 츠바키를 능가하는 속도로 한 걸음 앞으로 나섰다. 그리고 파고드는 것과 동시에 검을 내리쳤다. 잭 울프는 움직이지 않았다. ─아니, 움직이지 못했다.

공중에 남은 검의 잔상이 사라지는 것과 동시에 몸통이 비스듬하게 두 동강 났다.

잭 울프의 시선은 몇 초 전까지 신이 있던 곳에 머물러 있었다. 아마 검에 베였다는 사실조차 인지하지 못했으리라.

"나머지 한 놈도 잘 부탁해."

"으음, 알겠소."

가이엔은 신과 이야기를 나누며 앞으로 나섰다. 신과 츠바키가 싸우는 동안 우두머리가 빈틈을 노려 공격하지 못한 건 가이엔이 견제하고 있었기 때문이었다.

이미 승산은 없었다. 그럼에도 잭 울프의 우두머리는 물러서지 않고 낮게 으르렁거리며 다리에 힘을 모으고 있었다.

신은 살아남으려는 순수한 의지를 보며, 그러면 안 된다는 걸 알면서도 경외심을 느꼈다.

우두머리는 몇 초 뒤에 마지막 힘을 쥐어 짜내듯이 가이엔을 향해 돌격했다. 한 무리의 우두머리다운 엄청난 속도였다.

"훌륭하군."

가이엔은 칭찬의 말을 중얼거렸다. 그리고 대태도를 치켜들며 달려드는 리더와 마주 보았다.

가이엔은 일직선으로 다가오는 리더를 향해 조용히 움직였다. 발을 끄는 듯한 움직임 때문인지 가이엔의 모습이 일렁거리는 것처럼 보였다.

양쪽의 교차는 한순간이었다. 그 뒤에는 대태도를 내리친 가이엔과 두 동강이 난 리더의 모습만이 남아 있었다.

가이엔은 칼날에 묻은 피를 닦아내며 길 너머—새끼 잭 울프 쪽을 바라보았다.

"새끼들은 어떻게 할 거야?"

이쪽 세계의 사람들은 이런 상황에서 어떤 판단을 내릴 것인가. 신은 그걸 알아보는 의미도 겸해서 가이엔에게 물어보았다.

"덤빈다면 베겠소. 도망친다면 쫓지 않겠소. 우리가 할 일은 호위요. 몬스터를 사냥하는 일이 아니외다. 어느 쪽이든 저 아이들만으로는 살아남기 힘들 테지만 말이오."

만약 살아남는다면 언젠가 사람을 습격할지도 모른다. 하지만 그건 지금 생각할 문제가 아니었다.

이 세계에서 집락 밖으로 나서려면 호위를 고용하거나 호신술을 익혀야 하는 게 상식이었다.

사람을 습격하는 짐승, 몬스터, 심지어 같은 인간인 강도들까지 출몰하는 것이다.

여기서 잭 울프 새끼를 죽인다 해서 사람들이 안전해지는 것도 아니었다.

새끼들은 어미가 죽었다는 걸 알고 있는지 도망치듯이 숲 속으로 사라져버렸다.

"왠지 씁쓸하네."

티에라의 말에 신도 고개를 끄덕거렸다.

"일반적인 몬스터와는 달랐으니까 말이지."

"나도 동감이오. 새끼와 함께 있는 적을 상대하는 건 쉽게 경험할 수 있는 일이 아니외다."

"하지만 너무 깊이 생각하는 것도 좋지 않아."

츠바키의 말대로 너무 깊이 생각한 나머지 칼끝이 무뎌진다면 다음 희생자는 자신들이 될 수도 있었다. 그러니 빨리 떨쳐버려야만 한다.

"끝났나? 그러면 빨리 가세."

그림 호스 옆에서 대기하던 나크가 다가와서 네 사람에게 말을 건넸다. 나이 많은 전직 모험가답게 사소한 일은 빨리 잊고 넘어가는 것 같았다.

"그건 그렇고 저렇게 야윌 만큼 먹지 못했다는 건 숲에서 무슨 일이 있었던 건가?"

신의 질문에 가이엔이 대답했다.

"글쎄, 모르겠군. 잭 울프는 머리가 좋은 몬스터요. 저런 상태가 될 때까지 사냥에 실패할 리는 없소이다."

"먹이가 줄어들었을 수도 있잖아."

"녀석들은 고블린을 먹소. 그 악귀들이 한꺼번에 사라질 리는 없지 않겠소이까?"

"동감이야. 고블린은 1마리만 보여도 근처에 30마리가 있다고 생각해야 하지."

츠바키는 집 안에 숨은 바퀴벌레를 묘사하듯이 말했다. 고블린의 번식력은 역시 게임 때와 다르지 않은 것 같았다.

"망령평원에서 스컬페이스가 대량으로 우글거린다는 이야기를 들었어. 그 영향이 아닐까?"

츠바키가 말하자 신이 문득 생각났다는 듯이 입을 열었다.

"아아, 그러고 보니 길드에서 고랭크 모험가가 전부 일하러 나갔다고 하던데, 뭔가 대규모 의뢰가 있었던 거 아냐?"

"그것 말이오? 난 그때 츠바키와 함께 베일리히트보다 남쪽에 있는 도시에서 막 돌아온 참이었소. 그래서 그 의뢰에는 참가하지 못했소이다."

그러자 티에라가 조용히 귓속말을 했다.

'저기, 신.'

'왜?'

'스컬페이스라면 스승님께 들어왔던 의뢰를 말하는 거야?'

'그래, 상당히 강한 개체가 있었거든. 그 녀석에게 영역을 빼앗겨서 온 건지도 몰라.'

"어찌 됐든 이유는 아무도 몰라. 생각해봐야 헛수고. 난 잘래."

혼자 자유분방한 츠바키는 그렇게 말하며 외투를 걸쳤다. 흔들리는 마차 안에서도 잘 자는 게 모험가다웠다. 불침번이나 마부를 교대해야 했기에 쉴 수 있을 때 쉬는 것도 중요한 임무였다.

"츠바키의 말이 맞소. 우리가 아무리 생각해봐야 정보가 너무 부족하오. 시간을 보다 효율적으로 쓰는 게 좋을 것 같소."

"그렇겠지. 난 일단 무기 손질이라도 해둘까. 티에라는 어떡할래?"

"난 이제 슬슬 교대해야 하니까 마부석 쪽에 가 있을게."

티에라는 그렇게 말하며 짐칸에서 나와 나크 옆으로 이동했다.

기본적인 건 전부 훈련시켰다는 슈니의 말처럼 티에라는 모험가에게 필요한 능력은 대부분 갖추었고 마부 일도 문제 없이 해냈다. 오히려 마차를 몰아본 경험이 없는 신이 그녀에게 배워야 할 정도였다.

게임에서는 방향만 지시하면 말이 알아서 달려주었기에 신은 마부 일에 익숙하지 않았다.

"모험가가 돼서 이 정도도 못하면 어떡하나? 아가씨 쪽이
훨씬 쓸 만하구먼."

"으윽."

신은 나크의 말에 살짝 주눅이 들고 말았다.

그 뒤로는 한동안 별 탈 없이 길을 나아갔고 야영을 하며
베이룬으로 향했다.

망령평원을 둘러싼 숲을 우회하는 길은 나크 같은 상인뿐
만 아니라 대규모 카라반도 지나다닌다. 그렇기 때문에 몬스
터가 별로 접근하지 않는 것이다. 게다가 사냥감은 숲 속이
더 풍부하기도 했다.

그리고 이제 하루 정도면 베이룬에 도착할 무렵, 좀처럼 보
기 힘들다는 자들이 나타났다.

"미안하군, 상인 양반. 죽고 싶지 않으면 가진 돈하고 짐들,
전부 여기 두고 꺼지쇼."

도적 떼였다.

아무래도 운이 없었던 것 같았다. 누구의 운이 나쁜 건지는
말할 것도 없으리라.

도적들은 인원도 많았고 가죽 갑옷이나 롱소드로 제대로
무장한 걸 보면 제법 잘나가는 듯했다. 어떤 방법으로 돈을
버는지는 굳이 알고 싶지 않았지만 말이다.

"자, 어떡할래? 저 녀석들, 실력에 자신이 있는지는 모르겠

지만 정면에 6명하고 복병 1명밖에 없는데?"

신이 가이엔과 츠바키를 돌아보았다.

"해야 할 일은 똑같소이다. 공격해온다면 해치울 뿐이오."

"한 명만 남기고 전부 베어버려."

농담인지 진담인지 모를 츠바키의 발언과 함께 세 사람은 움직였다.

전술은 이미 정해졌다. 신, 가이엔, 츠바키가 앞에 나서고 티에라가 엄호하는 기본적인 진형이었다.

유즈하를 마차에 남겨두었기에, 만약 감지하지 못한 적이 있어도 대처할 수 있었다.

상대의 레벨은 평균 150 정도였고 앞장서서 말을 꺼낸 남자는 의외로 163이나 되었다.

그 정도 실력이라면 평범하게 모험가로 살아갈 수도 있을 것 같았지만 그들에게도 여러 가지 사정이 있을 것이다. 물론 그들의 사연을 알게 된다 해서 달라질 건 없었다.

나크도 이번만큼은 호신용 도끼를 들고 있었다.

전투가 시작되는 건 시간문제였다. 긴장이 고조되는 가운데 티에라는 짐칸 안에서 숨을 죽인 채 전에 가이엔이 했던 말을 떠올렸다.

『신, 티에라. 그대들은 사람을 죽여본 적이 있소이까?』

여행이 시작되었을 때 가이엔이 두 사람에게 제일 먼저 했던 질문이었다. E랭크의 호위 의뢰는 모험가로 살아가려는 자가 처음으로 마주치는 난관이기 때문이다.

그렇다. 이때 처음으로 사람을 상대로 싸워야 하는 일이 생긴다.

B랭크 이상의 상위 모험가 다음으로 사망률이 높은 구간이 바로 E랭크였다. 그리고 그중에서도 몬스터보다 사람에게 당하는 비율이 높았다.

'괜찮아. 쏠 수 있어.'

지금의 멤버 중에서 사람을 죽여본 일이 없는 건 티에라뿐이었다. 신 역시 그녀를 걱정하는 게 표정에 드러났지만 괜찮다고 말하며 마차 앞으로 보낸 것이다.

죽여야만 했다. 죽이지 않으면 앞으로 나선 세 사람의 위험이 더욱 커진다.

"이봐, 이봐, 고작 3명에서 상대하려고? 지금이라면 아직 늦지 않았으니까 잘 생각해보는 게 어때?"

"그리고 거기 있는 빨간 머리 아가씨도 두고 가도록 해. 우리가 재밌게 놀아줄 테니까 말이야!"

도적의 말을 듣고 세 사람의 기척이 날카로워졌다. 당연하다면 당연한 반응이었다.

"신……."

그런 세 사람을 보며 티에라는 신의 이름을 중얼거렸다.

감수성이 예민한 엘프 중에서도 티에라는 특히 감각이 날카로운 편이었다.

그렇기에 알 수 있었다. 츠바키를 두고 가라고 도적이 말한 직후 신의 기적이 희미하게 변화했다는 것을 말이다.

살기를 내뿜고 있다는 건 변함없었다. 하지만 보다 날카롭고 어둡게 바뀌어 있었다.

티에라가 알던 온화함은 사라지고 어떤 종류의 불길함마저 느껴졌다. 기적만 보면 아예 다른 사람이라고 할 수 있었다.

티에라만큼 예민하진 않은지, 가이엔과 츠바키는 아직 느끼지 못하는 것 같았다. 다행인지 불행인지 지금 신의 변화를 감지한 건 티에라뿐이었다.

'더 이상 신을 저 상태로 두면 안 돼. 지금의 신은 위험해!'

활을 쥔 손에 힘이 들어갔다.

어느샌가 그녀의 머릿속에서 사람을 죽인다는 것에 대한 거부감은 말끔히 사라졌다.

상대는 도적 떼고 명백하게 상습범이었다. 이 세계에서 도적질을 반복한다는 건 목숨이 한없이 가벼워진다는 걸 의미했다. 붙잡힐 경우 사형을 면할 길은 없었다.

신과 비교하면 더할 나위 없이 가벼운 존재에 지나지 않았다.

티에라는 화살을 시위에 걸고 힘껏 당겼다. 목표물은 근처 수풀에 숨은 도적이었다. 본인은 잘 숨었다고 생각할 테지만 엘프인 티에라에게는 무방비하게 걸어가고 있는 거나 다름없었다.

그녀는 활을 계속 조준하면서 가이엔의 신호를 기다렸다.

"무익한 살생은 바라지 않소. 물러난다면 보내줄 테지만 아니라면 베겠소."

"이봐, 이봐, 상황 파악이 그렇게 안 돼? 그쪽이 전부 E랭크 이하라는 건 이미 알고 있다고."

"아무리 당신 혼자 A랭크라도 동료들까지 지키면서 싸울 수 있겠어? 보내준다고 할 때 감사히 도망치는 게 좋을 것 같은데?"

어디서 정보를 얻은 건지 몰라도 도적들은 가이엔을 제외하면 전부 랭크가 낮다는 걸 알고 있었다.

보이지 않게 접근하는 도적이 나크를 노리는 걸 보면 정확한 인원수는 모르는 것 같았지만 우연한 습격이 아니라는 것만은 명백했다.

"물어볼 질문이 늘어났군."

"남길 사람은 2명으로 해."

신과 츠바키가 눈을 마주쳤다. 교섭은 결렬된 것이다.

애초에 이야기가 통할 거라는 기대는 아무도 하지 않았다. 상대의 동향을 관찰하면서 피해가 나오지 않도록 준비할 시간이 필요했던 것뿐이다.

가이엔이 살짝 고개를 가로저었다. 바로 그것이 공격 신호였다.

다음 순간 마차의 짐칸 안에서 티에라가 내쏜 화살이 도적이 숨어 있던 수풀 쪽으로 빨려 들어갔다.

"—?!"

비명은 없었다. 무언가가 땅에 부딪치는 둔탁한 소리가 들렸을 뿐이다.

신의 미니맵에 보이던 붉은 마크가 하나 사라졌다. 머리나 심장에 화살을 맞았는지 HP가 단번에 0으로 줄었지. 즉사였다.

"칫, 실수하다니. 얘들아, 해치워버려!!"

리더로 보이는 남자는 동료의 죽음을 애석해하기는커녕 짜증을 냈다. 그리고 지시를 받은 도적들이 일제히 공격해왔다.

"그러면 한 사람당 2명씩이군. 할 수 있다면 각자 1명씩 남기시오. 이야기를 들어봐야 하니."

"사지 멀쩡히?"

"이야기만 할 수 있으면 되오. 좋을 대로 하시오."

가이엔과 츠바키는 아무렇지 않게 살벌한 대화를 나누었다. 역시 이런 상황에 익숙한 것 같았다. 츠바키는 적보다 레벨이 낮았지만 전혀 주눅 들지 않는 모습이었다.

가이엔은 그대로 있었고 신과 츠바키가 좌우로 흩어져 도적들을 분산시켰다.

도적들은 가이엔에게 3명, 츠바키에게 1명, 신에게 2명이 붙었다. 누군가가 애널라이즈라도 쓸 수 있는 건지, 레벨이 낮은 츠바키보다 가이엔에게 많은 인원이 배치되었다.

"얕보는 거야?"

츠바키의 말에 노기가 섞였다. 자신에게 덤비는 도적은 레벨만 보면 분명 츠바키보다 강했다. 하지만 그렇다고 간단히 이길 수 있을 만큼 전투라는 건 만만하지 않았다.

츠바키는 지금껏 숨겨둔 비장의 카드를 하나 꺼내야 하나 생각하다가 목덜미에 희미한 오한을 느꼈다. 그녀는 도적의 검을 받아내기 위해 치켜든 장갑을 거두며 즉시 거리를 벌렸다.

"헤에, 제법 감이 좋은데."

남자는 츠바키의 몸을 음흉하게 훑어보았다. 그의 오른손에 든 검에서는 붉은 아우라가 방출되고 있었다.

츠바키는 시선을 돌려 주위의 상황을 확인했다.

모든 도적이 색은 다르지만 아우라를 발산하는 무기를 들고 있었다. 모두가 마검이나 그에 준하는 무기를 갖고 있는 것이다.

그들은 레벨 외에도 장비 면에서 확실한 우위를 점하고 있었던 모양이다.

"너무 저항하지 말라고. 죽어버리면 못 즐기잖아. 크큭."

도적은 츠바키의 장갑이 단순한 양산품이라는 걸 알아챈 것 같았다. 이런 상황에서는 츠바키도 제대로 된 방어를 할 수 없었다. 그렇기에 남자는 자신의 승리를 의심하지 않았다.

"내가 작다고 무시했다간 큰코다쳐."

"하핫, 정신 승리는 나한테 이기고 나서 하시지 그래!!"

도적은 그 말과 함께 돌진해왔다. 아이템으로 능력치가 보정되었는지 레벨에 비해 훨씬 빨랐다.

하지만 츠바키도 지지 않았다. 하얀 아우라를 두르며 달려나간 것이다. 아우라의 정체는 보조계 무예 아츠【조기操氣·활섬活閃】이었다.

이름이 가리키는 것처럼 기를 조종해 육체를 강화하는 무예 스킬의 다운그레이드 버전이었다. 활섬이라는 이름은 주로 속도 상승에 특화된 능력임을 나타내고 있었다.

츠바키는 하얀 잔상을 남기며 도적에게 접근해 주먹을 내뻗었다.

도적은 츠바키가 자신보다 빠르다는 것에 경악했지만 피할 수 없다고 판단하고는 검을 들지 않은 손으로 막아내려 했다.

하지만 츠바키의 목표는 대미지를 주는 것이 아니었다. 그녀는 검을 쥔 손을 노리고 있었다.

도적은 제법 빠르게 반응했지만 츠바키의 의중까지 읽어내진 못한 것이다.

장갑에 감싸인 주먹이 도적의 오른손을 정통으로 때렸고 손가락 5개가 전부 부러졌다. 피부에서 뼈가 튀어나오며 꺾여서는 안 되는 방향으로 꺾이고 말았다.

"무기가 아무리 좋아봐야 넌 풋내기야."

아무리 마검을 갖고 있어도 사용자의 능력이 바뀌는 건 아니었다.

격통에 비명을 지르는 도적은 더 이상 방어 따위는 생각지도 못하고 있었다. 무방비 상태가 된 적의 몸통을 앞에 두고 츠바키는 한순간 힘을 모았다.

"—날아가."

그 한마디와 함께 주먹이 세게 뻗어나갔다. 그리고 사람을 때렸다는 게 믿기지 않는 둔탁한 소리와 함께 도적은 피를 토하며 허공을 붕 날았다.

그리고 날아간 방향에는 가이엔을 포위하던 다른 도적이 있었다.

"아악!!"

그는 반응할 새도 없이 날아온 도적과 격돌하며 수풀 속으로 사라졌다. 박치기를 하는 듯한 소리가 들린 걸 보면 휘말린 쪽도 한동안 움직이지 못할 것이다.

츠바키에게 맞은 도적은 명치가 함몰되었기에 내장—아니, 심장이 파열된 게 분명했다. 화살을 맞은 자와 마찬가지로 즉사였다.

"뭐, 뭐야, 방금 그건……."

갑자기 아군의 몸이 사라지는 걸 본 도적 하나가 멍하니 수풀 쪽을 바라보았다.

하지만 적을 앞에 둔 상황에서 그건 치명적인 실수였다. 가이엔이 그걸 놓칠 리가 없었다.

"멍청한 놈! 이 녀석한테서 눈을 떼지 마!!"

도적들의 리더가 외쳤지만 때는 이미 늦은 뒤였다. 가이엔은 빈틈을 보인 도적을 향해 미끄러지듯 다가가서 대태도를 휘둘렀다.

"쉿!"

도적은 리더의 목소리를 듣고 간신히 반응했지만 이미 자세가 무너진 상태에서 가이엔의 일격을 막아낼 수는 없었다.

바람을 가르는 대태도가 마검과 격돌한 순간, 도적의 손에서 튕겨나간 마검이 대태도와 도적의 몸 사이를 가로막았다.

그래서 순간적으로는 마검이 기적적으로 대태도를 막아낸 것처럼 보였다.

하지만 안타깝게도 있는 힘껏 내리친 대태도가 도적의 몸을 막아선 마검을 너무 쉽게 두 동강 냈다. 그리고 마검의 주인인 도적의 몸 역시 마찬가지 꼴을 당했다.

"아…… 니…….."

가로로 두 동강이 난 부하를 보며 도적 리더가 쉰 목소리로 중얼거렸다. 아무리 A랭크라도 마검까지는 베어낼 수 없다고 생각했던 모양이었다.

그는 눈을 크게 뜨고 믿을 수 없다는 듯이 가이엔을 바라보았다.

"그대들은 마검을 갖고 있지만, 공교롭게도 내 무기 역시 마검 종류외다."

유리하다고 생각했던 전황이 한순간에 뒤집어졌다.

도적 리더는 이런 전개가 믿어지지 않았다. 그가 입수한 정보가 맞다면 가이엔 이외에는 전부 E랭크 이하였다. 이제 막 한 사람 몫을 할 수 있게 된 수준인 것이다.

그럼에도 마검을 가진 C랭크 부하가 츠바키 하나도 당해내지 못했다.

혼란에 빠진 리더는 희미한 희망을 품고 남은 부하, 그의 부관이 있던 곳을 돌아보았다. 그리고 그는 이번에도 믿기 힘든 광경을 목격하게 되었다.

†

전투 개시 직후, 신에게는 2명의 도적이 달라붙었다.

한 명은 갈색 머리, 다른 한 명은 금발 남자였다. 레벨은 갈색 머리가 151, 금발이 153이었다. 모험가로 따지면 C랭크 정도였다.

배치를 보면 츠바키를 빨리 해치우고 4명이 가이엔을 붙잡아두는 사이 2명이 신을 통과해 나크에게 접근하려는 것 같았다.

수풀에 숨어 있다 죽은 남자는 도적 중에서 레벨이 가장 낮았고 금발 남자는 리더 다음으로 레벨이 높았다. 이 정도 레벨이면 날아오는 화살에도 대응할 수 있을 것이다. 풍기는 분위기가 전혀 달랐다.

"뭐, 해야 할 일은 변함없지만 말이지."

신은 그렇게 중얼거리며 2명의 진로를 막아섰다.

그러자 갈색 머리가 신을 묶어두기 위해 검을 휘둘렀다. 그 마검은 노란 아우라를 내뿜고 있었다. 하지만 신이 가진 검과는 비교가 되지 않았다.

현재 기준에서 말하는 마검과 게임 시절의 마검은 개념이 달랐다.

검신에서 아우라를 발산하는 건 똑같지만 게임에서는 검 자체가 전설급 이상이어야만 비로소 마검이라 불릴 수 있었다. 도적이 가진 검은 진정한 의미의 마검이 아닌 것이다.

도적의 검은 아우라를 증기처럼 뿜어냈지만 신의 검이 발산하는 하얀 아우라는 검신과 동일한 형태를 유지하고 있었다.

마검이 발산하는 아우라는 검의 완성도를 드러내는 바로미터라 할 수 있었다. 아우라가 흩어지지 않고 검신에 집중되어야 성능이 높은 것이다.

바로 그렇기 때문에 두 사람이 검을 맞댄 결과도 당연한 귀결로 끝났다.

칼날이 맞부딪치자 도적의 검이 잠시 버티다 맑은 소리와 함께 부러진 것이다.

양쪽 모두 원래는 마검이라 할 수 없는 무기였다. 유사품인 셈이다.

하지만 신이 가진 일본도는 진짜 마검과 부딪쳐서 몇 번 정도는 버틸 수 있었다. 아우라를 뿜어내는 것 말고는 아무 장점도 없는 조잡한 검과는 차원이 다른 무기였다.

갈색 머리는 한때 혼 드래곤에게도 상처를 입힌 검이 한 방에 부러지는 걸 보고 놀란 나머지 몸이 굳어버리고 말았다. 그리고 기회를 놓치지 않은 신이 그의 몸을 베었다.

"어?!―아악?!"

갈색 머리의 도적은 비명과 함께 쓰러졌다.

신의 물 흐르는 듯한 움직임에는 일말의 주저함도 없었다.

사람을 죽이는 일이 익숙한 건 아니었다. 하지만 주저하고 고민하는 단계는 이미 넘어선 지 오래였다. 데스 게임 시절에 전선에서 싸운 자들 중에서 그런 갈등을 극복하지 못한 사람은 아무도 없었다.

게다가 상대는 악질적인 도적들이었다. 누군가의 핏자국이 남은 무기로 싸우는 모습을 보면서 신의 마음이 약해질 리는 없었다.

생명을 경시해선 안 된다. 그러나 지나치게 중시할 필요도 없는 것이다.

"자, 당신은 어떡할래?"

신은 쓰러진 갈색 머리에게 눈길조차 주지 않으며 금발 앞을 막아섰다.

마치 식사 메뉴를 묻는 듯이 가벼운 말투였지만 금발 도적은 엄청난 위압감을 느꼈다.

금발은 경악으로 얼굴을 일그러뜨렸다. 마검이 부러지는 상황이 처음인지 자신의 검과 신의 검을 번갈아 보고 있었다.

"어쨌든 그 검은 방해되는군."

신이 자연스레 한 걸음 내디디며 검을 휘둘렀다. 그것만으로도 금발이 들고 있던 마검이 산산조각 났다.

"앗?! 이, 이럴 수가…… 내 마검이……."

금발 도적은 칼자루만 남은 마검을 보고 망연히 중얼거렸다. 떨어진 거리에 있던 신의 일격이 눈에 보이지 않았기 때문이었다.

신은 스킬을 사용한 것이 아니었다. 자신의 기량과 능력치만으로 몇 미터 떨어진 거리를 순식간에 좁힌 것이다. 스킬에만 의존할 수 없는 PK용 기술이었다.

"이제 못 움직이게 만들면 끝이군."

그 말과 동시에 신의 모습이 또 사라졌다. 동시에 금발 도적은 팔다리에 엄청난 고통을 느꼈다.

금발은 부러진 팔다리로는 몸을 지탱할 수 없어 땅에 쓰러지고 말았다. 그 뒤에서는 신이 일본도를 칼집에 넣고 있었다. 칼등으로 때려서 뼈를 부러뜨린 것이다.

그리고 미끄러지듯 빠르게 움직이는 발놀림은 신이 사라진 것 같은 착각을 불러일으켰다.

"그쪽도 끝났어?"

"그렇소. 신만큼 상대를 심하게 괴롭힌 건 아니오만."

"이래 봬도 많이 봐준 거야."

신은 가벼운 농담을 나누며 가이엔이 상대하던 리더를 바라보았다.

그는 금발 도적 못지않게 혼란에 빠진 모습이었다. 아무리 생각해봐도 신이 E랭크의 전투력은 아니었으니 당연한 일이었다.

"자, 그대들에게 정보를 넘긴 자에 대해 말해보시오."

이미 나크에게 사정을 설명하고 심문할 시간도 받아낸 뒤였다. 의도적으로 습격했을 가능성이 있다는 걸 알자 나크도 동의해주었다.

심문은 가이엔과 나크가 맡았고 신과 츠바키는 마차로 돌아왔다.

걱정스러운 얼굴로 두 사람, 특히 신을 바라보던 티에라는—.

"수고했어. 어쨌든—으음?!"

갑자기 신의 머리를 자신의 품에 끌어안았다.

갑작스러운 행동에 츠바키는 눈을 동그랗게 떴고 신 역시 혼란에 빠졌다.

티에라의 재킷은 가슴 쪽이 열려 있었고 그곳에 얼굴을 파묻은 상황이었다. 이너웨어가 있긴 해도 천이 두껍지는 않았다. 그래서 상당히 생생한 감촉이 신의 얼굴을 감싸고 있었다.

하지만 정작 신은 너무나 당황한 탓에 그 감촉을 즐길 만한 여유조차 없었다는 게 문제였다.

츠바키가 참지 못하고 질문했다.

"저기, 뭐 하는 거야?"

"잠깐…… 음…… 저기, 움직이지 마…….."

어쨌든 뭔가 목적이 있는 행동 같았다. 츠바키는 억지로 그렇게 납득하더니 경과를 지켜보기로 했다. 끼어들고 싶어도 지금 상황은 너무나 뜬금없었다. 그리고 무엇보다 티에라의 표정이 너무나 진지했다.

티에라의 야릇한 목소리를 듣자 신도 얌전해졌다. 잠시 그런 상태가 지속되면서 신이 가슴의 감촉에 신경이 쓰이기 시작했을 때 티에라가 그를 놓아주었다.

그러나 그녀의 양손은 신의 머리를 꼭 붙잡고 있었다.

"저기…… 티에라? 대체 뭘…….."

티에라는 아무 말 없이 진지한 얼굴로 신의 눈을 들여다보았다. 신에게는 그 시간이 너무나 길게 느껴졌지만 시간으로 따지면 몇 초에 불과했다.

"—됐어."

티에라는 고개를 살짝 끄덕거리더니 신을 놓아주고 주위를 경계하기 시작했다.

"뭐야…… 방금 그건…….."

"글쎄?"

신이 츠바키에게 물었지만 그녀 역시 영문을 모르는 건 마찬가지였다. 신과 마찬가지로 머리 위로 물음표가 떠올라 있었다.

†

티에라는 신과 츠바키에게서 멀어지며 그의 기운을 살폈다. 신과 비교하면 상당히 좁은 범위였지만 G랭크 모험가치고는 대단한 감지 능력이었다.

마차 뒤로 이동한 티에라의 가슴을 채우는 건 안도감이었다.

방금 전에 츠바키와 함께 돌아온 신은 겉보기엔 그대로였지만 그 기운이 희미하게 남아 있었다. 어둡고 날카로워서 반사적으로 도망치고 싶어지는 불쾌한 느낌이었다.

갑작스레 벌어진 일이었다지만 자신이 했던 행동을 돌이켜 보면 얼굴에서 불이 날 만큼 부끄러웠다. 그러나 그녀 역시 정말 진지하게 생각한 끝에 나온 행동이었다.

티에라가 아직 달의 사당에 온 지 얼마 되지 않았을 때, 모든 것에 겁을 내던 티에라를 슈니가 부드럽게 안아준 적이 있었다. 그것만으로도 마음이 편해졌던 기억이 났다.

그래서 신에게도 똑같은 일을 해주면 그 기운이 사라지지 않을까 생각했던 것이다. 타인과의 접촉이 제한되었던 티에라로서는 그게 가장 효과적일 거라 판단할 수밖에 없었다.

어쨌든 결과는 성공적이었다. 굳이 따지자면 충격 요법으로 제정신이 들게 했다는 느낌도 들었지만 목적은 달성했으니 된 것이다.

'신도 느꼈을까? 아니면 내가 이상한 걸까?'

살기를 이 정도로 가까이에서 느끼는 건 집락에서 쫓겨난 뒤로 처음 있는 일이었다. 당시에는 아직 어렸기에 무섭다는 느낌밖에 없었다.

그러나 방금 신이 도적과 대치할 때는 살기의 성질이 변화하는 걸 느꼈다. 아니, 느낄 수밖에 없었다고 해야 할지도 모른다.

티에라 자신에게도 낯선 감각이 그녀의 위기감을 부채질한 것이다.

이해할 수 없는 충동이었다. 누군가에게 마음을 조종당한 건지도 모르지만 이상하게 불쾌하진 않았다. 위험하지 않다는 걸 자연스럽게 알게 되는 느낌이었다.

이윽고 마음이 진정된 티에라가 맨 처음 이렇게 생각한 건 어찌 보면 당연하다 할 수 있었다.

'앞으로 신의 얼굴을 어떻게 보지…….'

신을 끌어안을 때의 진지함은 어디로 간 걸까. 평소의 티에라를 아는 사람들이 어찌할 줄 몰라 당황하는 그녀의 모습을 본다면 무척이나 귀엽다고 말할 것이다.

게다가 열심히 숨으려 했음에도 자신의 그런 모습을 신과

츠바키가 똑똑히 목격했다는 걸 티에라는 전혀 모르고 있었
다.

†

신 일행이 마차를 경호하며 10여 분을 기다리자 가이엔과
나크가 돌아왔다.

도적 리더의 모습은 없었다. 산 채로 데려올 필요는 없었기
에 처리한 것이리라.

모두가 마차에 탑승하자 도적을 상대하느라 늦은 시간을
메꾸기 위해 조금 속도를 높여 이동하기 시작했다. 마부는 나
크가 맡았고 가이엔은 적에게서 얻은 정보를 나머지 사람들
에게 설명해주었다.

"결국 그 녀석들은 나크 씨가 운반하는 짐을 노렸다는 거
야?"

"그렇소이다. 아무래도 교회와 관련된 물건인 것 같소. 하
지만 그 짐이 구체적으로 무엇인지는 듣지 못한 모양이오."

츠바키가 물었다.

"그러면 뭘 가져와야 하는지 모르고 있었다는 거야?"

"그렇소. 그래서 호위와 마부를 모두 죽인 뒤 마차를 통째
로 빼앗으려 한 것 같소."

신은 이야기를 들으며 라시아와 관계가 있을지도 모른다는

생각이 들었다. 라시아의 사제 취임은 교회의 정식 인정을 받은 뒤에야 효력이 있었다. 그걸 위해 필요한 서류나 증명서 같은 것이 마차에 실려 있는지도 모른다.

그리고 습격을 의뢰한 자는 무엇을 노린 범행인지 들키지 않기 위해 관계없는 물건까지 빼앗아 오게 한 것일 수도 있었다.

어디까지나 추측에 지나지 않았지만 나크가 무엇을 운반하고 있는지를 누구에게도 알려주지 않는 걸 보면 중요한 물건임은 틀림없었다. 그럴 가능성은 충분했다.

그렇게 생각해보면 우연이긴 해도 그림 호스를 가진 나크를 호위하게 된 건 운이 좋았다고 할 수 있었다.

신 일행은 그 뒤로는 몬스터나 도적에게 습격당하는 일 없이 베이룬에 도착했다.

그림 호스가 끄는 마차가 성문을 통과했다.

그들처럼 성문을 지나는 마차가 많았고 거리도 매우 활기를 띠었다.

베이룬은 소국이며 이웃 국가들도 규모가 비슷했다.

엘트니아 대륙은 2개 대륙이 연결된 듯한 형태이며, 베이룬은 한쪽 대륙의 중심부에 위치했다.

물자의 흐름이 집중되는 거점이기에 강대국의 침략을 받는 경우도 있었지만 그럴 때는 소국끼리 동맹을 맺어 물리치곤

했다.

각국이 선정자를 보유하고 있기 때문에 동맹을 맺은 나라들의 총 전력은 강대국을 능가한다는 말까지 나올 정도였다.

마차는 성문을 통과해 잠시 큰길을 나아가다 도구점 앞에서 멈춰 섰다.

"수고 많았네. 또 기회가 있으면 잘 부탁함세."

나크가 상인답지 않은 말투로 감사 인사를 하며 가이엔에게 의뢰 완료 증명서를 건넸다. 이것을 길드에 제출하면 보수를 받을 수 있었다.

"자, 나는 이제 킬몬트로 향하오만 그대들은 어쩔 셈이오?"

가이엔은 거리를 걸으며 앞으로의 예정에 관해 물었다. 용왕이 다스리는 킬몬트는 드래그닐이 많은 나라였다.

그곳의 정식 명칭은 용황국 킬몬트였다.

슈니에게 들은 바로는 신의 4번째 서포트 캐릭터이자 하이 드래그닐인 슈바이드가 그곳에 있다.

"나도 킬몬트에 볼일이 있어."

"나하고 티에라는 파르닛드에 볼일이 있거든."

가이엔과 츠바키, 신과 티에라로 각각 목적지가 나뉘는 것 같았다.

"흐음. 절묘하게 나뉘었군."

"콤비 같다는 생각은 했어."

모험가에게 만남과 이별은 항상 있는 일이다.

가이엔과 츠바키는 또 새로운 호위 의뢰를 맡아 킬몬트로 향한다고 했다. 덧붙이자면 그들은 신과 만나기 전에도 같은 의뢰를 함께 수행한 적이 몇 번 있다고 한다.

보수를 받은 뒤에 두 사람은 각각 '인연이 되면 또 만나세', '우릴 보면 먼저 말을 걸어줘'라는 말을 남기고 킬몬트로 떠났다.

전혀 아쉬워하지 않는 걸 보면 다른 의뢰를 통해 또 재회할 거라 생각하고 있는지도 몰랐다.

전사의 미련 　Chapter 2

"그래, 이제부터는 어떻게 할까? 역시 마차로 가야 하나?"

"말을 타고 가면 한 달 반, 마차라면 두 달은 걸릴 거야."

"새삼스럽지만 역시 멀군."

가이엔 일행과 헤어진 신과 티에라는 앞으로의 일정에 관해 이야기를 나누었다.

걸어서 이동할 수도 있을 테지만, 그건 여행에 익숙한 숙련자나 마차를 탈 수 없는 가난한 사람만이 선택하는 방법이었다. 신 혼자라면 달려가는 게 가장 빠르지만 티에라를 안아든 채로 계속 달릴 수는 없었다.

신은 생각한 끝에 마차를 구입하기로 했다.

어찌 됐든 신과 티에라는 슈니가 합류한 뒤에도 여행을 계속해야 했다. 갖고 있어도 나쁠 건 없었다.

그래서 신 일행은 길드에서 소개해준 여행용 마차 매장을 찾아갔다.

"성능이 전부 비슷해 보이는데요."

"아, 네, 손님. 그건 이유가 있습죠."

매장에 전시된 마차를 보며 신이 중얼거리자 근처에 있던 가게 주인이 대답했다.

"그런가요?"

"네. 얼마 전에 정부에서 마차를 대량으로 구입해 가서 말입니다. 결국은 남은 재료로 비슷한 성능의 마차를 만들 수밖에 없었습니다. 물론 사용한 소재에 따라서 조금 더 괜찮은 제품도 있긴 하지만요."

그러니 제품이 다 시원찮아 보일 수밖에 없었던 모양이었다.

"흠. 소재라."

신은 나크가 사용하던 마차를 떠올렸다.

짐 운반을 중시했기에 겉모양은 별로였지만 확실히 좋은 소재로 만들어진 마차였다.

바퀴에도 특수한 처리가 되어 있는지 심하게 흔들리는 경우도 없었다.

물론 그렇게까지 심하게 흔들리지는 않았다는 의미였다.

"이건…… 개조할 수밖에 없겠는데."

"잠깐만. 방금 뭔가 불길한 단어가 들린 것 같은데?"

조용히 중얼거린 신의 어깨 위에 손을 얹으며 티에라가 말했다. 지금까지의 경험을 통해 좋지 않은 일이 벌어질 거라는 걸 예상한 것이리라. 얼굴은 웃고 있지만 눈은 웃고 있지 않았다.

"무슨 말씀이신지."

"뻔뻔하긴. 빨리 자백해. 이번에는 또 무슨 일을 저지르려는 거야?"

"그렇게까지 심각하게 생각할 필요는 없어. 그냥 마차의 흔들림을 줄이고 더 잘 움직일 수 있게 만들려는 것뿐이야."

흔들림을 막고 마차를 끄는 말의 부담을 줄여주기 위한 개조였다. 물론 안 보이는 부분만 손을 대면 겉모습은 거의 그대로였다. 실제로 타보기 전에는 변화를 실감하기 어려울 것이다.

급조한 마차보다는 훨씬 쾌적할 것이다. 마차를 팔아야 하는 상황이 오면 원래대로 돌려놓으면 된다.

"정말? 말이 없어도 알아서 움직이거나 하늘을 날아가게 만들 건 아니지?"

"그런 짓 안 해!!"

못 한다고 말하지 않는 게 신다웠다.

하지만 마차 설계는 그의 전문 분야가 아니었기에 그런 개조가 간단할 리는 없었다.

반면 흔들림 방지를 위한 스프링이나 바퀴의 베어링은 대장장이의 분야이기에 손을 쓰기 쉬웠다.

"뭐, 눈에만 안 띄면 괜찮으려나."

"당연히 눈에 띄지 않도록 할 거야. 나도 이제 조금은 학습했다니까."

"신이 아니었다면 믿었을 텐데."

"거참 너무하네."

하지만 반론할 수 없는 것도 사실이었다.

"그런데 마차도 개조할 줄 아는 거야?"

"조금은. 하지만 전문 분야는 아니라서 대단한 수준은 못 돼."

"나크 씨의 마차보다 좋아진다면 대환영이야."

이러니저러니 해도 티에라 역시 흔들리는 마차 때문에 힘들었던 모양이었다.

귀족이 타는 마차는 거의 흔들리지 않는다는 걸 티에라도 달의 사당에 오는 모험가를 통해 들은 적이 있었다. 그리고 그런 마차를 만들 수 있다면 싫어할 이유가 없었다.

나크의 마차도 흔들림이 적은 편이었지만 마차에 익숙하지 않은 티에라에겐 매우 불편했다.

"개조는 그렇다 치고 마차는 어느 걸로 하게? 솔직히 나는 뭐가 좋은 건지 모르겠어."

신은 인원수와 짐의 양을 고려해서 매장 안에서 가장 큰 마차를 가리켰다.

"어쨌든 안에서 잘 수 있을 만큼은 넓어야겠지. 저 정도면 될 것 같은데?"

"맞아. 이제 곧 스승님도 오실 테니까. 저 정도 크기면 짐을 실어도 여유가 있겠어."

티에라도 괜찮을 거라 생각하며 동의했다.

차체가 무거운 만큼 마차를 끄는 말도 힘이 좋아야 하지만, 최악의 경우엔 유즈하에게 끌게 하는 방법도 있었다. 모습을 바꾼다는 건 참 편리한 능력이었다.

"감사합니다! 그런데 손님, 마차를 끌 말은 갖고 계십니까?"

"아니요. 이제부터 보러 가려고요."

"말을 사보신 적은 있으시고?"

"처음인데요."

"그러면 비싼 물건을 팔아주신 손님께 조언을 하나 해드리죠. 말은 되도록 각력이 좋은 녀석으로 고르는 게 좋을 겁니다. 여러 마리로 끌게 한다면 모를까, 한 마리만으로 끌기엔 저 마차는 약간 무겁거든요."

"고맙습니다. 참고하죠."

아마 만예마挽曳馬(역주: 일본 홋카이도의 썰매 끄는 말) 같은 품종을 가리키는 것이리라. 마차와 타는 인원수를 고려해보면 신도 그게 좋을 거라고 판단했다.

"아, 몬스터가 끌게 하는 건 어떻죠? 지인 중에 그렇게 하는 사람을 봤거든요."

"뭐, 말과는 힘이 비교도 안 되니까요. 길들일 수만 있다면 좋을 테지만 어렵다고 들었습니다."

"그렇겠죠. 정보 감사해요."

신은 조언을 해준 주인에게 감사 인사를 하며 가게를 나왔다. 다음 목적지는 말을 파는 가게였다.

"자, 다음은…… 응? 이 소리는……."

말을 사러 가기 위해 한 걸음 내딛자마자 신의 귓가에 딸랑딸랑하는 청아한 소리가 들렸다. 예전에 설정해둔 채팅 알림음이었다.

조작 방법은 게임 시절과 다르지 않았기에 신은 사고思考 조작으로 부름에 응했다.

《여보세요, 여기는 신. 감도 양호.》

《슈니입니다. 스컬페이스의 전리품 분배가 방금 끝났어요. 지금 어디쯤인가요?》

《베이룬에 있어. 말을 입수하면 마차를 타고 파르닛드로 향할 생각이야.》

마침 좋은 타이밍이었기에 신은 현재 위치와 마차 구입 사실 등을 알려주었다.

《그렇군요. 그러면 제가 마차를 끌 몬스터를 포획해서 갈게요. 베이룬에는 하루 정도면 도착할 것 같은데, 기다려주실 수 있나요?》

《알았어. 그러고 보니 너도 조련사 능력을 갖고 있었지.》

육천의 조련사 겸 소환사인 캐시미어가 신에게 직업을 가르칠 때 슈니도 동행하며 함께 능력을 익힌 것이다.

그녀는 지금까지 한 번도 길들이기를 해본 적이 없었지만 드디어 유용하게 쓸 때가 온 것 같았다.

《네. 되도록 힘이 좋은 몬스터를 데려갈 테니까 기대해주세요.》

의욕에 가득 찬 슈니의 모습이 눈에 선했다.

타이밍이 무서울 만큼 절묘했지만 문제 될 건 없었기에 신은 신경 쓰지 않았다.

《그리고 한 가지 묻고 싶은 게 있는데요.》

《뭔데?》

《달의 사당을 휴대할 때 무슨 일이 있었나요? 다들 달의 사당이 갑자기 사라져서 걱정했다고 하더라고요.》

《아아, 감시하는 녀석들이 있길래 쫓아오기라도 하면 귀찮으니까 마법 스킬을 좀 썼어.》

《환영을 사용한 거군요. 의외로 원만한 방법을 쓰셨네요. 신이라면 주위를 초토화하기라도 할 줄 알았는데요.》

《잠깐만. 날 대체 어떻게 생각하길래 그래!》

《예전에는 자주 그러셨잖아요.》

《아니, 그건 노골적으로 날 죽이려 드는 녀석들한테 그랬던 거고, 정보원들 상대로 다짜고짜 그런 행패를 부리진 않는다고.》

목숨을 노리는 상대를 봐주지 않는 건 사실이지만, 감시만 하던 이들을 무턱대고 죽일 생각은 없었다. 게다가 그들이 감시하는 건 달의 사당과 슈니이지, 신은 아니었다.

《신이 그렇게 판단했다면 됐어요. 저 역시 아무것도 모르는 척 행동했으니까 지금쯤 높은 사람들은 머리를 감싸 쥐고 있겠죠.》

《그럴 테지. 은폐를 사용했으니까 우리 모습도 안 보였을 테고. 감시하던 녀석들 눈에는 달의 사당이 갑자기 사라진 것처럼 보여서 엄청 당황했을 거야.》

환영과 은폐의 다중 사용. 자신들은 숨으면서 다른 이들에게 환각을 보여주는 일반적인 방법이었다. 게다가 사용자가 신이기 때문에 간파할 수 있는 사람은 거의 없었다.

은폐의 경우 무예 계열과 마법 계열에 똑같은 이름을 가진 스킬이 존재하지만 이번에 신이 사용한 건 마법 스킬 쪽이었다. 무예 스킬보다 효과는 떨어지지만 본인 외에도 효과가 적용되기 때문에 티에라의 모습까지도 숨길 수 있었다.

그리고 실제로 공작원들의 눈에는 그들이 전혀 보이지 않았다.

《그 사람들도 이번 일을 통해 많은 것을 깨달았을 거예요. 다들 겉으로는 저를 칭송하면서 뒤에서 몰래 감시하고 회유하는 수법에 진절머리가 났었거든요. 자업자득인 거죠.》

슈니는 살짝 화를 내며 말했다. 물론 모든 나라가 그랬던 건 아니었다. 예의 있는 태도로 접근하는 나라도 많았다. 그러나 지각 변동으로 혼란에 빠진 대륙의 패권을 잡기 위해 수단 방법을 가리지 않는 나라도 그만큼 많았다.

슈니가 하이 휴먼의 부하였다는 걸 알고 자기 세력에 끌어들이려고 혈안이 된 나라는 셀 수조차 없었다.

그래서 대륙이 평화로워진 지금도 달의 사당에 대한 감시가 이어져온 것이다.

지금은 당시의 분쟁을 기억하는 이가 많지 않았지만 하이
엘프인 슈니에게는 그렇게 오래전 일도 아니었다.

그래서 지금도 감시나 회유에는 강한 반감을 느끼는 것이다.

《지금까지 들어왔던 것보다 훨씬 심했었나 보네.》

《멋대로 달의 사당에 대한 소유권을 주장하는 나라가 나타
났을 때는 그 나라 전체를 날려버리고 싶었어요.》

《네가 그런 말 하면 농담으로 안 들린다고.》

신은 질렸다는 듯 말하면서도 슈니가 화낼 만하다고 납득
할 수밖에 없었다.

자신들의 소중한 장소나 물건을 누군가가 멋대로 빼앗으려
하면 화가 나는 게 당연했다. 슈니 같은 성격이라면 더욱 참
기 힘들었으리라.

《뭐, 이제 그런 건 신경 쓰지 않아도 돼. 그건 애초에 내 개
인 소유물이고 어디로 가져가든 내 마음이야.》

달의 사당이 사람들에게 중요한 존재가 되었다 해도 이것
만큼은 양보할 수 없었다.

많은 동료들과 오랫동안 함께해온 달의 사당은 신에게도
소중한 장소였다. 상대가 누구든 간에 순순히 내줄 생각은 추
호도 없었다.

《아마 달의 사당을 얻으면 슈니도 따라올 거라고 생각한 게
아닐까?》

《그런 생각을 하는 사람도 있었죠. 결혼을 제의하는 사람도 많았고요.》

《……그랬겠지.》

그녀의 외모를 설정한 신이 이런 말을 하는 것도 우습지만, 슈니의 아름다움은 경국지색이라 칭할 수 있을 정도였다. 남자들에게 상당히 인기가 있을 거라는 건 쉽게 상상할 수 있었다.

슈니와 달의 사당이 한 세트로 인식되어온 만큼, 의외로 그녀의 외모에 반해 달의 사당을 노리는 사람이 많았을지도 모른다.

《뭐, 당연하려나.》

《질투하시나요?》

《그야 뭐, 조금.》

게임 시절에는 그냥 자랑스러운 정도였지만 현실이 된 지금은 느낌이 전혀 달랐다.

신도 자신에 대한 슈니의 호감을 적지 않게 느끼고 있었다. 그게 주인에 대한 감정인지 이성에 대한 감정인지는 판단하기 힘들었지만, 신은 가능하다면 후자이길 바라고 있었다.

《후훗, 그런가요. 질투해주시는 거군요.》

《왜 기뻐하는 거야?》

《왜인지 생각해보세요.》

《왠지 농락당하는 기분이야.》

기뻐하는 이유는 신도 당연히 알고 있었다. 라이트 노벨 속의 둔감한 주인공이 아닌 이상 진심으로 모른다고 말할 리는 없었다.

신이 둔한 편이긴 해도 그 정도로 심하지는 않았다.

《그러면 숙소가 정해지면 연락 주세요. 언제 도착할지는 아직 모르니까 숙소로 직접 찾아갈 수도 있을 것 같네요.》

《알았어. 그럼 나중에 연락할게.》

신은 심화를 끊었다. 말이 구해졌기에 이제 사러 갈 필요는 없었다.

"저기, 티에라. 마차도 구했으니까 이제 오늘 밤 묵을 여관을 찾는 게 어때? 마차를 고르는 것보다 시간이 많이 걸릴지도 모르니까 숙소를 확보하는 것도 중요할 것 같은데."

"갑자기 왜? 말을 사러 가는 거 아니었어?"

"방금 슈니에게서 연락이 왔거든. 말을 대신할 몬스터를 잡아서 갈 테니까 기다리고 있으래."

"역시 스승님이야. 타이밍을 딱 맞추셨네."

신의 말을 듣자 티에라도 납득했다. 이상한 부분에서 감탄하는 것 같았지만 신은 굳이 아무 말도 하지 않았다. 타이밍이 절묘하다는 건 그 역시 같은 의견이었으니까.

"어쨌든 여관을 찾으면서 관광이라도 하는 게 어때?"

"그래, 그냥 지나치기는 아까우니까."

두 사람은 모처럼 온 만큼 천천히 보고 돌아다니기로 했다.

노점을 둘러보자 여러 가지 유리 공예품이 눈길을 끌었다.

"이곳의 특산품은 유리구나."

"예쁘다. 표현 의도를 알 수 없는 것도 간간이 보이지만."

유리 공예가 번성했는지, 유리를 다루지 않는 가게에서도 공예품 하나 정도는 장식해두고 있었다.

한참을 돌아다니다 마지막으로 들른 가게의 수다쟁이 여주인에게서 이 도시에서 가장 유명하다는 여관을 소개받았다. 모처럼의 기회인 만큼 오늘 밤은 그곳에서 묵기로 했다.

여주인이 가르쳐준 대로 15분 정도 걸어간 곳에 제법 훌륭한 건물이 보였다.

목조 건물 같았지만 외벽이 하얗게 도색되어 주위의 여관들과는 명백하게 다른 존재감을 뿜냈다. 창문은 전부 유리로 되어 있었다. 자세히 보면 마법으로 강화된 유리라는 걸 알 수 있었다.

출입문은 좌우로 크게 열리는 방식이었고 유리문이라 안이 훤히 보였다. 판타지에서 자주 보는 여관보다는 현대적인 호텔에 가까운 모습이었다. 여관 이름은 화경전華鏡殿이었다.

"굉장하네. 이렇게 유리를 사용한 여관은 베일리히트에서도 못 봤는데."

"이 여관의 장점 중 하나인가 봐. 강화된 유리라서 웬만해선 깨지지 않을 만큼 튼튼하다고 들었어."

"확실히 그러네. 이 정도면 망치로 때려도 멀쩡하겠어."

"그래도 조금 비싸 보여."

신은 건축 스킬을 통해 외장의 상세한 정보를 확인한 반면에 티에라는 가격부터 신경 쓰는 것 같았다.

건물 앞에서 계속 서 있을 수도 없는 일이라 신이 앞장서며 여관에 들어섰다. 당연히 자동문은 아니었기에 직접 문을 열어야 했다.

안에 들어서자 제복을 훌륭히 갖춰 입은 종업원이 먼저 말을 걸어왔다. 가게 여주인이 소개해줬다고 말하자 약간 할인해준다고 했다.

본관은 따로 있고 이곳은 시험용 별관이라고 한다. 두 사람은 시험용이라는 말에 고개를 갸웃거렸다.

"1박에 1인당 은화 4닢입니다."

할인 가격임에도 전에 묵었던 베일리히트의 혈웅정보다 2배로 비쌌다. 역시 고급 여관인 것 같았다.

두 사람은 나크에게 받은 보수로 1박 가격을 지불했다. 유즈하도 같이 들어갈 수 있을지 걱정했지만 계약이 되어 있으면 괜찮은 것 같았다. 물론 문제가 발생할 경우 신이 모든 책임을 져야 했다.

"그 아주머니, 우리가 이런 가격을 지불할 수 있다는 걸 꿰뚫어 본 건가."

"모험가니까 돈이 있을 거라고 생각한 거 아닐까?"

"뭐, 갖고는 있지만. 의뢰로 받은 보수가 단번에 줄어들었어."

한 번에 보수가 절반 가까이 줄어들었기에 신은 그런 생각이 들었다. 도적에게 현상금이 걸려 있어 부수입도 있었지만 그런 걸 감안해도 너무 비싸게 느껴졌다.

사실 백금화를 가지고 있는 만큼 돈에는 충분한 여유가 있었지만 신의 금전 감각이 아직 제대로 자리 잡지 않은 탓이었다.

"베이룬의 명소니까 한 번 정도는 묵을 만하다고 했잖아. 본관은 1박에 금화 1닢이라고 했으니까 그나마 양심적인 가격 아닐까?"

"그런 곳엔 대체 누가 가는 걸까?"

"아마 신 같은 사람이 가겠지. 재료를 팔아서 얻은 돈이 있잖아. 분명히 말하는데, 지금의 신은 상당한 부자라고."

"그, 그랬지. 나도 모르게 의뢰로 받은 보수만 생각했나 봐."

티에라의 지적에 신은 뒤늦게 자신이 부유하다는 걸 깨달았다. 소지금의 총액을 고려하면 은화 4닢 정도는 사소한 지출이었다.

사흘만 묵어도 호위 임무로 받은 보수가 전부 사라지는 셈이었지만, 강화 유리가 매우 고가이기 때문에 시설 수준을 고려하면 저렴한 편이었다.

이런 명소는 알아두면 좋은 이야깃거리가 되기도 한다. 신은 모처럼의 여행인 만큼 조금은 즐겨도 될 거라 생각했다.

"역시 고급 여관다워. 이건 뭐 그냥 호텔이 따로 없네. 방음도 확실한 것 같고."

배정받은 객실에 들어선 신이 처음 느낀 건 엄청난 퀄리티였다. 현실 세계로 따지면 저렴한 비즈니스 호텔 정도는 되었다.

비교하는 것도 실례일 테지만 신이 유일하게 아는 혈웅정보다 책상과 의자, 침대까지 한 단계 위였다.

물론 달의 사당 안에 있는 가구들보다는 질이 떨어지긴했다.

"쿠우, 이제 말해도 돼?"

"응, 여기라면 괜찮을 거야."

유즈하는 거리에서 계속 참고 있었던 것 같았다. 여관 벽은 두꺼워서 방음이 잘될 거라고 신이 판단하자마자 바로 입을 연 것이다.

"저녁까지는 아직 시간이 있으니까 무기 손질이라도 해둘까."

신은 짐을 바닥에 내려놓고 허리의 검을 풀어 살피기 시작했다.

게임에서는 거의 그럴 필요가 없지만, 이곳에 온 뒤로는 되도록 매일 체크하게 되었다. 이가 빠지거나 피가 묻어 녹이스는 등 무기가 상하는 요인이 많아졌기 때문이었다. 물론 고급 무기일수록 세세하게 점검할 필요가 줄어들긴 했다.

"예쁘다~."

"이 정도 수준이 되기까지 열심히 노력했으니까 말이지."

검신을 뒤덮은 아우라를 보며 유즈하가 감상을 말했다. 신비한 빛을 머금은 검신은 무기가 아니라 예술품이라 해도 납득할 수 있을 만큼 아름다웠다.

어중간한 솜씨로는 낼 수 없는 빛을 보며 신은 대장장이 스킬을 수행하던 날들을 떠올렸다.

그리고 칼날 상태와 손잡이, 날밑 등을 순서대로 확인하고 나서 칼집에 넣으려 할 때 누군가가 문을 노크했다.

그리고 티에라의 목소리가 들려왔다.

"신, 잠깐 들어가도 돼?"

"응, 지금 열어줄게."

신이 일어서기도 전에 유즈하가 인간 형태로 변신하여 문을 열었다. 물론 무녀복을 입고 있었다.

"어머, 유즈하. 지금은 그 모습이구나."

"쿠우, 신을 만나러 온 거야?"

"응. 잠깐 물어볼 게 있거든."

티에라는 유즈하와 함께 실내로 들어왔다.

"그래, 물어보고 싶은 게 뭔데?"

"예전에 신이 애널라이즈를 익히게 해줬잖아. 그 스킬에 대한 이야기야."

"무슨 일이라도 있었어?"

"사소한 일인지도 모르지만 츠바키의 능력치를 볼 때 조금 신경 쓰이는 부분이 있었거든."

"신경 쓰이는 부분?"

문득 어떤 예상이 신의 뇌리를 스쳐 지나갔다.

"혹시 애널라이즈를 사용할 때 츠바키의 종족이 잘 안 보이는…… 그거 말이야?"

"어? 신도 그랬어?"

티에라는 놀라는 표정이었다. 아무래도 신의 예상이 맞았던 모양이다.

정확히 말하면 잘 안 보인다기보다 지지직거린다는 게 정확할 것이다. 종족란에만 나타났지만 게임에서는 볼 수 없는 현상이었다.

티에라는 처음 겪는 일인 것 같았고, 신의 경우는 츠바키가 2번째였다.

"나도 신경이 쓰였거든. 하지만 원인은 모르겠어."

신의 경우는 특이한 과정을 거쳐 이쪽 세계로 오게 된 만큼 버그라도 발생한 게 아닌가 생각하고 있었다. 게다가 츠바키와 만나기 전까진 능력치가 이상하게 표시되는 사람은 1명밖에 보지 못했다.

"스승님이라면 뭔가 알고 계시지 않을까?"

"그래. 어찌 됐든 내일 합류하기로 했으니까 한번 물어봐야겠네."

마찬가지로 애널라이즈를 쓸 수 있는 슈니라면 무언가를 알고 있을지도 모른다. 하지만 그렇게 급한 일은 아니었기에 굳이 심화를 사용하진 않았다.

"쿠우, 어려운 이야기야?"

"어렵다기보다 제대로 판단이 안 선다고 해야겠지. 추측은 할 수 있지만 확증이 없거든."

신은 유즈하에게 쓴웃음을 지어 보이며 어깨를 으쓱거렸다.

"그런데 스승님은 언제 오신대?"

티에라가 물었다.

"정확히 언제 도착할지는 자기도 모른다고 했어. 어느 여관에서 묵는지 알려주면 거기로 온다고 했거든."

"그러면 오늘은 이제 편히 쉬어도 되겠네. 아무리 그래도 밤중에 오시진 않을 테니까."

"뭐, 그렇겠지. 이제 슬슬 저녁이나 먹자."

지금 시각은 오후 6시였다. 저녁을 먹기에는 조금 이른 시간이었지만 여관에서는 음식이 나오는 것 같았다.

유즈하도 함께 먹고 싶다고 했기에 변신한 모습을 들키지 않도록 음식을 방에 가져와서 먹기로 했다.

저녁 식사는 제법 호화롭다고 할 수 있었지만 역시 호밀빵이 나왔다. 밀가루로 만든 빵은 상당히 비싼 모양이었다. 덧붙이자면 본관에서는 당연히 밀가루 빵이 나온다고 한다.

그 뒤에는 목욕물을 부탁해서 몸을 닦고 옷을 갈아입은 뒤 잠자리에 들었다. 혈웅정과는 달리 목욕은 무료였다. 하지만 공중목욕탕까지는 없는 모양이었다.

물론 혈웅정에서도 욕조 같은 건 없었기에 큰 불만은 없었다.

다음 날 아침.

잠이 덜 깬 유즈하가 신의 이불 안으로 파고 들어왔지만 다행히 여우의 모습이었기에 신은 평화로운 아침을 맞이할 수 있었다.

신은 무의식중에 머리를 비벼대는 유즈하를 옆으로 밀어내고 세수를 했다. 객실에는 호텔 못지않은 세면대가 있었다. 정신이 말끔해졌을 때 티에라가 찾아왔고 어제와 마찬가지로 방에서 아침 식사를 하기로 했다.

"방금 연락이 왔는데 슈니는 오늘 오전 중에 베이룬에 도착한대. 난 우선 마차를 개조할 건데, 티에라는 어떻게 할래?"

신은 빵을 씹으며 티에라에게 말했다. 그녀를 가만히 기다리게 하기는 미안했던 것이다.

"모처럼의 기회니까 어떤 식으로 개조하는지 구경하러 갈게."

"유즈하도!"

신에게 자중하라고 말하던 티에라도 개조 자체에는 관심이 있었던 모양이다. 유즈하는 말할 것도 없었다.

이러니저러니 해도 미지의 기술을 구경하는 건 항상 설레는 법이다.

신 일행은 여관에서 체크아웃한 뒤 마차를 구입한 가게로 향했다. 그들이 구입한 마차는 아직도 매장에 보관되어 있었다.

"어서 오세요. 어라, 어제 왔던 친구로군. 말은 산 건가?"

"아는 사람이 구해주기로 했거든요. 그래서 마차를 좀 손보려고요."

"헤에, 기술자였나? 난 또 모험가인 줄 알았지."

신은 놀라는 주인에게 모험가가 맞는다고 대답하며 마차가 있는 곳으로 이동했다.

신은 먼저 대상을 일시적으로 공중에 띄우는 마법 스킬로 차체가 쓰러지지 않게 한 뒤 흔들림 방지용 스프링을 설치하기 시작했다. 물론 그와 함께 바퀴와 굴대도 손을 봐야 했다.

나무와 쇳덩어리가 구불구불 형태를 바꾸는 모습은 상당히 기괴해 보였다. 그러나 그만큼 작업 속도는 빨랐다.

차체의 안쪽에 들어와 있었기에 주인에게 들킬 염려도 없었고 작업은 빠르게 진행되었다.

이미 주위의 마차들과는 차원이 다른 성능이 되었다는 걸 주인은 상상조차 못하고 있었다.

그리고 그런 작업 풍경을 가까이서 보며 유즈하는 눈을 반짝거렸고 티에라는 경악을 했다.

어떤 작업인지는 티에라도 대충 이해할 수 있었다. 그러나 신의 손안에서 스스로 형태를 바꾸는 쇳덩어리를 보며 입이 다물어지지 않았다.

신은 그러다 남들에게 들키겠다고 지적하고 싶었지만, 가게 주인에게도 들릴 것 같았기에 꾹 참았다.

"휴우. 이제 베어링만 장착하면 끝이군."

『쿠우! 신, 방금 그거 뭐야? 쇠가 막 구불구불 움직였어!』

유즈하는 어지간히 재미있었는지 조련사용 심화로 말을 걸어왔다. 대장일을 할 때도 열심히 구경하던 걸 보면 물건을 만드는 일을 좋아하는지도 모른다.

『그건 쇠를 가공할 때 사용하는 생산 계열 스킬이야. 쓰다 보니까 대충 감이 잡혔어.』

정확히 말하자면 생산계 대장장이 스킬【형성】이었다. 원래 는 정해진 몇 가지 패턴으로만 변형할 수 있었지만 주의 깊게 사용한 결과 마음대로 형태를 바꿀 수 있었다.

그리고 마차 개조도 게임 때의 기술을 그대로 적용할 수 있었기에 문제없이 진행되었다.

"신, 자중하는 마음은 어디로 간 거야?"

"어, 어라? 지금은 남들에게 보이지 않게 숨어서 하고 있고 마차의 겉모양도 그대로잖아. 어째서 그렇게 화를 내는 거야?"

"확실히 대충 보면 뭐가 다른지 알 수 없긴 해."

"그렇지? 그렇다면—."

"하지만 명백하게 부자연스러운 부분이 있다고."

"저기, 그게 대체 무엇입니까?"

어느새 잔소리를 하고 있는 티에라를 보며 신은 자신이 무슨 잘못을 했는지 열심히 생각했다. 하지만 좀처럼 짚이는 부분은 없었다.

"시간이야."

"시간?"

"그래, 시간. 저기, 아무리 간단한 작업이라도 마차를 개조하는 게 1시간도 안 걸릴 리가 없잖아! 빨라, 너무 빠르다고!"

"아아, 듣고 보니 그렇군."

"좀 진지하게 받아들이라니까……."

티에라는 강한 말투로, 그러나 작은 목소리로 신에게 주의를 주었다.

그러고 보니 작업을 시작한 지 아직 15분밖에 지나지 않았다. 너무 빨리 작업이 끝난다면 확실히 의아하게 생각할지도 모른다.

개조 효과나 작업할 때의 모습만 생각하다 보니 작업 속도를 깜빡한 것이다. 게임 때는 아무리 빨라도 뭐라 하는 사람이 없었기에 신은 미처 거기까지 생각하지 못했다.

"어쩔 수 없지. 베어링 쪽은 천천히 해야겠네."

"부탁이니까 그렇게 해줘."

신은 티에라의 요청을 받자 이번에는 시간을 들여서 작업을 해나갔다.

베어링 부분은 바퀴와 굴대의 접합부를 약간 개조하기만 하면 되기 때문에 느긋하게 작업해도 그렇게 많은 시간은 걸리지 않았다. 차체가 희미하게 떠 있었기에 작업하기 어려울 것도 없었다.

그 뒤에 4개의 바퀴에 전부 베어링을 설치하면서 개조가 끝났다. 작업에 걸린 시간은 스프링 장착을 포함해 1시간 반 정도였다. 현재 시간은 10시 반이었다.

신 일행은 매장 주인에게 나중에 말을 끌고 오겠다고 하며 일단 가게 밖으로 나왔다. 이제는 슈니의 연락을 기다리는 일만 남았다. 어제와는 다른 방향으로 걸어가며 노점을 구경한 지 1시간 정도가 지났을 때 슈니에게서 신호가 왔다.

"슈니한테서 연락이 왔어. 북문 밖의 숲에 와 있다나 봐."

여관에서 체크아웃한 뒤 정처 없이 돌아다니고 있다는 말은 미리 전했기에 밖에서 기다리기로 한 것 같았다. 두 사람은 바로 북문을 향해 걸어갔다.

신은 감지 영역을 넓히며 성문을 통과했다.

슈니의 반응은 이미 포착한 상태였다. 그러나—.

"……."

당연히 기뻐야 할 마음이 무겁기만 했다.

"쿠우, 뭔가가 있어."

"무슨 일이야?"

"어~ 뭐라고 해야 하려나. 가보면 알 거야."

유즈하의 말에 티에라가 의문을 표시했지만 신은 말끝을 흐렸다.

왜냐하면 굳이 말하지 않아도 신이 곤혹스러워하고 유즈하가 경계하는 이유를 곧 알 수 있었기 때문이다.

신의 미니맵에 표시된 것은 슈니와 그녀의 옆에 있는 몬스터의 반응이었다.

그리고 숲에 가까워질수록 그 몬스터의 모습이 보이기 시작했다.

"신…… 저거, 강해."

"저기, 신. 저거 정말 뭐야? 내 애널라이즈로는 레벨은커녕 이름도 안 나오는데."

유즈하와 티에라가 불안해하며 말했다.

"뭐, 그럴 테지."

옆에 슈니가 있다 해도 몬스터가 내뿜는 위압감은 어찌할 수 없는 것이리라.

티에라는 신의 뒤에 숨었고, 유즈하도 늘어져 있던 몸을 긴장시켰다.

"방금 돌아왔습니다. 심화로 말씀드린 대로 마차를 끌게 할 몬스터를 데려왔어요. 이 아이라면 신이 탈 마차를 충분히 끌

수 있을 거예요."

슈니는 아주 밝은 미소로 자신만만하게 말했다. 만인을 매료시킬 만한 매력이 넘쳐흐르는 미소였다.

그러나 정작 신은 '이걸로 마차를 끌어? 정말로?'라고 말하는 듯한 눈빛으로 몬스터를 바라보고 있었다.

"일단 확인하는 건데, 대체 어디서 데려온 거야?"

"근처에 영봉靈峰이 있길래 거기서 데려왔어요."

"……역시 대단하다니까. 역시 대단해, 슈니."

"칭찬해주시니 영광이네요."

신은 역시 슈니답게 상식을 벗어났다는 뜻에서 한 말이었지만 슈니는 좋은 방향으로 해석한 것 같았다.

"깜빡하고 있었어. 스승님은 신과 관련된 일이 생기면 가끔씩 폭주한다는 걸."

"되도록이면 좀 더 빨리 말해주지 그랬냐."

티에라는 하늘을 우러러보았고 신은 한 손으로 이마를 감쌌다.

그런 두 사람을 보며 정작 슈니는 고개를 갸웃거렸다.

"뭐, 이미 데려온 거니까 어쩔 수 없지. 어째서 그 녀석을 고른 건지 물어봐도 될까?"

"네. 신이 탈 마차를 끌게 하려면 역시 신수神獸 클래스의 몬스터여야 할 것 같았거든요."

"아니, 아니, 그건 이상해. 아무리 생각해도 이상하다고! 대체 무슨 마차를 끌게 하려는 거야?!"

신은 슈니 뒤에서 얌전히 있는 몬스터를 가리키며 외쳤다.

그 몬스터의 체격만 해도 마차보다 훨씬 컸다. 만약 끌게 한다면 집채만 한 마차가 필요할 것이다.

"물론 신이 그렇게 말할 거라는 것도 예상하고 있었어요."

"뭐?"

신의 지적에 대해 슈니가 담담하게 대답했다. 아무래도 뭔가 생각이 있는 듯했다.

신은 슈니가 데려온 몬스터를 다시금 바라보았다.

4족 보행형 몬스터로 이름은 그루파지오였다.

머리까지의 높이가 3메르 정도였기에, 구입한 마차에 연결하면 앞이 보이지 않을 것이다.

말의 몸체만큼 큰 하박근과 온몸을 뒤덮은 은회색 털, 그리고 근육 덩어리인 굵은 꼬리가 스컬페이스·로드 못지않은 위압감을 느끼게 했다.

게임 시절에는 기습 공격까지 해올 정도로 교활해서 상급 플레이어만이 상대할 수 있는 흉악한 몬스터였다.

머리 부분은 늑대와 비슷했지만 날카롭게 반짝이는 비늘이 전혀 다른 생물임을 나타내주었다.

그리고 무엇보다 눈길을 끄는 것이 일반적인 그루파지오에겐 없는 뿔이었다. 약간 일그러진 모양이긴 해도 수정처럼 빛나는 녹색 뿔이 이마에서 튀어나와 있었다.

그것을 통해 알 수 있는 사실은 한 가지였다. 이 그루파지오가 고유 개체라는 점이었다.

그래서인지는 몰라도 사람을 보고도 주저 없이 공격하지 않고 얌전히 대기하고 있었다.

애널라이즈로 확인하자 이름은 그루파지오·야데, 레벨은 751이었다.

원래 그루파이오의 최대 레벨은 650이지만 고유 개체답게 한계를 넘어선 것 같았다. 사람 사는 곳에 내려오기라도 한다면 틀림없이 대규모 재해가 발생할 것이다.

"자, 지금이에요."

슈니가 말하자 그루파지오의 몸이 녹색 빛에 휩싸였다. 환상적인 광경 속에서 이따금씩 파직파직 하는 이질적인 소리만이 들려올 뿐이었다.

1분도 지나지 않아 빛은 사라졌고 몬스터 한 마리가 모습을 드러냈다.

애널라이즈를 통해 그루파지오라는 걸 확인할 수 있었지만 겉모습은 완전히 달라져 있었다.

앞다리가 뒷다리만큼 짧아졌고 꼬리도 줄어들어 약간 어색하긴 해도 커다란 늑대처럼 보였다. 특징적이었던 뿔도 머리에서 살짝 튀어나온 정도로 줄어들었다.

"작아졌네?"

"네. 이런 능력을 갖고 있으니까 마차를 끌게 해도 문제는 없을 거예요."

확실히 이 정도면 마차를 끌게 해도 괜찮을 것이다. 하지만 신에게는 그 이전에 신경 쓰이는 부분이 있었다.

"그루파지오에게 이런 능력이 있었던가?"

그루파지오는 원래 육탄전에 특화된 몬스터였다. 유즈하처럼 변신이 특기는 아니었다.

"매복이나 기습을 좋아하는 습성이 있다 보니까 고유 개체가 되면서 더욱 유용한 능력을 가지게 된 것 같아요. 환영과 번개 속성 스킬까지 사용하던데요."

신은 말도 안 된다고 생각했지만 일반적인 생물들의 기준을 몬스터에게 적용할 수는 없는 일이었다.

마소에서 태어난 만큼 골격 정도는 자유자재로 바꿀 수 있을 거라 생각하며 납득하기로 했다.

"어쨌든 이런 모습이라면 괜찮겠네. 마차는 이미 개조가 끝났으니까 일단 도시로 들어가자."

"네. 그렇게 해요."

"하아, 왠지 피곤하네……."

즐거워 보이는 슈니와는 대조적으로 티에라는 어깨를 축 늘어뜨렸다.

그도 그럴 것이 신과 슈니가 별것 아니라는 듯이 이야기해서 그렇지, 그녀의 눈앞에 있는 건 신수라 불리는 몬스터였다. 아무리 얌전히 있어도 주위에 내뿜는 위압감은 보통이 아니었다.

작아진 지금이야 일반적인 몬스터 정도의 위압감이었지만 원래의 모습을 일반인이 본다면 기절하고도 남을 만큼 위협적이었다.

그런 존재를 별것 아니라는 듯 언급하는 신과 슈니가 오히려 더 이상하다고 할 수 있었다.

슈니에게 훈련을 받지 않았다면 티에라 역시 그루파지오를 보자마자 기절하고 말았을 것이다.

"쿠우, 쿠쿠우?"

"그루, 그루앗!"

티에라는 대화를 나누듯 울음소리를 내는 몬스터 두 마리를 보며 쓴웃음을 짓는 게 고작이었다.

"나도 티에라와 같은 의견이야. 설마 이런 레벨의 몬스터를 데려올 줄은 꿈에도 몰랐어."

신은 약간 놀란 상태였다. 말이 필요하다고 했으니 기껏해야 그림 호스의 상위종인 윈더 호스나 그 위의 트라이 호스 정도일 거라 예상했던 것이다.

힘이 좋기 때문에 상인들이 흔히 마차를 끌게 하는 몬스터였고 레벨도 200을 넘지 않아 다루기 쉬운 편이었다.

하지만 그들에게 온 건 누가 봐도 쓸데없이 강한 신수였다.

"뭔가 잘못됐나요?"

"스승님, 보통 마차를 끌게 하려고 신수를 데려오진 않아요."

"이래 봬도 많이 타협한 건데요."

"앗……."

그렇다면 대체 무엇을 데려오려고 했던 걸까. 신과 티에라는 동시에 놀라고 말았다.

"이렇게까지 할 필요는 없었을 것 같은데."

"혹시 마음에 안 드시나요……?"

슈니의 표정이 어두워졌다.

"잠깐, 잠깐. 왜 그렇게 낙담하고 그래?"

"신은 이미 엘레멘트 테일과 계약했으니까 좀 더 강한 몬스터를 데려가야 좋아할 줄 알았거든요."

신은 사소한 일에 힘을 뺄 필요는 없다는 뜻에서 한 말이었지만 슈니는 다른 의미로 받아들인 것 같았다. 마음만 너무 앞선 탓이었다.

"쿠우? 구우짱 필요 없는 거야?"

"그루르?!"

둘의 대화를 지켜보던 유즈하의 말에 그루파지오가 깜짝 놀랐다.

신수라 불리는 자신이 필요 없다는 말을 듣게 될 줄은 상상조차 하지 못한 모양이었다.

"오해야. 그루파지오는 충분히 강력하잖아. 게다가 고유 개체는 나도 처음 보니까 불만은 전혀 없어."

"그렇게 말씀해주시니 다행이에요. 제가 생각하기엔 영리한 몬스터가 더 도움이 될 것 같았거든요."

"그러면 역시 우리들이 하는 말을 알아듣는 건가?"

"네. 직접 말을 할 수는 없지만 우리가 하는 이야기는 거의 알아들을 수 있어요."

"그루!"

"맡겨만 달래."

유즈하가 바로 통역해주었다.

몬스터끼리는 의사소통이 가능한 것 같았다. 신수 클래스면 역시 지능도 높은 듯했다.

"이분이 제 주인님이세요. 실례가 없도록 하세요."

슈니가 신을 가리키며 말했다.

"그루!!"

"잘 부탁해."

신은 그렇게 말하며 그루파지오의 머리를 쓰다듬어주었다. 그루파지오는 거부하지 않고 기분 좋다는 듯이 눈을 가늘게 떴다.

"그런데 이 녀석의 이름은 지었어?"

"카게로우(역주: 아지랑이라는 의미)예요."

슈니가 바로 대답했다.

"환영을 사용하니까?"

"네. 너무 단순한가요?"

"아니, 괜찮은 것 같아. 멋진 이름이야."

확실히 단순하긴 해도 나쁘지는 않다고 생각하며 신은 고개를 끄덕였다. 게임이나 만화에서도 흔히 등장하는 이름이었다.

"그루으."

"마음에 든대."

유즈하는 신의 머리 위에서 카게로우의 등 위로 이동해서 카게로우의 말을 일일이 통역해주고 있었다. 울음소리와 몸짓만으로는 알아듣기 힘든 부분도 있었기에 매우 큰 도움이 되었다.

"그러면 카게로우. 네게 첫 임무를 줄게!"

"그루!!"

"그건 바로 마차를 끄는 일이야!"

"그루앗!!"

신이 거창하게 말하자 카게로우도 의욕을 불태우며 대답했다. 혹시라도 거부할까 봐 걱정했지만 마차를 끄는 것이 특별히 싫진 않은 모양이다.

슈니와 카게로우가 합류한 신 일행은 일단 숲에서 베이룬으로 돌아와 마차를 맡겨둔 가게로 향했다.

그리고 성문을 통과할 때 카게로우를 슈니의 파트너 몬스터로 등록해두었다.

카게로우는 유즈하와 달리 체격도 크고 겉모습도 위협적이라, 길들여진 몬스터라는 걸 나타내는 목걸이를 걸고 있어야 만 했다.

담당자는 시끄럽게 짖거나 난동을 피우면 처벌받을 수도 있다는 점을 강조했다. 말 계열의 몬스터와는 달리 갑자기 흉 포해질 수도 있었기에 어쩔 수 없는 일이었다.

그런 카게로우를 데리고 있어서인지, 티에라와 슈니라는 두 미녀를 데리고 있음에도 신에게 시비를 거는 사람은 없었다.

불량배들은 대개 위기를 감지하거나 분위기를 파악하는 능 력이 부족하다. 그러나 카게로우를 보고도 시비를 걸 만큼 겁 이 없는 사람은 아무도 없었다.

유즈하를 머리 위에 올려놓은 걸 보고 카게로우의 조련사 역시 신이라고 생각한 것 같았다. 미인 엘프를 2명이나 데리 고 있을 만한 강자라는 인식이 은연중에 확산되고 있었다.

"손님…… 또 엄청난 녀석을 데려오셨구먼."

신 일행과 함께 나타난 카게로우를 보고 가게 주인은 깜짝 놀랐다.

"좋은 동료를 둔 덕분이죠."

"설마 어제는 안 보였던 저 미녀분 말인가?"

"뭐, 그렇다고 할 수 있겠네요."

"저 아가씨만 해도 부러운데. 제법이구먼, 형씨."

티에라와 슈니를 보고 무슨 상상을 했는지, 주인은 신의 어깨를 툭툭 쳤다.

약간 뻔뻔하게 행동하면서도 상대를 불쾌하게 만들지 않는 부분이 역시 장사치다웠다.

"그런 사이는 아닌데요…….."

신을 부르는 호칭도 어느새 '손님'에서 '형씨'로 바뀌었다. 어설프게 변명해봐야 가게 주인에게는 통할 것 같지도 않았다.

현재 슈니는 스킬로 외모를 바꾼 상태였다. 금발 적안에 머리도 포니테일로 묶었고 평소보다 활동적인 인상을 주었다.

그래서인지 티에라나 카게로우와는 비교도 되지 않을 만큼 많은 사람의 시선이 그녀에게 쏠렸다.

신은 한숨을 쉬며 마차를 꺼내 필요한 장비를 카게로우에게 장착했다.

원래 말을 위해 만들어진 장비인지라 장착하기가 쉽지 않았지만 신은 몰래 스킬을 사용해서 해결했다.

"꽉 끼지 않아?"

"그루."

카게로우는 고개를 가로저으며 문제가 없다는 걸 신에게 알렸다.

시험 삼아 가볍게 달리게 해봤지만 불편해 보이지는 않았다.

일반적인 마차보다는 무거울 테지만 카게로우에게는 전혀 부담이 안 되는 듯했다.

"그러면 출발할까."

"쿠우!"

"그루!"

두 몬스터의 힘찬 울음소리와 함께 마차가 천천히 움직이기 시작했다. 개조 덕분인지 마차는 거의 흔들리지 않았다.

티에라가 눈을 동그랗게 떴다.

"굉장해, 전혀 안 흔들리네."

"훗, 이게 바로 개조의 성과라고. 하길 잘했지?"

"여기 적응되면 보통 마차에는 못 탈 것 같아."

게다가 밑에 각자의 전용 쿠션을 깔아두었기에 엉덩이가 아플 일도 없었다.

일반적인 마차를 타본 사람이 느끼기에는 하늘과 땅 차이로 쾌적했다. 티에라의 말도 공감이 갔다.

슈니도 감탄한 듯이 마차 안을 둘러보았다.

"신이 직접 손을 본 거군요."

"그래. 원래 베어링 이외에는 대충 해두려고 했는데 생각보다 개조할 수 있는 부분이 많더라고. 마차가 흔들리면 오래 탈 때 힘드니까 이참에 가능한 범위 내에서 전부 해둔 거야."

"역시 대단해요. 왕족용 마차보다도 성능이 좋은 것 같은데요?"

"그 정도로 완벽한 건 아닌데……."

"지금 시대에 이 정도로 안 흔들리는 마차는 없다고요."

슈니는 조금 곤란해하듯 웃었다. 이야기를 들어보면 왕족용 마차에도 타본 적이 있는 듯했다.

"이쪽 세계의 장거리 이동은 정말 힘들군."

"치안 문제도 있고요. 자칫 잘못하면 목숨을 잃을 수도 있으니까요."

일반인에겐 몬스터나 도적뿐만 아니라 야생 짐승조차 충분히 위협적이었다.

그렇기에 호위 일이 존재했고, 호위를 고용할 수 없는 사람은 목숨을 걸고 여행해야 했다.

"이런 멤버로 위험해질 일은 거의 없을 것 같긴 하지만 말이지."

티에라가 불쑥 중얼거린 말은 진실을 정확히 꿰뚫고 있었다.

신수 클래스의 몬스터인 카게로우만 봐도 일반적인 몬스터는 다가올 엄두도 내지 못한다.

그들이 얼마나 강한지 모르는 도적이 나타난다 해도 카게로우의 위장에 들어가거나 저민 고기가 될 수밖에 없었다.

이 정도라면 가벼운 여행 기분을 내도 문제 될 건 없었다.

"저와 신만 있으면 국가적인 재해에도 대처할 수 있으니까 말이죠."

"스승님. 너무 만능이세요."

오만하게 들릴 수도 있는 말이었지만 진실이었기에 아무도 반박할 수 없었다. 슈니 한 사람만 따져봐도 웬만한 국가의 총전력과 맞먹는 수준이었다.

"쿠우! 유즈하도 있으니까 괜찮아!"

"그루웃!"

슈니의 말에 두 몬스터도 자신들의 존재를 어필했다. 그런 모습은 마치 주인에게 애교 부리는 애완동물 같았다.

"정말 듬직하기 이를 데 없군."

신이 쓴웃음을 지으며 중얼거린 말은 거리의 소란 속에 파묻혔다.

"그런데 모처럼 마차를 티 안 나게 개조했는데도 다른 부분 때문에 엄청 눈에 띄네."

"이것만큼은 우리도 어쩔 수 없잖아."

슈니와 티에라 콤비에게 사람들의 시선이 집중되는 데다 카게로우까지 있었다. 이 정도면 주목받지 않는 게 더 이상했다.

결국 그들은 성문을 나올 때까지 주위의 시선을 계속 감내해야만 했다.

†

신 일행은 베이룬을 뒤로했다. 카게로우가 달리는 속도는 일반적인 말과 비교조차 되지 않았고, 한동안 달리자 마차가 달리는 소리 외에는 아무것도 들리지 않게 되었다.

"여기까지 오면 괜찮으려나. 슈니, 잠깐 이리로 와줄래? 묻고 싶은 게 있거든."

신은 주위의 기척을 살피며 아무도 없다는 걸 확인하고 나서 말을 건넸다. 도시 안에서는 미처 할 수 없는 이야기가 있었던 것이다.

"네, 뭔가요?"

"물어본다는 걸 깜빡하고 있었는데 말이지. 카게로우는 영봉靈峰에서 어떤 위치였어?"

그렇다. 아까는 놀란 나머지 미처 물어보지 못했지만 카게로우는 우연히 발견할 수 있는 존재가 아니었다.

신수는 대부분이 자기만의 영역을 갖고 있고 그곳에서 좀처럼 나오지 않는다. 게다가 부하 몬스터까지 거느리고 있기에 게임이 아닌 현실에서 쉽게 데려올 수는 없는 것이다.

"글쎄요. 좋게 말하면 공생, 나쁘게 말하면 더부살이라고 해야 할까요."

"응?"

예상을 벗어나는 대답에 신은 얼빠진 표정을 짓고 말았다.

더부살이—그건 신수에게 어울리는 단어가 아니었다.

그리고 먼저 공생이라고 말한 걸 보면 동격의 신수가 존재했던 것 같았다.

"그러면 다른 신수의 구역 안에서 신세를 지고 있었다는 건가?"

"네. 근처에 있던 영봉은 미스트 가루다라는 몬스터를 중심으로 통솔되고 있었어요. 그래서 카게로우는 싸우는 것 외에 큰 도움이 되지 못한 것 같아요. 부하 몬스터도, 자기만의 구역도 없었으니까요."

이건 상당히 특수한 경우였다. 애초에 한 신수의 구역 안에서 다른 신수가 출현했다고 알려진 바는 없었다.

게임이 아닌 만큼 무슨 일이든 일어날 수 있을 테지만 신은 기존의 상식이 뒤집히는 기분을 느꼈다.

"심화를 통해 알아낸 건 이 정도예요. 유즈하만큼 정확한 대화를 나눌 수 있는 게 아니다 보니까 제가 아는 정보와 조합해서 유추해낼 수밖에 없었어요."

"그렇구나. 유즈하, 부탁 좀 할 수 있을까?"

"쿠우, 맡겨만 줘."

그리고 '그루그루', '쿠우쿠우' 하는 대화가 몇 분 동안 이어졌다.

티에라도 흥미로웠는지 마부석 옆에 와서 앉았다.

이윽고 유즈하가 신에게 돌아왔다.

"알아냈어."

"좋아. 빨리 알려줘."

"그게 말이지. 지금은 미스트 가루다가 영봉을 다스리고 있지만 원래는 카게로우의 엄마와 절반씩 나누어 다스렸대. 하지만 엄마가 모험가에게 죽으면서 카게로우만 살아남았다나 봐."

"모험가에게……."

신도 게임 시절에는 비슷한 일을 해왔기에 꽤히 미안한 감정이 들었다.

물론 이쪽 세계에서도 신수 클래스의 몬스터를 사냥할 생각은 전혀 없었다.

"필사적으로 도망친 끝에 엘프 여자아이의 도움을 받았대. 그 뒤에는 열심히 노력해서 강해진 뒤에 영봉으로 돌아왔지만 엄마가 다스리던 구역은 이미 사라진 뒤라 미스트 가루다를 도와주었대."

"그렇군요, 엘프에게……. 그래서 저에 대한 적대감이 적었던 거였네요."

슈니는 카게로우와 처음 만났을 때를 떠올리며 고개를 끄덕거렸다.

"싸워서 굴복시킨 거 아니었어?"

"싸우긴 했지만 굳이 따지자면 실력 탐색 정도로 끝났거든요."

굳이 전력을 다하지 않아도 상대의 실력을 가늠할 수 있었던 것이리라.

"슈니에게서 굉장히 그리운 냄새가 나서 따라온 거래."

"그리운 냄새라니?"

"티에라의 냄새라는데."

"어?"

예상치 못한 대답이었다. 신의 머릿속에서 혹시나 하는 생각이 떠올랐다.

"혹시 어릴 때 도와주었다는 엘프 여자아이가 티에라……
인 건가?"

"쿠우, 그런가 봐."

마치 만화 같은 전개였지만 이런 일은 현실에서도 이따금
씩 일어나는 법이다. 그리고 만약 신이 이쪽 세계에 나타나지
않았다면 둘이 재회할 일도 없었을 것이다.

"으음, 그런 일이 있었나……."

티에라는 기억을 되짚듯이 눈을 감았다. 하지만 바로 떠오
르진 않는 듯했다.

"그루."

"100년 이상 지난 일이래."

"내가 어렸을 때구나……. 그러고 보니 다친 강아지를 구해
준 적이 있었던 것 같아."

티에라의 나이를 추측할 수 있는 정보가 튀어나왔지만 신
도 이런 상황에서 놀리거나 하진 않았다.

카게로우의 원래 모습에서 강아지를 연상하긴 어려웠지만
새끼 때는 그렇게까지 무서운 모습은 아니었을 것이다. 마차
를 끌기 위해 변형된 모습에서 더욱 작아진 모습을 상상하면
될 것 같기도 했다.

"확실히 심하게 다친 상태였어. 나 혼자서는 어쩌면 좋을지
몰라서 엄마한테 부탁했거든."

"그루."

"생명의 은인이래."

"그래서 길들여진 건가. 하지만 티에라를 만날 수 있다는 보장이 없었잖아."

단지 그 냄새가 나는 사람을 따라가면 만날 수 있을 거란 생각은 너무 단순하다는 지적이었다.

유즈하의 말에 따르면, 카게로우는 슈니와 계속 싸운다 해도 이길 수 없다는 걸 알고 있었다. 그렇다면 차라리 자신의 감을 믿어보기로 한 것이다.

그리고 신이 만질 때 얌전히 있던 것도 그의 숨겨진 힘을 느꼈기 때문이라고 한다.

진짜 실력이 들키지 않도록 스킬로 제한을 걸어두었지만 카게로우 수준의 몬스터에게는 완전히 숨길 수 없었던 모양이다. 슈니와는 비교도 되지 않는 위압감을 느꼈다고 한다.

"그래서 얌전했던 거구나."

카게로우는 아무나 만져도 가만히 있을 만큼 온순한 몬스터는 아니었다. 하지만 여기 모인 멤버들이라면 누가 만져도 괜찮을 것이다.

"그러면 주인 자격을 티에라에게 양도하는 게 좋을 것 같네요."

슈니가 제안했다.

"티에라의 레벨이 낮은데 괜찮겠어?"

"당사자들이 받아들인다면 문제없어요. 전에도 성공한 적이 있고요."

신이 시스템적인 문제를 지적했지만 괜찮은 것 같았다.

"저기, 스승님. 말씀하시는 중에 죄송하지만 전 조련사 직업을 배운 적이 없는데요."

몬스터와 계약하기 위해서는 당연히 전용 스킬이 필요했다. 그리고 그걸 사용할 수 있는 건 조련사뿐이었다.

"이런 경우는 양도라기보다 변칙적인 계약에 가까운 것 같은데. 일단 계약을 해제한 뒤에 다시 계약을 해야 하잖아?"

"네. 계약이 해제된 몬스터는 야생으로 돌아가기 때문에 다른 조련사와 계약할 수 있게 되죠."

두 사람은 당연한 일이라는 듯이 말했지만 게임에서는 그렇지 않았다. 계약 해제와 동시에 몬스터가 야생으로 돌아가는 건 마찬가지지만 재계약 따윈 불가능했다. 야생으로 돌아갔다는 메시지 뒤에 나오는 건 '소멸'이라는 두 글자였다.

지금 신은 게임 때처럼 몬스터가 소멸하진 않을 거라는 추측을 근거로 이야기하고 있었다.

한편 티에라는 이야기를 전혀 따라가지 못하고 있었다.

"아니, 그러니까 직업을 못 익혔다니까요."

"괜찮아요. 이 방법이라면 티에라가 직업을 익히지 않아도 가능하니까요."

"저기, 그게 무슨 뜻인가요?"

슈니의 말을 들은 티에라는 혼란에 빠졌다.

【THE NEW GATE】에서 조련사 직업을 얻기 위한 방법은 주로 3가지였다.

① 희귀한 확률로 발생하는 몬스터의 계약 신청을 받아들이는 것.

② 직업 습득과 동시에 획득하는 스킬【주종 계약】을 다른 플레이어에게서 전수받는 것.

③ 직업 습득 퀘스트를 클리어하는 것.

현재 티에라의 경우는 ①에 해당했다. 원래는 쓰러뜨리기 직전까지 공격해야 하지만 카게로우는 티에라와 싸울 의사가 없었기에 그대로 계약하게 되는 것이다.

'희귀한 확률'이라는 말이 나타내는 것처럼 게임 시절에는 ①의 방법으로 직업을 습득한 플레이어가 거의 없었다. 육천의 멤버 캐시미어조차 경험한 적이 없을 정도였다.

일종의 편법처럼 느껴지지만 그렇다고 특별한 혜택이 있는 것도 아니었다.

따라서 플레이어 대부분은 지인들에게 스킬을 배우는 ②의 방법이나 성실하게 퀘스트를 수행하는 ③의 방법을 통해 습득했다.

"아, 그 방법이라면 확실히 저도 할 수 있겠네요."

슈니의 설명을 듣고 나서야 티에라도 납득했다.

"그러면 빨리 끝내자. 카게로우, 잠깐 멈춰봐."

마차를 세운 뒤 일단 모두가 마차에서 내렸다. 카게로우는 마차를 끌기 위한 장비를 전부 벗은 뒤 변신을 풀고 원래의 모습으로 돌아갔다.

"그러면 일단 계약을 해제할게요."

슈니가 그렇게 말하며 손을 뻗자 카게로우가 머리를 숙이며 그 손에 얼굴을 갖다 댔다.

"그대의 가는 길에 빛이 있기를."

"그루……."

슈니가 계약 해제의 주문을 외웠다. 그러자 슈니와 카게로우를 옅은 빛이 감싸다가 몇 초 뒤에 사라졌다. 이것으로 각자에게 새겨진 계약 증표가 리셋된 것이다.

"자, 다음은 티에라 차례예요."

"네, 넷!"

티에라는 긴장하면서 카게로우 앞에 섰다.

지금의 카게로우는 아무런 제약도 받지 않는 상태였다. 몸에서 뿜어져 나오는 위압감은 카게로우 자신이 억누른다 해도 일반인을 겁먹게 만들기엔 충분했다.

엄청난 덩치 때문인지 티에라는 무언가에 짓눌리는 듯한 착각을 느꼈다.

"그루으……."

"괘, 괜찮아. 할 수 있어."

티에라는 걱정하듯 우는 카게로우에게 웃어 보이며 마음을 진정시켰다.

카게로우에게 적의는 없었다. 눈동자도 티에라를 걱정하듯 흔들리고 있었다.

티에라는 심호흡을 하며 카게로우를 똑바로 바라보았다.

다음 순간 티에라의 머릿속으로 정보의 파도가 흘러 들어왔다. 그리고 그녀의 몸을 금색 빛이 휘감았다.

티에라는 습득한 스킬이 인도하는 대로 계약의 주문을 읊었다.

"나는 그대와 함께 걸어갈 것을 맹세하노라."

"그루……."

티에라의 말에 대답하듯이 카게로우가 울었다. 그와 동시에 티에라의 왼팔과 카게로우의 왼쪽 앞다리에 꽃 모양의 문신이 생겨났다.

그 문신의 모양을 본 신은 순간적으로 무언가를 떠올렸다.

"저건…… 앗."

다음 순간 티에라가 휘청거렸기에 신은 생각을 멈추고 그녀를 붙잡았다. 그 탓에 신이 느낀 의문은 썰물처럼 사라지고 말았다.

"괜찮아?"

"미안. 갑자기 힘이 빠져서."

원래 주종 계약은 약해진 상대에게 사용하는 스킬이었다.

게다가 카게로우의 레벨이 훨씬 높았기에 몸에 상당한 부담을 준 모양이었다.

신은 피곤해하는 티에라를 짐칸에서 쉬게 한 뒤 카게로우에게 마차를 끌기 위한 장비를 다시 연결했다.

카게로우는 티에라를 걱정했지만 그녀가 '조금 피곤한 것뿐이니까 쉬면 괜찮을 거야'라고 말하자 순순히 마차를 끌기 시작했다.

"저기, 슈니. 티에라에게 카게로우를 양보한 건 역시 보디가드로 만들기 위해서야?"

마차가 다시 출발한 지 20분 정도가 지났을 때였다.

신은 티에라가 잠든 것을 확인하고 나서 입을 열었다.

"네. 맞아요."

이런 질문을 예상하고 있었던 것이리라. 슈니는 특별히 놀라지도 않고 대답했다.

"앞으로도 저희가 영원히 옆에 있어줄 수는 없는 거니까요."

카게로우가 잘 따르는 것도 이유 중 하나였지만 진짜 목적은 바로 이것이었다.

슈니는 신을 끝까지 따를 테지만 티에라도 꼭 그럴 필요는 없었다.

이번에는 약간 억지로 끌고 왔지만 이번 용무가 끝난 뒤에는 본인의 선택에 맡길 생각이었다. 어떻게 살아갈지는 이제 그녀에게 달린 것이다.

그러나 만약 신과 행동을 함께한다면 그녀는 전투력 면에서 불안한 점이 많았다.

현재 티에라의 레벨은 59였다. 몬스터나 도적과의 전투를 통해 약간 오르긴 했지만 아직은 너무 낮았다. 능력치는 말할 것도 없었다.

신과 빌헬름 덕분에 광속 레벨업을 한 라시아가 훨씬 높을 정도였다. 게다가 장비로 능력치를 보완하는 것도 한계가 있었다.

바로 그렇기에 주종 계약을 맺게 한 것이다. 주인이 된 사람은 부하 몬스터를 자기 옆으로 순식간에 불러낼 수 있었다. 카게로우가 있다면 그만큼 위험도 줄어들 것이다.

무엇보다도 티에라가 달의 사당의 관계자라는 걸 들켰을 때를 위한 보험이 필요했다. 아무리 레벨을 올린다 해도 선정자가 나타나면 티에라 혼자서는 대처하기 힘들었다.

카게로우가 마음먹고 싸운다면 제아무리 선정자라도 한 방에 죽을 테지만, 선한 사람이 티에라를 노릴 일은 없을 것이기에 자비를 베풀 필요는 없었다.

또한 티에라라면 카게로우를 이용해 나쁜 짓을 벌일 리도 없을 것이다.

슈니로서는 티에라가 어떤 삶을 선택하느냐에 따라 대처 방법을 결정하려고 했지만, 의외로 간단히 해결되고 말았다.

물론 카게로우가 있어도 티에라에게 간접적인 위해를 가할 수는 있기 때문에 그 부분은 아직 보완이 필요했다.

"하지만 이런 결과를 예측한 건 아니었어요."

"그야 신수가 평범한 엘프를 잘 따를 거라는 생각을 누가 하겠어? 마차를 끌게 하려고 신수를 데려온다는 생각도 하기 힘들지만."

"원래는 미스트 가루다를 데려올 생각이었거든요."

"영봉의 우두머리 말이군……. 그건 생태계에 좋지 않은 영향을 줄 것 같으니까 그만두는 게 나았어."

아무래도 한 구역의 우두머리를 데려오는 건 문제가 너무 많았다.

"티에라가 우리와 다른 길을 선택한다면 다른 몬스터를 또 찾아봐야겠어요."

"굳이 신수에 집착할 필요는 없지 않아? 왠지 또 기묘한 인연과 맞닥뜨릴 것 같다고."

이건 물론 카게로우에 관한 이야기였다.

완전한 우연의 산물이었지만 이 정도로 잘 맞아떨어지면 오히려 의심이 가기 마련이었다. 일련의 사건을 겪으며 일종의 작위성이 느껴졌던 것이다.

신은 슈니에게 말을 대신할 몬스터를 찾아와 달라고 부탁했고, 슈니는 길들일 몬스터를 찾으러 간 곳에서 티에라와 인연이 있는 신수와 마주쳤다.

신수는 하이 엘프인 슈니에게서 나는 냄새를 통해 티에라를 떠올렸고 얌전히 따라왔다. 그리고 티에라와 계약을 맺기에 이르렀다.

　단순한 우연이라기엔 지나치게 절묘했다.

　"왠지 누군가가 정해놓은 대로 흘러가는 것 같아서 무섭다니까."

　"불길한 느낌은 없지만 말이죠."

　긍정적으로 생각한다면 누군가가 인도해주는 거라고 받아들일 수도 있었다. 나쁘게 보면 누군가의 손바닥 위에서 놀아나는 기분이었지만 현재로서는 확실한 건 아무것도 없었다.

　"바로 그거야. 우리들을 골탕 먹이겠다는 의지 같은 게 느껴지지 않으니까 오히려 이상하게 불안한 거지."

　"전력 면에서 보면 우리에게 불리할 건 없어요."

　아직까지 신 일행에게 별다른 손해는 없었다. 어디까지나 아직까지지만 말이다.

　"뭐, 아무리 생각해봐야 답은 안 나오겠지."

　"이것만큼은 예상이 안 되니까 말이죠. 무슨 일이 벌어지면 임기응변으로 대처할 수밖에요."

　"그렇겠지. 미리 말해두지만 난 이쪽 세계에 온 지 얼마 되지 않았어. 경우에 따라서는 제대로 판단하지 못할지도 몰라."

　"그렇겠네요. 예전과는 다른 부분도 많으니까 대처하기 어려울 수도 있겠어요."

"그래서 말인데, 정말로 위험해지는 순간이 온다면 슈니만 믿을게. 잘 부탁해."

"앗! ……맡겨만 주세요!"

슈니만 믿는다.

그 말을 들은 슈니는 벼락이라도 맞은 사람처럼 움직임을 멈추었다. 그리고 잠시 침묵한 뒤에 힘 있는 목소리로 대답했다.

의욕 넘치는 표정 때문인지 그녀의 미모가 평소보다도 더욱 빛나 보였다.

신이 그녀를 많이 의지하는 건 사실이었기에 의욕적으로 행동해준다면 고마울 따름이었다. 다만 신의 한마디는 예상했던 것 이상의 효과를 발휘했다.

머리카락 사이로 보이는 엘프 특유의 긴 귀가 이따금씩 움찔거렸고 뺨도 살짝 붉게 달아올랐다. 입가도 자꾸만 꿈틀거렸는데 자세히 보면 입꼬리가 올라가는 걸 꾹 참고 있다는 걸 알 수 있었다.

"슈니? 괜찮아?"

신도 자신에 대한 슈니의 감정을 알고는 있었지만 이 정도의 반응이 돌아올 줄은 전혀 예상하지 못했다.

슈니만 믿는다는 말은 달의 사당에 갇혀 살았던 티에라와 몬스터 콤비는 중요한 순간에 대처 능력이 떨어질 거라 생각했기 때문이었다.

물론 슈니에 대한 신의 신뢰는 타의 추종을 불허했지만…… 왠지 이상한 스위치를 누른 것 같은 기분에 불안해지기도 했다.

"괜찮아요. 아무 문제도 없으니까요……. 큭, 기습이라니, 비겁해요."

슈니는 작은 목소리로 지금의 심정을 토로했다. 하지만 그 소리는 마차의 바퀴 소리에 파묻혀 신의 귀에는 닿지 못했다.

슈니도 여자인 것이다. 오랫동안 그리워한 상대에게서 자신을 믿는다는 말을 들으면 기쁘지 않을 수가 없었다.

그가 자신을 의지할 날을 대체 얼마만큼 기다려왔을까. 이렇게 그의 곁에 있을 수 있는 기쁨을 이해할 수 있는 이는 아무도 없을 것이다.

슈니는 의욕에 불타는 한편으로 자꾸만 웃음이 나오는 걸 간신히 참아냈다.

"뭐, 저기, 그 뭐냐. 잘 부탁할게."

촉촉한 눈동자와 붉게 상기된 뺨이 묘하게 섹시해 보이는 슈니에게 그렇게 말한 뒤, 신은 카게로우에게 지시를 내렸다.

일반적인 마차의 1.5배 정도였던 속도를 2배까지 끌어올리자 거기 맞춰 주위 풍경도 빠르게 지나갔다. 얼굴에 닿는 바람도 더욱 강해졌다.

신은 자신의 얼굴도 슈니처럼 빨개지지 않았길 바라며 정면을 주시했다.

✝

비교적 달리기 쉬운 길을 북쪽으로 나아간 지 일주일이 지났다. 몬스터나 도적 떼의 습격 없이 여행은 순조롭게 진행되었다.

베이룬에서 출발한 뒤로는 크게 펼쳐진 삼림 지대—라르아 대삼림이라 불리는 곳이었다—의 외곽을 따라 마차를 달리고 있었다.

카게로우가 달리는 속도 때문에 마차의 부담이 심했지만 기술자의 솜씨 덕분인지 아직까지 망가진 곳은 없었다. 물론 파르닛드에 도착하면 한번 점검해야 할 것 같았다.

"여기까지 일주일 만에 오다니. 보통은 있을 수 없는 일이야."

지도를 보던 티에라가 불쑥 중얼거렸다.

일반적인 마차라면 5분의 1도 못 왔을 시간에 이미 5분의 4 정도의 거리를 주파해냈다. 이동 전에 마차가 흔들리지 않도록 개조해둔 덕분에 속도를 높여도 멀미 걱정이 없었던 것도 다행이었다.

평범한 마차로 똑같은 짓을 했다간 1시간도 버티지 못했을 것이다. 물론 마차가 아닌 탑승자가 말이다.

"이 속도에도 많이 익숙해졌어."

"좀 더 속도를 높일 수는 있지만 그렇게 하면 마차가 못 버티거든."

"조금 무서우니까 더 이상 빠르게 달리지는 마⋯⋯."

시속으로 따지면 현재 속도는 60케메르 정도였다. 물론 지형 때문에 항상 같은 속도로 달릴 수는 없었다.

그래도 티에라가 익숙해진 뒤로는 일반적인 마차보다 3~4배 정도의 속도를 유지하는 중이었다. 카게로우는 속력뿐만 아니라 지구력도 엄청났다.

그리고 그런 속도는 이쪽 세계의 사람들 중 누구도 체험해본 적이 없었다.

티에라도 지금이야 아무렇지 않은 표정을 짓고 있지만 신이 처음 속도를 높였을 때는 새파랗게 질린 얼굴로 마구 비명을 질러댔다.

신과 슈니의 침착한 모습을 보면서도 무서워서 안심이 되지 않았다고 한다.

"이대로 가면 이제 2, 3일 정도면 도착하겠군."

"그래. 그 정도일 거야."

느긋한 대화와는 달리 엄청난 스피드로 마차가 달려가자 몬스터뿐만 아니라 야생 동물들까지 다급히 몸을 피했다.

"몬스터가 알아서 길을 비키는 건 처음 봤어."

"카게로우가 끌고 있으니까 말이지. 도망치지 않을 만큼 무모한 몬스터는 없어."

신이 그렇게 말하며 지시를 내리자 카게로우는 달리는 방향을 바꾸었다. 지그재그로 달려 움푹 팬 곳을 피해 가면서 마차는 초원을 경쾌하게 가로질렀다.

초원을 달린 지 하루가 지났다. 진행 방향에 숲이 보였을 때 신은 감지 영역 내에서 몇 가지 반응을 느꼈다.

"슈니, 티에라. 앞에서 뭔가가 오고 있어. 일단 경계해야 할 것 같아."

신은 카게로우에게 스피드를 줄이라고 지시하면서 짐칸에 있는 두 사람에게 말했다.

유즈하는 여전히 신의 머리 위였다. 그리고 이미 경계 태세를 취하고 있었다.

"이건…… 뭔가에 쫓기는 건가?"

신은 시야 구석의 미니맵을 보며 혼자 중얼거렸다.

속도를 보면 말을 탄 것 같았다. 사람보다 빠른 여러 개의 반응이 신 일행 쪽을 향해 일직선으로 달려오고 있었다. 그 배후에서는 몬스터의 반응이 뒤따랐다.

"확실히 누군가가 쫓기고 있네요."

슈니도 이미 감지하고 있었는지 신과 똑같은 판단을 내렸다.

"저기, 그렇게 당연한 일인 것처럼 말해도 저는 전혀 모르겠는데요."

"음~ 안 보여······."

티에라와 유즈하는 전혀 감지하지 못하는 것 같았다. 몇 케메르 밖에서 벌어지는 일이기에 당연한 일이었다.

"이대로 가면 부딪치겠는데. 피할까?"

"어, 돕지 않으려고?"

"단순히 쫓기고 있는 건지는 아직 모르잖아."

신은 심각한 얼굴로 자신이 감지한 내용을 티에라에게 설명했다.

말을 타고 도망치는 인원은 5명. 중심에는 40레벨과 200레벨의 인물이 있고 그 주위를 레벨 150 정도의 3명이 보호하듯 둘러싼 형태였다.

그리고 뒤따라오는 건 레벨 430의 가디언 골렘 3마리였다.

신의 기억이 정확하다면 가디언 골렘은 던전의 문지기나 보물의 수호자 역할을 맡는 몬스터였다. 최소한 사람을 무차별로 습격하지는 않는다.

만약 그런 특성이 남아 있다면 도망치는 5명은 쫓길 만한 일을 저질렀다고 봐야 했다.

"그렇구나. 섣불리 도우려다 우리한테 피해가 올 수도 있겠네."

"맞아. 뭐, 골렘 계열의 몬스터는 원인도 없이 폭주할 때가 있으니까 아직 단언할 수는 없지만 말이지."

이번처럼 집요하게 상대를 쫓는 경우는 그럴 가능성이 높았다. 다만 근처에 골렘들이 지키는 무언가가 존재할 수도 있었다.

"그게 아니면 골렘이 수호하던 비법이나 아이템을 그들이 훔쳐서 도망치고 있는 거겠죠."

"그게 가장 성가시단 말이지."

보물상자를 지키는 골렘은 아이템을 갖고 도망치려 하면 땅 끝까지라도 쫓아온다. 모험가들에게는 가장 맞닥뜨리고 싶지 않은 상황이라 할 수 있었다.

"단순히 폭주하고 있는 거라면 겉모습만 봐도 알 수 있거든."

폭주 상태의 골렘은 코어의 마력을 온몸에서 방출하므로 한눈에 알아볼 수 있었다. 문제는 그걸 직접 보기 전까지는 구분할 수 없다는 점이었다.

"애널라이즈로는 알아볼 수 없으니까 말이죠."

폭주 골렘으로 정식 등록된 경우를 제외하면 애널라이즈로는 일반 골렘과 폭주 중인 골렘을 구분할 수 없었다.

"……우리끼리 예측해봐야 알 수 있는 건 없어. 정말로 습격받은 거라면 구해야 해. 우릴 습격하러 오는 거라면 반격하면 되고. 그것도 아니라면 임기응변으로 가자."

슈니와 티에라, 유즈하가 고개를 끄덕였다.

"알겠습니다."

"알았어."

"쿠우."

신은 최악의 경우를 가정해서 전투를 준비했다.

마부석은 신이 맡고 슈니와 티에라는 짐칸 안에 몸을 숨겼다.

"일단 다들 외투를 입고 있어. 도망쳐 오는 게 어딘가의 귀족일 경우에는 되도록 얼굴을 들키고 싶지 않으니까."

그리고 만약 외투를 벗으라고 한다면 환영 스킬을 사용할 생각이었다.

"이제 슬슬 보이겠군. 카게로우, 속도를 더 줄여서 천천히 가줘."

"그루."

잠시 길을 따라 나아가자 골렘이 피워 올리는 흙먼지가 보이기 시작했다. 신은 스킬로 강화된 시력을 통해 말에 탄 갑옷 차림의 남자들을 확인했다.

"……이거 또 성가시게 됐군."

신은 한숨을 쉬며 중얼거렸다.

남자들 중 하나가 앞장서듯 앞으로 치고 나왔다. 이어서 저레벨 남자와 호위로 보이는 남자를 태운 말이 나타났고 조금 뒤늦게 나머지 2명도 달려왔다.

전투에 익숙해 보이는 남자들과는 대조적으로 저레벨 남자는 화려한 옷을 입고 무언가를 소리치고 있었다. 체형은 매우 뚱뚱했다. 그리고 손에는 은색으로 빛나는 잔을 들고 있었다.

애널라이즈가 그 잔의 이름을 표시해주었다. 그걸 본 신은 있는 힘껏 얼굴을 찡그렸다.

"이유도 없이 쫓기는 것 같진 않네요."

"슈니의 예상대로야. 저기 소리치고 있는 녀석이 부독腐毒의 성배를 들고 있어."

그것은 일정 랭크 이상의 던전에 배치된 보물상자에서 랜덤으로 얻을 수 있는 아이템이었다.

상황을 추측해보면 슈니가 말한 대로 아이템만 회수해서 도망치고 있는 것이리라.

"잠깐 다녀올게. 방어를 부탁해."

신은 아이템 박스에서 카드를 꺼내며 마차에서 내렸다. 그리고 즉시 하이딩 스킬로 모습을 감추었다.

마부석에는 신을 대신해서 슈니가 앉았다. 아직 거리가 있었기에 도망쳐 오는 쪽에서는 그들이 보이지 않았다.

신은 모습을 감춘 채로 도망쳐 오는 남자들에게 접근했다. 그러자 저레벨 남자가 말발굽에도 뒤지지 않는 커다란 목소리로 소리치는 게 들렸다.

"뭐 하는 거냐! 이러다 따라잡히게 생겼다! 좀 더 빨리 갈 수 없는 거냐?!"

"슬프지만 이게 한계입니다!! 그걸 버리면 골렘도 그만 따라올 것 같은데요!!"

호위하는 남자가 전방을 바라보며 대답했다. 그의 표정은 이 모든 것이 의도치 않은 상황임을 분명히 말해주었다. 다른 남자들도 비슷하게 얼굴을 찌푸리고 있었다.

"제길, 권력만 믿고 잘난 척하는 돼지 녀석. 그 일만 아니었어도 여기 버려두고 가는 건데."

신의 강화된 청력이 앞서 가던 남자의 중얼거림을 포착했다.

'뭔가 사정이 있는 것 같군. 그러면 그냥 모른 체할 수도 없겠는데.'

이유는 모르지만 호위하는 남자들은 원해서 돕고 있는 게 아닌 것 같았다.

그리고 어느새 슈니가 탄 마차와의 거리가 좁혀지고 있었다.

"이봐! 저 마차! 저걸 미끼 삼아 도망치는 거다! 조금은 시간을 벌 수 있을 거 아냐!!"

"뭐?! 개소리 집어치워!! 그게 무슨 뜻인 줄 알고나 하는 소리야?!"

마차를 발견한 저레벨 남자가 한 말에 호위하던 남자가 화를 냈다. 도저히 참을 수 없었던 모양이다.

"개소리는 너희가 하고 있지 않느냐! 내가 돌아가지 않으면 어떻게 될지 몰라서 그러는 게냐!!"

'약점이라도 잡힌 건가. 저 뚱뚱한 녀석만 처리한다고 해결되진 않을 것 같군.'

신은 둘의 대화를 들으며 어떻게 행동할지 결정했다.

애널라이즈로 본 저레벨 남자의 직업은 신관이었다. 교회 관계자가 틀림없었다. 태도나 옷차림을 보면 나름대로 지위가 높은 신관인지도 모른다.

거기까지 생각이 미쳤을 때 신의 뇌리에 고아원이 떠올랐다.

'……설마 이 녀석이 그 돼지 사제 녀석은 아니겠지.'

신은 방금 들려온 돼지 녀석이라는 말 때문에 저레벨 남자의 정체가 궁금해졌다. 확증이 없어서 손을 쓸 수는 없었지만 최소한 이대로 아이템을 가져가게 할 수는 없었다.

'아이템을 가짜하고 바꿔치기해야겠어.'

신은 저레벨 남자가 품에 끌어안고 있던 잔을 가짜와 슬쩍 바꿔치기했다. 겉모양을 복사해내는 특수 아이템이었다.

그리고 부독의 성배는 카드로 바꾸어 아이템 박스에 넣었다. 아이템을 신이 빼앗으면서 가디언 골렘의 타깃은 신으로 변경되었다.

신은 그걸 들키지 않기 위해 한동안 남자들과 나란히 달려갔다.

《슈니. 골렘이 마차를 습격해서 우리가 도망치는 광경을 환영 스킬로 만들어낼 수 있을까?》

《할 수는 있지만 그냥 보내주는 건가요?》

《나름대로 사정이 있는 것 같아서. 문제의 원인은 이런 곳과 어울리지 않는 1명이야.》

《그렇군요, 알겠습니다. 공격을 받아도 반격은 자제해야겠

죠?》

《그렇게 해줘.》

신은 슈니와 심화로 의논을 마쳤다. 마차 쪽을 자세히 보니 카게로우도 환영에 가려져 있었다. 남자들의 눈에는 단순한 말로만 보일 것이다. 카게로우는 눈에 잘 띄기에 슈니가 센스를 발휘한 것이다.

"바퀴! 바퀴를 부수면 바로 도망 못 칠 거다! 바퀴를 노려!!"

"당신이란 인간은 진짜!!"

신이 몰래 행동하는 사이 저레벨 남자는 더욱 심한 명령을 내렸다. 호위하던 남자는 처음엔 거절하려고 했지만 결국 허리에 찬 검을 뽑을 수밖에 없었다.

남자의 표정은 괴로움으로 가득했다. 자신의 손을 더럽혀서라도 지켜야만 하는 무언가가 있는지도 모른다.

남자는 마차와 스쳐 지나는 순간 바퀴를 파괴해 주행 불능 상태로 만들었다.

"……미안하다."

조용한 중얼거림과 괴로움에 일그러진 표정이 남자의 심정을 여실히 드러냈다.

"안됐군……."

신은 멀어져가는 남자들을 지켜보며 중얼거렸다. 뒤를 돌아본 남자의 눈에는 파괴된 마차와 도망치는 신 일행이 보일 것이다.

"자, 그럼 정리해볼까."

신은 등 뒤로 다가오는 가디언 골렘을 향해 검을 들었다.

가디언 골렘에게 아이템을 돌려주는 방법도 있었지만 부독의 성배는 악용될 경우 매우 위험했다. 그래서 가디언 골렘에게는 미안하지만 그냥 가지고 있기로 했다.

"모처럼 나온 재료 아이템이군. 마차 개조에 이용해볼까."

신은 슈니에게 주위 경계와 은폐를 부탁하면서 가디언 골렘 쪽으로 의식을 집중했다.

가디언 골렘은 신을 보고도 두려워하지 않고 돌진해왔다. 생물이 아니기에 몸에서 위압감을 발산해도 효과가 없었다. 전장 3메르에 달하는 거구가 흙먼지를 피워 올리며 신을 향해 달려들었다.

"쉿!!"

신은 돌진한 기세가 실린 주먹을 피하며 바로 검을 휘둘렀다.

가디언 골렘을 향해 뻗어나간 참격은 골렘 계열 몬스터 특유의 높은 방어력을 뚫어내며 왼쪽 다리를 절단해냈다.

그리고 균형을 잃으며 쓰러지는 가디언 골렘의 코어를 향해 신의 추가 공격이 들어갔다. 몸체 부분의 중심에 위치한 코어를 신의 검이 꿰뚫었다.

가디언 골렘은 괴로워하듯 몸부림쳤지만 신이 검을 비틀어 코어를 망가뜨리자 천천히 움직임을 멈추었다.

하지만 그런 신에게 나머지 가디언 골렘 2마리가 공격해왔다. 코어에 검을 꽂은 신을 향해 철퇴 같은 주먹을 나란히 휘두른 것이다.

"흡!!"

신은 검을 놓으며 오른쪽 주먹을 휘둘렀다. 맨손계 무예 스킬 【쇠 튕겨내기】가 발동된 주먹이 가디언 골렘의 주먹과 부딪쳤다.

금속 덩어리가 부딪치는 듯한 둔탁한 소리가 울려 퍼졌다. 그리고 신의 주먹은 가디언 골렘의 1메르 크기의 주먹을 튕겨내 버렸다.

그 반동으로 가디언 골렘의 자세가 무너졌다. 주먹에도 크고 작은 균열이 가 있었다.

신은 자세가 무너진 가디언 골렘에게는 눈길조차 주지 않고 주먹을 휘두른 기세 그대로 몸을 비틀었다. 그리고 뒤이어 공격한 나머지 가디언 골렘에게 스킬을 발동한 왼쪽 손바닥을 내질렀다.

맨손계 무예 스킬 【투파透波】─몸의 내부를 파괴하는 진동파가 신의 손바닥을 통해 가디언 골렘의 주먹으로 전해졌다.

위력이 너무 강했는지 가디언 골렘이 부르르 떨더니 한 박자 늦게 몸의 절반이 폭발하듯 흩어졌다. 산산조각 난 파편 속에 코어가 섞여 있었는지 골렘은 망가진 인형처럼 쓰러졌다.

"이건…… 살아 있는 생물에겐 못 쓰겠군."

신은 가루가 된 가디언 골렘을 보며 중얼거렸다. 상대가 생물이었다면 차마 눈 뜨고 볼 수 없는 광경이 펼쳐졌을 것이다.

신은 스킬에 대한 연습이 필요하다고 머릿속에 메모해두며 마지막 골렘 쪽을 돌아보았다. 쓰러져 있던 가디언 골렘은 나머지 2마리가 쓰러졌음에도 전혀 겁먹은 것 같지 않았다. 골렘은 몸을 일으킴과 동시에 우직하게 주먹을 내뻗었다.

신은 그 주먹이 자신에게 닿기 전에 가디언 골렘을 향해 마법을 사용했다.

토술土術계 마법 스킬 【어스 스피어】였다. 마법은 즉시 효과를 발휘하여 가디언 골렘의 발밑에서 피어오른 흙이 창의 형태가 되어 표적을 공격했다.

신의 마력으로 강화된 흙의 창은 가디언 골렘의 코어를 꿰뚫으면서 기능을 정지시켰다.

"토술계의 초급 스킬로 400레벨의 골렘이 한 방에 죽다니."

골렘의 수가 많았기에 신은 시험 삼아 두 가지 스킬을 사용해보았다.

【투파】는 골렘처럼 방어력이 높은 몬스터에게 유효한 기술이었다. 사용해본 느낌으로는 위력 조절도 가능할 것 같았다.

【어스 스피어】는 신의 마력 때문인지 상당한 위력을 발휘했다. 어느 정도는 예상했던 일이지만, 레벨이 400이나 되는 골렘의 방어력까지 쉽게 뚫어낼 줄은 신도 몰랐다.

토술계 마법 중에서 가장 먼저 익히게 되는 초보적인 스킬인 것이다. 함정과 기습에도 활용할 수 있어 유용한 기술이지만 이 정도의 위력은 아니었다.

이쪽 세계에 온 직후에 스킬 발동을 시험해보긴 했지만, 앞으로도 제대로 된 훈련이 필요할 것 같았다.

"자, 재료나 회수해볼까."

알게 된 점을 머릿속으로 정리한 뒤에 신은 재료 아이템을 회수하기 시작했다. 골렘의 잔해를 아이템 카드로 바꾼 것이다.

가디언 골렘에게서는 마강철과 소량의 오리할콘을 얻을 수 있기 때문에 신은 작은 파편까지도 꼼꼼히 회수했다.

신은 회수 작업을 끝낸 뒤에 일행에게 돌아왔다.

"수고하셨어요."

"슈니도 수고 많았어. 망가진 부분은 어때?"

"오른쪽 바퀴가 완전히 부서졌어요. 그리고 차체가 땅에 닿으면서 굴대도 휘어졌고요."

슈니와 티에라는 마차에서 내려 대기하고 있었다. 바퀴를 부수라는 대화를 슈니도 듣고 마차에서 미리 내려 환영을 만들어냈다고 한다.

마차는 바퀴가 부서지고 짐칸의 한쪽이 땅에 처박혀 있었다. 균형을 잃고 땅에 닿을 때 차체의 무게를 견디지 못했는지 굴대가 완전히 휘어진 상태였다.

며칠 동안 계속 속도를 냈던 것도 문제였다. 자세히 보면 굴대 전체가 상당히 망가져 있었다.

"훌륭하게 휘어졌군. 이참에 좀 더 튼튼하게 만들어볼까."

신은 스킬을 이용해 짐칸을 공중에 띄우고 휘어진 굴대를 제거했다. 그리고 때마침 아이템 박스에서 자리만 차지하던 마차용 부품을 꺼냈다.

스킬 레벨을 올리기 위해 잔뜩 만들어둔 부품들이 잔뜩 남아 있던 것이다.

신은 부서진 바퀴와 굴대를 대신할 부품을 꺼내 솜씨 좋게 교환했다. 그와 동시에 진동을 줄이는 개조도 해두었다.

새롭게 장착된 부품은 겉보기에 평범한 목재 같았지만 광택이 심상치 않았다.

그것이 엄청난 강도를 자랑하는 아다만팅 코팅의 빛이라는 걸 아는 사람은 그리 많지 않았다.

"완성됐어."

"……뭔가 묘한데."

"기분 탓이겠죠."

티에라가 뛰어난 관찰력으로 이상한 점을 발견해냈지만 관련 지식이 부족한 탓에 그냥 넘어가고 말았다. 물론 슈니가 잘 얼버무렸기 때문인지도 모른다.

수리가 끝나자 마차는 바로 출발했다. 수리하기 전보다도 성능이 훨씬 향상된 마차는 울퉁불퉁한 길을 아랑곳하지 않고 빠르게 나아갔다.

마차로 이동한 지 또 이틀이 지났다. 일행은 드디어 라르아 대삼림 끝에 있는 파르닛드에 도착했다.

신 일행의 현재 위치는 파르닛드 남동부였다.

라르아 대삼림이라는 대규모 삼림 지대와 인접한 탓인지, 국경을 넘어서도 숲이 펼쳐져 있었다.

식물 생태가 다른 건지, 라르아 대삼림은 정글에 가까운 울창한 숲인 반면에 파르닛드의 숲은 작은 동물들이 살 법한 아담한 느낌이었다.

숲 속에서도 당연히 국경은 존재했고, 슈니의 말에 따르면 경비 부대도 있다. 도로는 잘 정비되어 있어서 험한 길을 지나가지 않아도 되었다.

신 일행은 평원에서 파르닛드로 이어지는 가도를 천천히 나아갔다. 여기서 속도를 내면 수상한 인물로 간주되어 구속당할 수도 있었다.

그리고 슈니가 도착했다는 연락을 위해 메시지 카드를 전송했다.

"응? 누가 오는데. 레벨이 제법 높아."

숲 속 길을 10분 정도 나아갔을 때였다. 신은 자신들을 향해 누군가가 일직선으로 다가오는 것을 감지했다. 인원은 2명이었고 레벨은 각각 210과 179였다.

"아까 지라트에게 메시지를 보냈으니까 마중 나온 걸 거예요."

슈니는 믿을 만한 사람을 보내달라고 부탁했다고 한다. 그리고 그 2인조와 아는 사이였는지 자연스럽게 신의 옆자리에 앉았다.

마차를 세우고 몇 분 동안 기다리자 숲 속에서 비스트 2명이 모습을 드러냈다.

"역시 당신이군요."

"네. 초대 수왕의 명을 받고 이렇게 왔습니다."

슈니의 말에 대답한 건 회색 머리카락과 짙은 녹색 눈동자를 가진 단정한 얼굴의 남자였다. 온몸에 빈틈이 전혀 없었고 무슨 일이 벌어지면 즉시 대응할 준비가 되어 있다는 걸 알 수 있었다.

외모는 20대 후반 정도로 보였고 이쪽 세계의 기준으로는 레벨에 비해 상당히 젊은 편이었다.

"거기 계신 게 바로 그분이군요?"

"네, 맞아요. 여기서 소개하기도 뭣하니까 일단 지라트가 있는 곳까지 안내를 부탁할게요."

"알겠습니다. 그러면 우리들의 도시 에리덴까지 앞장서겠습니다. 따라오시죠."

남자는 대답과 함께 마차 앞으로 이동했다. 남자가 나아가는 속도에 맞춰 신도 마차를 출발했다.

"쿠오레도 건강해 보이네요."

"네! 슈니 님도 건강해 보여서 다행입니다."

씩씩한 말투로 대답한 건 쿠오레라 불린 여성이었다. 먼저 말을 꺼냈던 남자와 마찬가지로 회색 머리카락과 짙은 녹색 눈동자를 가진 미소녀였다.

머리카락은 세미롱 정도의 길이였지만 신에게는 목의 뒷덜미 부분만 길게 기른 것이 보였다. 군인 같은 말투였기에 동성에게도 왠지 인기가 있을 것 같았다.

친밀하게 대화를 나누는 걸 보면 슈니는 두 사람과 예전부터 알고 지낸 것 같았다.

"서로 잘 아는 사이인가 보네."

"쿠오레가 태어나는 순간도 함께했거든요. 무예를 가르친 적도 있고요."

"헤에…… 선정자인 건가?"

"정확히 말하면 다르지만 선정자라고 해도 될 만한 실력이에요. 어쨌든 지라트의 직계 자손이니까요."

"뭐?! ……아니, 당연한 건가. 비스트라면 증손뿐만 아니라 현손, 아니, 그 밑의 자손이 있어도 이상할 게 없겠지."

비스트의 원래 수명을 생각하면 지라트가 아내를 맞이해 아이를 가져도 이상할 건 없었다. 엘프나 픽시처럼 몇백 년씩 사는 것도 아니었으니 말이다.

"응? 도착한 건가."

잠시 달려간 끝에 남자 비스트는 앞에 보이는 성벽 앞에서 멈추라는 신호를 보내왔다.

벽의 일부가 숨겨진 문으로 쓰이는 것 같았다.

폭은 마차 1대가 겨우 통과할 정도였고 높이도 애매했다.

이번처럼 몰래 들어오는 사람을 위한 문일 것이다. 경비하는 병사도 선정자들인 것 같았다.

"마차는 어떻게 하시겠어요?"

"이참에 카드화해두지 뭐."

이쪽 세계에 존재하는지도 불분명한 부품을 사용해 개조한 만큼 혹시 모를 사태를 대비해서 아이템 박스에 넣어두기로 했다. 이제는 함부로 팔 수조차 없게 된 것이다.

마차 끄는 임무에서 해방된 카게로우는 더욱 작게 변신해서 티에라의 품에 안겼다.

지라트가 있는 별채에 가려면 마차를 멈춘 공터에서 지하도를 통과해야 하는 것 같았다. 일행은 건물 안에 들어간 뒤 지하로 내려갔다.

"왠지 나만 여기에 안 어울리는 것 같아."

"무슨 소리야. 달의 사당의 종업원이면 어엿한 관계자라고."

신은 안내를 받아 걸어가는 와중에 긴장한 티에라를 격려했다. 100년이나 가게를 봤으니까 신이 보기엔 충분히 가족이라 할 수 있었다.

신의 기억이 정확하다면 지라트도 사소한 일을 신경 쓰는 성격은 아니었다.

"티에라에 대한 이야기도 해두었으니까 그렇게 긴장하지 않아도 괜찮아요."

"그렇다고 떨리는 마음이 갑자기 진정될 리는 없잖아요……."

일반인의 입장에서 보면 이제부터 만나러 가는 사람은 평생 한 번 볼까 말까 한 인물이었다. 위축되는 것이 당연했다. 티에라가 신 및 슈니와 가까이 지내왔다고 해서 그들만큼 엄청난 인물들이 전부 쉽게 느껴질 리는 없었다.

"마음을 강하게 먹어요. 이제 도착했어요."

이야기를 나누는 사이 어느새 지하도의 출구까지 도착한 모양이었다. 지상으로 올라가자 일본의 무가武家 저택 같은 건물이 보였다.

대문은 없었지만 기와지붕과 장지문까지 잘 만들어져 있었다.

"이쪽입니다."

남자 비스트가 무뚝뚝하게 말했다. 일행은 현관에서 신발을 벗고 툇마루를 통해 저택 안쪽으로 들어갔다.

그리고 저택의 가장 안쪽에 있는 방 앞에서 남자 비스트가 멈춰 섰다.

"슈니 공 일행을 모셔왔습니다."

"그래, 들어와라."

대답을 들은 남자 비스트는 장지문을 열었다. 방 안에는 3명의 인물이 있었다.

그중에서 신이 아는 사람은 1명이었다. 정면에 앉은 늑대 타입 하이 비스트이자 그의 3번째 서포트 캐릭터인 지라트 에스트레아였다.

신이 보는 방향에서 왼쪽에는 코끼리 타입, 오른쪽에는 거북 타입의 비스트가 앉아 있었지만 신은 처음 보는 인물들이었다. 양쪽 모두 레벨은 255였다. 지라트의 심복인 것 같았다.

남자 비스트에 이어 신, 슈니, 티에라가 방 안으로 들어왔다. 물론 유즈하와 카게로우도 함께였다.

신을 중심으로 슈니와 티에라가 좌우에 앉자 지라트가 입을 열었다.

"여어, 주공. 이렇게 살아서 또 만날 줄은 몰랐다네."

이쪽 세계에 오고 처음으로 듣는 지라트의 목소리는 신이 게임 시절에 들어온 것처럼 낮으면서도 힘이 있었다.

✝

"나야말로 네가 살아 있을 줄은 몰랐어."

지라트의 첫마디에 신이 대답했다.

좌우에 앉은 비스트들과는 달리 현재의 지라트는 인간의 모습이었다. 얼굴에는 주름이 늘어났고 머리카락도 하얗게

세웠다.

하지만 나이가 느껴지는 겉모습과는 달리 몸에서 뿜어져 나오는 기운은 여전했다.

적어도 금방 죽을 사람처럼 보이지는 않았다. 불손한 말투도 예전 그대로였다.

"크크크, 그야 그렇지. 나도 내가 왜 살아 있는지 모르겠거든. 이러다 갑자기 저세상으로 가지 않을지 주위에서 걱정할 정도일세."

"아니, 그건 웃으면서 할 말이 아니잖아."

지라트는 농담 같지 않은 농담을 하며 호쾌하게 웃었다. 좌우에 앉은 부하 비스트들도 신의 지적에 공감하면서 피곤하다는 듯 한숨을 쉬었다.

"자, 해야 할 이야기도 많을 테지만 먼저 소개할 사람이 있네."

지라트는 그렇게 말하며 신 일행을 안내해준 남녀를 자신의 양옆에 앉혔다.

"이 녀석이 현재 수왕인 월프강일세. 그리고 이쪽은 월프강의 딸인 쿠오레라고 하네."

"월프강 에스트레아입니다. 앞으로 잘 부탁드립니다."

"쿠오레 에스트레아라고 합니다! 만나 뵙게 돼서 영광입니다!"

지라트가 소개하자 두 사람은 각자 고개를 숙였다.

월프강은 침착했지만 쿠오레는 조금 흥분한 것 같았다.

"그리고 끝에 앉은 두 사람이 내 충복인 반과 라짐일세."

"왕의 오른팔 반 크라 하오."

"왕의 왼팔 라짐 돌크입니다."

두 사람은 짧게 말하며 조용히 고개를 숙였다. 양쪽 모두 어느새 엄숙한 표정을 짓고 있었다.

앉은 위치는 왼팔과 오른팔에 맞춘 것 같았다. 지라트 오른쪽의 코끼리가 반, 왼쪽의 거북이 라짐이었다.

"신이라고 합니다. 이미 들었을지도 모르지만 하이 휴먼입니다. 잘 부탁합니다."

신도 자신의 이름을 밝히며 고개를 숙였다. 그런 모습에서 초월자로서의 위엄은 조금도 느껴지지 않았다.

물론 신은 그들 앞에서 거만하게 굴 생각은 추호도 없었다.

"크크, 평소처럼 말하게나, 주공. 여기서 겸손을 떤다고 뭐가 나오는 것도 아닐세."

"아니, 만나자마자 왕한테 반말할 수는 없잖아. 아니, 너야말로 그냥 이름으로 불러. 옛날에는 날 그런 식으로 부르진 않았잖아."

"오랜만에 만났는데 이 정도 농담은 그냥 넘어가 주게. 그리고 신도 하이 휴먼이 얼마나 말도 안 되는 존재인지 잘 알지 않나. 경외받는 게 당연하네."

"정말이지……. 뭐, 우리가 한 짓을 알고 있다면 이해는 해."

이쪽 세계의 사람들에게 하이 휴먼은 전설적인 존재이자 공포의 대상이었다.

도시를 불바다로 만들고 신수를 사냥하고 다니는 등 농담 같은 일들을 실제로 벌이고 다녔던 존재들인 것이다.

그리고 그런 광경을 직접 목격한 엘프와 픽시 같은 장수 종족들은 대부분 지금도 살아 있었고, 그들을 통해 하이 휴먼의 강력함이 전해 내려왔다고 할 수 있었다.

게다가 부하였던 슈니와 지라트의 엄청난 능력을 본다면 그들을 거느리던 존재가 얼마나 강한지는 자연스레 상상할 수 있었다.

나라를 다스리는 자들도 그의 환심을 사기 위해 머리 정도는 얼마든지 숙일 수 있었다. 왕이 직접 나서서 접대해야 할 존재인 것이다.

"어쨌든 장난으로 나라를 없애거나 하진 않으니까 편하게 대해줘. 뭐, 그냥 친구한테 하듯이 하면 돼."

신은 평소 같은 말투로 월프강에게 말했다.

"그래도 괜찮겠습니까?"

"오히려 내가 부탁하고 싶을 정도야."

신은 즉시 대답했다.

게임에서 저질렀던 여러 가지 일들이 전설로 전해진다는 건 그도 알고 있었다.

하지만 그게 현실인 것처럼 인식되어 자신을 두려워한다는 건 매우 불편한 일이었다.

게임 때처럼 하이 플레이어로 존경받는 것과는 느낌이 전혀 달랐다.

"쿠오레 씨와 반 씨, 라짐 씨도 똑같이 편하게 대해주세요."

"괜찮은 겁니까?!"

"아가씨, 조금 진정하시지요."

"하지만 반, 본인이 괜찮다고 하지 않습니까!"

쿠오레는 아이돌을 만난 소녀 팬처럼 들떠 있었다.

처음 만났을 때의 늠름한 모습은 조금도 찾아볼 수 없었다. 엄청난 반전 매력이었다.

"신 공은 우리의 초대 수왕 지라트 님의 주인 되시는 분. 저희에게도 존칭을 붙이지 않고 편하게 부르셔도 괜찮습니다."

"나이가 있어 보여서 나도 모르게……."

쿠오레를 진정시키는 반을 대신해서 라짐이 신에게 말했다. 지라트가 충성을 맹세한 상대가 자신에게 존칭을 사용하는 건 아무래도 불편했을 것이다.

"그러면 편하게 이야기할 테니까 라짐과 반도 그렇게 해줘. 나는 그게 가장 편할 것 같아."

"그러면 그렇게 하겠소이다. 나는 이게 평소 말투이니 이해해주시오."

무인의 기질이 보여서 당연히 거절당할 줄 알았지만 의외로 융통성이 있는 것 같았다. 왕인 지라트가 신을 편하게 대했기 때문인지도 모른다.

"그런데 신. 이제 슬슬 저기 있는 아가씨와 신수를 소개해
줬음 하네만."

분위기가 무르익자 지라트가 티에라 쪽으로 시선을 돌렸
다. 유즈하와 카게로우가 신수라는 것도 이미 꿰뚫어 본 것
같았다.

"소개가 늦어서 미안하군. 이쪽은 티에라야. 달의 사당 직
원이지."

"처음 뵙겠습니다. 티에라 루센트라고 합니다. 달의 사당에
서 신세를 지고 있습니다."

티에라는 완벽하게 예절을 지키며 인사를 했다.

방금 전까지 긴장하던 모습은 어디로 간 것일까. 그녀는 어
깨에 너무 힘이 들어가지 않은 자연스러운 태도로 파르닛드
사람들을 마주 보았다.

어쩌면 너무 긴장한 나머지 정신이 맑아진 건지도 모른다.

"그리고 여기 있는 새끼 여우는 유즈하고, 저기 있는 새끼
늑대는 카게로우야. 종족은 엘레멘트 테일과 그루파지오고."

"호오."

지라트는 신 옆에서 몸을 작게 움츠린 유즈하와, 티에라에
게 안긴 카게로우를 번갈아 바라보면서 짓궂게 웃었다.

"설마 그 전설의……?"

"귀, 귀여워……."

그와는 대조적으로 월프강과 쿠오레가 눈을 크게 뜨며 놀랐다. 물론 쿠오레는 다른 방향으로 놀란 것 같았다.

반과 라짐은 크게 반응하진 않았지만 고개를 끄덕거리는 걸 보면 역시 하이 휴먼답다고 생각하는 모양이다.

"여전히 화제를 몰고 다니는군."

"일부러 그러는 건 아냐."

"크크, 지루하지 않다는 건 좋은 일이네. 자, 그동안 못했던 이야기가 많을 테지만 오랜 여행으로 피곤할 테지. 게다가 저 아가씨는 일반인 같으니 말일세. 일단 방으로 안내하겠네. 목욕부터 한 다음에 다 함께 식사하도록 하세나."

지금 시각은 오후 4시 반이었다.

신과 슈니는 몰라도 티에라는 역시 피곤해 보였기에 지라트가 배려해준 것 같았다.

월프강과 쿠오레는 일단 일을 하기 위해 돌아갔고 식사할 때 합류한다고 한다.

"아아, 그렇지. 신, 잠깐 이리 와보게."

이동하려고 할 때 지라트가 신을 불러 세웠다.

"왜?"

"파티를 맺어주게. 나중에 할 이야기가 있네."

"알았어."

아무래도 뭔가 비밀스러운 이야기가 있는 것 같았다. 신은 구세대 버전의 파티 편성을 통해 언제든 심화가 가능하게 해두었다.

　방 안내는 반과 라짐이 해주었다.

　각자에게 개인실이 배정되었고 무가 저택에 어울리는 다다
미 바닥과 옷장이 있었다. 벽에는 족자까지 걸려 있었다.

《신. 쉴 틈도 없이 미안하네만 잠깐 이리로 와줄 수 있겠
나?》
《응. 갈 테니까 잠깐만 기다려.》

　신이 방에 도착해 실내를 둘러볼 때 지라트에게서 심화가
걸려왔다.

　왠지 좋지 않은 예감이 들었다. 하지만 거절할 수도 없었기
에 신은 미니맵을 보며 지라트를 찾아갔다.

　여담이지만 신에게만 보이는 미니맵은 어느새 게임 시절처
럼 지도 작성 기능이 부활한 상태였다. 덕분에 무가 저택 안
의 구조를 속속들이 알 수 있었다.

　"어, 여기구나."

　신은 맵을 확인하며 나아가다가 툇마루에 앉아 정원을 바
라보는 지라트를 발견했다. 집에 맞추었는지 복장도 일본식
이었다.

　"왔군. 자, 앉게나. 차는 금방 준비될 걸세."

　"그러면 사양 않고 앉을게."

　신은 미리 준비된 방석에 앉아 지라트의 시선을 따라 정원

쪽을 바라보았다.

나름대로 넓은 정원에는 연못과 돌, 초목 들이 아름답게 배치되었고 신이 보기에도 훌륭한 정원이라는 걸 알 수 있을 정도였다.

잠시 뒤 슈니가 차제구茶諸具를 가져왔다. 차를 준비해 온다는 게 슈니였던 모양이다.

"자, 그럼 무엇부터 이야기해볼까?"

"지라트의 건국 무용담이라면 슈니한테서 이미 들었어."

"이봐, 이봐, 먼저 말하면 안 되지. 내가 얼마나 자랑하고 싶었는지 몰라서 그러나?"

"당신이라면 왠지 잔뜩 과장할 것 같아서 객관적으로 본 그대로를 이야기했어요."

아쉬워하는 지라트에게 슈니가 미소를 지으며 대답했다. 서로를 잘 아는 사람들끼리의 허물없는 대화였다.

"어쩔 수 없군. 그러면 내 무용담은 넘어갈 수밖에. 대신 신에 대한 이야기를 들려주게. 메시지를 받긴 했지만 자세한 내용은 적혀 있지 않았거든."

"그랬구나. 슈니에게는 이미 말했지만, 사실은—."

신은 슈니에게 그랬던 것처럼 지금까지 있었던 일을 설명했다.

"그렇게 된 거군. 그러니 아무리 찾아도 단서 하나 안 나올 수밖에."

사정을 들은 지라트는 무겁게 고개를 끄덕거렸다.

지라트도 신을 줄곧 찾아왔다. 슈니는 그와 정보를 공유하고 있었기에 그가 얼마나 노력했는지도 잘 알고 있었다.

"그건 그렇고, 신도 참 기묘한 일에 휘말렸군."

지라트는 신기하다는 듯이 말했지만 당사자 입장에선 신기하다는 말로 끝나는 문제가 아니었다.

"정말 그래. 뭐, 전부 나쁜 일만 일어나진 않았다는 게 다행이지."

"그런가. 그래, 적어도 나에게는 좋은 일이네."

"지라트?"

지라트의 분위기가 바뀌었다. 신에게 전해오는 날카로운 감각은 지라트의 아우라 때문이었다.

"슬슬 본론으로 넘어가겠네. 신, 난 자네에게 꼭 해야 할 말이 있다네."

"……뭔데?"

신도 조금은 짐작 가는 바가 있었지만 겉으로 드러내지 않고 조용히 되물었다.

"난 이제 곧 죽게 되네. 오래가진 못할 걸세. 아마 이제 한 달도 채 못 버틸 테지."

"무슨 소리야?"

적어도 지금 눈앞에 있는 지라트는 한 달 내로 죽을 것처럼 보이지 않았다. 오히려 수십 년을 더 살아도 이상할 게 없을 만큼 육체도 건강하고 패기가 넘쳐 보였다.

"몇 주 전부터 묘한 위화감을 느껴왔는데 슈니의 메시지를 읽고 확신했네. 내 안에서 멈춰 있던 시간이 다시 흐르기 시작한 게야. 마치 신이 돌아오길 기다린 것처럼 말이지."

슈니도 그렇게 말한 적이 있었다.

"이 세계에 신이 존재한다면 내 바람을 들어준 건지도 모르겠네."

"바람?"

그것이 본론인 것이리라.

지라트는 신을 똑바로 바라보며 입을 열었다.

"승부일세, 신. 나는…… 자네와 싸우고 싶네."

"지라트…… 너……."

남은 수명이 얼마 되지 않은 상황에서 싸우자고 하고 있었다.

모든 것을 설명하지 않아도 신은 지라트의 마음을 잘 알 수 있었다.

'싸움 속에서 죽으려는 건가.'

지라트는 전사였다. 그건 단순한 직업이 아니라 그의 삶 자체였다.

바로 그렇기에 바란 것이다. 그의 주인이자 최강의 전사인 신과의 싸움을.

게임 시절에는 절대로 불가능했던 일대일 결투를.

자신의 주먹과 기술이 초월자를 상대로 얼마나 통하는지를 시험해보기 위해.

수왕이나 서포트 캐릭터가 아닌 한 명의 전사로서 강자에게 도전하고 싶었던 것이다.

"내 마지막 바람일세. 받아주겠는가?"

지라트의 눈빛은 그의 남은 생명을 태우기에 이만한 기회는 없다고 말하는 듯했다.

신은 늙은 나이에도 여전히 불타는 투지를 보면서 차마 거절할 수 없었다.

설령 그것이 죽음으로 이어지는 길이라 해도 오랜 시간을 함께 보낸 동료의 바람을 들어주는 것이 신의 의무였다.

초대 수왕의 마지막을 장식할 상대로 신만 한 적임자는 존재하지 않았다.

"……알았어. 받아들일게."

신은 지라트의 눈을 마주 보며 승낙했다.

두 사람의 눈빛은 담담했다.

당연히 올 것이 왔다는 듯한 느낌이었다.

"……."

각오를 굳힌 두 사람을 슈니가 조용히 지켜보았다.

그녀는 마음속의 모든 것을 털어놓는 지라트가 부러웠다.

"그런데 이 이야기를 월프강이나 부하들에게도 한 거야?"

초대 수왕인 지라트는 가벼운 존재가 아니었다. 그가 죽는다면 주위에 미칠 영향이 어마어마할 것이다.

"수명이 얼마 안 남았다는 건 말해두었지만 결투에 관한 이야기는 아직일세. 하지만 숨길 생각은 없네. 이제 곧 이야기하겠네. 뭐, 반과 라짐은 내가 뭘 바라는지 눈치챈 것 같더군."

지라트는 충복들의 이름을 말하며 웃었다.

그들에게는 아무것도 숨길 수 없을 만큼 서로를 잘 알고 있는 것 같았다.

"전우인 거야?"

"그래, 신이 사라진 뒤로 함께 싸워왔지."

지라트는 옛 추억을 떠올리면서 자랑스럽게 이야기했다.

"코끼리와 거북. 비스트 중에서 1, 2위를 다투는 장수 종족이군. 500년 넘게 살 수 있다는 게 사실이었군."

"뭐, 그래봐야 나처럼 늙은이일세. 원래는 어떤 길드에 소속되어 있었다고 하는데 그것도 『영광의 낙일』 이후로 끝났다지."

처음 만났을 때는 두 명 다 아직 소년이었다고 한다. 인생을 함께해온 부하이자 친구였다.

"그 녀석들도 이제 늙었다네. 나도 마찬가지지. 이제 슬슬 이 나라는 우리들의 손에서 벗어나야 할 때가 온 게야."

지라트는 부하들을 자랑할 때와는 달리 걱정스럽게 눈을 감았다.

"비스트의 세대교체는 빠르다네. 내가 할 말은 아니네만 그 가운데서 우리들의 비중이 너무 커졌다네. 아들과 손자 대까지는 완전히 은퇴해서 쉴 수 있었지만 그 이후로는 우리에게 많이 의존해왔다네. 지금도 현재 수왕인 월프강보다 우리를 더 의지하는 녀석들까지 있을 정도지."

"그건 확실히 좋지 않군."

역대 최강의 왕이 아직도 현역이라는 게 반드시 좋을 수만은 없었다.

게다가 지라트는 지금도 최고의 신체 능력을 유지하고 있다는 게 문제다.

그 때문에 치세에 악영향이 끼친다면 지라트도 입장이 난처할 수밖에 없다.

그의 성격을 생각해보면 정치에 간섭하진 않을 거라는 걸 예상할 수 있었다. 하지만 살아 있다는 것만으로도 영향을 끼칠 수밖에 없는 위치였다.

"수명대로 죽었으면 좋았을 거라는 말은 아닐세. 하지만 역시 국가적으로는 좋지 않은 일이네. 우리 외에도 선정자가 있긴 하지만 몇 명의 강자에게 의존하다간 그들이 죽고 난 뒤에 어떻게 될지 알 수 없지. 신이 나타나기 전에는 어딘가 먼 곳으로 떠날까도 생각했다네."

강자를 중심으로 단결하는 건 반드시 나쁜 일은 아니었다. 그러나 지라트는 다른 선정자들과는 비교도 되지 않을 만큼 강한 탓에, 그들과 동등한 존재로 여겨질 수 없었다.

"월프강은 우수한 통치자라고 들었는데, 어때?"

"그래, 역대 수왕 중에서도 그 녀석은 특별히 우수하다네. 전투력으로 따져도 파르닛드 중에서 나 다음으로 강하지. 백성의 말에도 귀를 기울일 줄 알고."

현 수왕은 반과 라짐보다도 강한 모양이다.

"죽는다면 지금이 적기인 건가?"

"그렇다네."

후사를 맡길 만한 인재가 있다는 건 국가를 짊어지고 지탱해온 자들에게는 무척 기쁜 일이었다. 지라트도 이제 자신이 세운 나라에 대한 걱정 없이 떠날 수 있을 것이다.

"그러고 보니 월프강과 쿠오레는 선정자가 아니라고 하던데, 어떻게 된 거야?"

"그 아이들은 분명 선정자는 아닐세. 하지만, 그렇지. 능력치로 말하자면 평균 600이 넘는다네."

지라트가 말하는 수치는 신이 예상한 선정자의 능력치를 크게 상회하는 수준이었다. 아무래도 이쪽 세계의 실력자는 선정자만 있는 게 아닌 것 같았다.

"일종의 예외 같은 걸세. 내 직계 후손 중에는 이따금씩 내 능력을 이어받은 아이가 태어날 때가 있다네. 월프강과 쿠오레가 바로 그런 경우지. 이어받는 능력치에는 개인차가 있긴 하지만 전체적으로 능력치가 높은 편이라네."

"선정자는 그렇지 않은 거야?"

"적어도 그런 이야기는 들어보지 못했네. 일정 이상의 능력치를 갖고 있으면 이어받는 경우도 있다는 소문은 들어봤네만, 어디까지나 소문일 뿐일세."

지라트는 소문이라는 걸 강조했다. 직접 확인해본 건 아니지만 아이에게 일어나는 일이기에 단언할 수는 없다고 한다.

"실제로 선정자 중에는 극히 드물게 월프강 이상의 능력을 가진 자가 태어나는 경우가 있다네."

언젠가 한 번 매우 강력한 선정자가 나타났다고 한다.

지라트의 말에 따르면, 각 능력치가 평균 700은 되었다. 카게로우와도 싸울 수 있는 수치였다. 하지만 그 자손에 대한 정보는 없다고 한다.

덧붙이자면 일반적인 선정자는 신이 예상한 대로 STR이나 INT 등 특정 능력치가 500에 가까워도 상급으로 분류될 정도였다. 두 가지 능력치가 높은 경우도 많지 않았다.

베일리히트의 두 공주가 거기에 해당되지만 그 외에는 거의 없다고 한다.

게다가 그 외의 능력치는 200에서 300 정도였다. 이것은 신이 직접 싸워보면서 예상한 수치였다.

선정자 대다수는 평균 능력치가 기껏해야 350 정도라고 한다.

"그래도 일반인이 보기엔 충분히 위협적이려나."

"그럴 테지. 이런, 이야기가 엇나갔군. 다시 결투에 대한 주제로 돌아가세."

지라트가 고개를 살짝 가로저었다.

"알았어. 그런데 싸우는 건 그렇다 치고 장소는 어쩌려고? 우리가 마음먹고 싸우면 주변이 난리가 날 텐데."

신의 말처럼 그들 주위는 틀림없이 초토화될 것이다. 장소에 따라서는 지형 자체가 바뀔 수도 있었다.

물론 투기장이나 훈련장 같은 경우도 건물이 버티지 못할 것이다. 신과 지라트의 공격이 맞부딪치면 멀찍이서 구경하는 것조차 안전하지 않았다.

"장소라면 미리 생각해놓은 곳이 있다네. 베이룬에서 왔으면 라르아 대삼림을 봤을 테지? 바로 거기서 할 걸세."

"……그 숲에 싸울 만한 곳이 있어? 그냥 정글 같던데."

"그 숲은 조금 특이하지. 숲의 범위 내에서라면 나무를 아무리 베어도 하룻밤 만에 복구된다네. 예전에 시험 삼아 엉망진창으로 만들었던 적이 있지만 뿌리째 뽑아도 다음 날에는 원래대로 돌아와 있더군."

"뭐야, 그게……."

"밀림 타입의 던전이 변이한 것 같다네. 원인은 알 수 없지만 삼림이 일정 범위 이상 넓어지진 않기에 방치해두고 있는 걸세. 선정자끼리의 결투 장소로 쓰이는 것도 처음 있는 일은 아닐세."

"과연 그렇군."

처음에는 자연 파괴 아니냐고 걱정하던 신도 지라트의 말을 듣자 납득하고 말았다.

아무리 파괴해도 원래대로 돌아온다면 싸움터로는 더할 나위 없었다. 게다가 전부터 전장으로 쓰였다면 고민할 필요는 없을 것이다.

두 사람이 전력으로 싸우면 주변의 몬스터들도 전혀 위협이 될 수 없었다. 그야말로 안성맞춤인 곳이었다.

"그러면 장소는 됐고. 문제는 시간이군. 별로 안 남았잖아."

"나로서는 일주일 뒤가 가장 좋네."

"좀 더 빨리 하는 게 낫지 않아?"

"아니, 아마 그날이 가장 힘이 날 걸세. 꺼져가던 불이 마지막으로 피어오르는 타이밍이라는 게 있지 않은가."

몸 상태에도 일정한 흐름이 있다는 뜻일 것이다. 죽음을 예감하고 있어서인지 그런 것까지 느껴지는 모양이었다.

"그런가. 그러면 그사이 네 무기를 완성해둘게. 이왕 싸울 거면 최고의 장비로 해야지."

"말이 통하는군. 역시 마지막은 그걸 끼고 싸우고 싶네."

지라트의 전용 무기는 손에서 팔꿈치까지를 덮는 장갑인 【붕월(崩月)】이었다. 랭크는 당연히 고대급이었다. 그리고 지금은 신의 아이템 박스 안에 안전하게 보관되어 있었다.

【창월】은 이미 슈니에게 돌려주었기에 남은 서포트 캐릭터용 장비는 3개였다.

"방어구는 어때? 그때 방어구는 회수하지 않았던 것 같은데."

"소중히 보관하고 있네. 겉모양은 많이 낡았지만 상태는 멀쩡하다네. 500년 넘게 사용하다 보니 왠지 성능이 떨어진 것 같은 느낌은 드네만."

"일단 한번 봐줘야겠네. 듣기로는 그걸 수리할 수 있는 녀석이 없었다면서?"

"그래, 스킬 레벨이 부족해서 말이지. 내구도가 높은 고대급이 아니었다면 지금쯤 아예 망가졌을 테지."

지라트의 경우 갑옷이 아니라 도복에 가까웠기에 정비할 방법이 없었을 것이다. 마력 조작으로만 손을 봐야 하는 것이다.

지라트의 말처럼 이것이 신화급 아이템이었다면 이미 사용 불가가 됐을 가능성이 있었다. 성능은 물론이고 내구도 면에서도 고대급은 최고 수준이었다.

"방어구를 먼저 건네주지—여기 있네."

"오케이. 맡아둘게……. 아니, 이건 참 심하군."

지라트가 아이템 박스에서 아이템 카드화된 방어구를 꺼내자 상태를 가볍게 체크한 신이 질렸다는 듯이 말했다. 왜냐하면 지라트 전용 방어구의 내구도가 이미 30퍼센트 이하였기 때문이었다.

고대급 방어구를 이 정도로 소모시키는 건 게임에서도 쉬운 일이 아니었다.

지라트의 말처럼 내구도가 내려가도 방어력에 큰 변화가 없는 걸 보면 역시 고대급 아이템이었다.

시험 삼아 실체화해보자 엉망진창이라는 말이 딱 어울렸다.

찢어진 곳, 불에 탄 곳, 변색된 곳 등등, 이런 꼴이 될 때까지 잘도 굴렀다는 느낌이 들었다.

하지만—.

"500년 넘게 쉬지 않고 싸워왔다면 잘 버텼다고 해야 하려나."

방어구가 지나온 세월을 생각해보면 납득이 가기도 했다.

"그런 상태지만 성능은 변함없다네. 아직도 현역이지."

"내 입으로 이렇게 말하긴 뭣하지만, 내가 참 엄청난 걸 만들어냈나 보군."

"이봐, 이봐, 직접 만든 사람이 그런 소릴 하는 건가?"

지라트의 말도 지당했지만 신은 데이터가 아닌 실물을 접하자 자신이 만들었다는 실감이 나지 않았다.

현대에 이런 물건이 나타난다면 그야말로 기술 혁명이 일어날지도 모른다는 생각이 들었다.

"……뭐, 아무럼 어때."

신은 생각하는 걸 그만두었다. 원래 세계로 돌아가면 마력이나 스킬 같은 건 존재하지 않으니까 이쪽 세계의 물건을 굳이 가져가고 싶지는 않았다.

"어쨌든 장비는 내게 맡겨. 그 밖에 또 결정해야 할 일은 없어?"

신은 이야기를 원래 주제로 되돌리며 지라트에게 물었다. 결전 장소와 장비는 해결되었지만 그 밖에도 준비할 일이 많을 것 같았기 때문이다.

신도 자신이 할 수 있는 일이라면 얼마든지 도울 생각이었다.

"그 밖에는…… 특별히 없군. 난 아무 직책도 맡고 있지 않으니 귀찮은 인수인계를 안 해도 된다네. 그 밖에 필요한 일들도 전부 처리해두었지. 아아, 그래. 나와 자네의 싸움을 월프강과 쿠오레, 그리고 반과 라짐에게 보여주고 싶은데 괜찮겠나?"

"그래, 괜찮아. 이미 내가 하이 휴먼이라는 걸 알고 있는 녀석들이고, 우리 싸움을 보고 싶어 할 테니까."

"나는 하이 휴먼이 어느 정도로 강한지 알게 해주고 싶네. 이 세계의 사람들은 자기들보다 강한 존재가 있다는 걸 모르거든. 물론 엄청나게 강한 몬스터가 있다는 건 다들 알고 있네만, 국가를 짊어질 사람이라면 위에는 위가 있다는 걸 알고 있어야 하네."

적으로 돌리면 안 되는 상대라는 걸 느끼게 하려는 것이리라. 신 일행의 무용담은 과장된 옛날이야기처럼 들리는 부분이 많았다. 직접 눈앞에서 보기 전까지는 절대 이해하지 못할 것이다.

"과연 그렇군. 확실히 우리들에 대한 건 『영광의 낙일』 전부터 살아온 장수 종족이 아니면 모를 테니까 말이지."

"우리가 전력으로 싸워야 할 일도 거의 없었다네. 그 아이들은 멀리서 원시遠視를 통해 보게 될 테지만 싸움의 분위기를 느끼기엔 충분할 테지."

신은 가까이서 구경시킨다고 하면 말리려 했지만 역시 그렇지는 않았다.

최소 케메르 단위로 거리를 벌리지 않으면 분명히 싸움의 여파로 죽는 사람이 나올 것이다. 신과 지라트가 하려는 건 그런 차원의 싸움이었다.

스스로 몸을 지킬 수 있거나 영향이 미치지 않는 먼 곳으로 떨어져야만 안전하게 관람할 수 있었다.

"빨리 정해야 하는 일은 이 정도겠군. 나머진 월프강에게 말한 뒤에 다시 정하도록 하세."

"알았어. 그러면 오늘은 여기까지인가?"

"그렇네. 아아, 슈니. 미안하지만 찻종을 주방에 가져다 놔 주겠나?"

"네, 알았어요."

슈니는 쟁반에 3개의 찻잔을 올려놓고 소리도 없이 주방으로 사라졌다. 뭘 하러 왔는지 모를 정도로 조용한 방관자였다.

"……그래서? 슈니가 들으면 안 되는 이야기라도 있는 거야?"

신은 슈니의 모습이 보이지 않게 되고 나서 지라트에게 물었다.

무척 부자연스러운 방법이었기에 슈니도 아마 눈치챘을 것이다.

"뭐, 이것만큼은 말이지."

지라트는 미안하다는 듯이 뺨을 긁적거렸다.

"한 가지 확인해둘 게 있네."

그의 눈빛은 신과 결투에 관해 이야기할 때보다도 진지했다. 마주 보는 신도 자연스레 긴장하고 말았다.

"슈니가 이미 물어봤을지도 모르겠네만, 신은 원래 세계로 갈 수 있는 방법을 찾아내면 돌아갈 텐가?"

슈니를 놔두고?

말로는 하지 않아도 지라트의 눈빛이 그렇게 덧붙이고 있었다.

"……그래, 돌아가야지. 그게 내가 계속 싸워온 이유니까."

그를 기다리는 가족이 있었다. 친구들과 동료들도 있었다.

게임을 클리어한다고 끝나는 건 아니었다. 그 뒤의 인생을 소중히 여기는 사람들과 나누었던 약속이자 신이 스스로 서약한 맹세였다.

이세계로 날아왔다고 해서 그걸 쉽게 포기할 수는 없었다.

"……그렇군."

신의 대답을 듣고 지라트는 순간 뭐라고 하려다가 입을 다

물어버렸다.

"미안."

"아니, 사과는 내가 해야겠지. 당사자가 가장 잘 판단할 문제일 테니. 늙은이가 괜한 참견을 한 것 같군."

지라트는 굳이 자신이 관여할 문제가 아니었다며 고개를 가로저었다.

신 역시 지라트가 무슨 말을 하려는 건지는 알고 있었다. 아무리 국가 건설을 위해 분주히 일해왔다지만 같은 서포트 캐릭터끼리 정보 교환은 쭉 해온 것 같고 서로의 동향 정도는 신경 썼을 것이다.

슈니의 태도나 티에라가 했던 이야기, 그리고 오늘 지라트가 꺼낸 질문을 통해 유추해보면 슈니는 계속해서 신을 찾아다닌 게 분명했다.

그런 그녀를 두고 돌아갈 것인가.

지라트는 그렇게 묻고 싶었다. 아니, 그렇게 물으려고 했다.

슈니의 행동을 동료로서 지켜봤던 그는 그렇게 말할 수밖에 없었던 것이다.

"우리에게 우리의 사정이 있는 것처럼 신에게도 신의 사정이 있을 테니. 어려운 문제로군⋯⋯."

지라트는 그렇게 말하며 한숨을 내쉬었다.

그가 강하게 말하지 않은 건 신의 눈동자에서 여러 가지 빛을 보았기 때문이었다.

그것은 갈등, 망설임, 슬픔 같은 어두운 빛. 기쁨과 사랑 같은 밝은 빛. 그리고 그것들을 담아내는 강한 의지의 빛이었다.

바로 지라트가 잘 아는 대로 열심히 발버둥 치며 앞으로 나아가는 전사의 눈빛이었다.

그걸 보면 신이 슈니를 많이 생각한다는 걸 알 수 있었다. 오히려 생각하지 않을 리가 없다고 단언할 수 있었다. 그러나 아직 분명한 정답이 나오진 않은 것이리라.

지라트가 들은 대답에도 아직 망설임이 섞여 있었다.

원래 세계와 지금의 세계. 지금은 아직 원래 세계에 대한 마음이 강하지만 앞으로 어떻게 될지는 모르는 일이다.

"내 문제와 슈니의 문제를 한꺼번에 해결할 수 있는 방법이 있길 바라는 건 욕심이 과한 걸까?"

"아니, 나도 방금 그런 생각을 했네. '데우스 엑스 마키나'라고 하던가?"

"그래, 모든 것이 원만하게 해결되는 해피엔드. 동화처럼 모든 사람이 행복하게 끝나면 좋을 텐데 말이지."

결국 찾아오는 건 모두가 웃고 행복해지는 결말이었다. 중간에 찾아오는 불행 따윈 행복을 강조하기 위한 장치에 지나지 않는 것이다.

"나하고는 전혀 인연이 없는 이야기였지."

"그렇게 따지면 나도 마찬가지야."

기적을 바라면서도 그것이 실제로 일어날 거라고는 믿지 않는 것이다. 가혹한 이별을 수도 없이 경험한 두 사람은 나란히 쓴웃음을 지었다.

"시간을 빼앗아서 미안하군, 신. 저녁 식사까지는 시간이 좀 남았으니 푹 쉬게나."

"그럴게."

두 사람은 작별 인사를 하고 각자의 방으로 돌아왔다.

신은 방에서 기다리던 유즈하와 놀아주며 시간을 보냈다. 지라트의 무기나 방어구를 수리하기에는 아무래도 시간이 너무 부족했다.

저녁 식사 자리에서는 호화로운 요리를 맛보았고 욕실에 들어가 몸을 씻었다. 그 뒤로는 특별한 일 없이 파르닛드에서의 첫날 밤이 조용히 깊어가고 있었다.

저녁 식사를 마친 신 일행이 객실로 향한 뒤, 지라트는 반, 라짐, 월프강, 쿠오레를 자기 방으로 불러냈다.

"여어, 다들 피곤할 텐데 미안하군."

"뭔가 말씀하실 것이 있습니까?"

지라트의 태도에서 무언가를 느꼈는지 월프강이 4명을 대표해서 물었다.

"아니, 뭐, 드디어 죽을 장소를 찾아내서 말이지. 너희들에 겐 미리 말해두려고 이렇게 불렀다."

지라트는 별일 아니라는 듯이 가볍게 이야기했다. 물론 이 야기의 내용은 가벼움과 거리가 멀었다.

"……네?"

너무나 갑작스러운 말이었기에 월프강은 얼빠진 대답을 했다.

당연한 일이었다. 갑자기 죽을 장소를 찾아냈다는 말을 듣 고 아무렇지 않게 대답할 수 있을 리가 없었다.

"그게 무슨 뜻입니까?"

"말 그대로의 뜻이지. 내 수명이 끝나간다는 건 전에 이야 기하지 않았나? 그 전에 신과 결투를 하기로 했다. 그 결투장 이 바로 내가 죽을 장소인 거지."

"어째서 지금입니까?"

"내 힘을 최대한으로 발휘할 수 있는 게 일주일 뒤다. 그때 가 지나면 약해져서 죽는 일밖에 남지 않지. 그런 상태로 대 결하는 건 내 전사로서의 긍지가 용납하지 않아."

마지막은 전사답게 죽겠다고 말하는 지라트를 보며 월프강 은 아무 대답도 할 수 없었다.

가족을 지키고 자식을 지키고 모든 것을 이룬 뒤에 미련을 남기지 않고 싸움 속에서 죽는다.

그것은 전사의 일족인 낭인狼人족—늑대 타입의 비스트는

모두 그렇게 불린다—이 맞을 수 있는 최고의 죽음이었다.

하물며 그 상대가 전설의 종족인 하이 휴먼이라면 모두가
부러워할 것이다.

"올 것이 온 거로군요."

침묵하는 월프강을 대신해서 라짐이 납득했다는 듯이 중얼
거렸다.

"으음, 왕께서 수명에 대한 이야기를 하셨을 때 이대로 끝
날 거라고는 생각하지 않았지만, 그렇게 된 거였소이까?"

라짐에 이어 반도 고개를 끄덕이며 심정을 토로했다.

그들은 비장한 표정의 월프강과는 달리 희미한 안도감을
느끼고 있었다.

"왜 그렇게 무덤덤한 거야?"

그런 두 사람에게 의문을 제기한 건 쿠오레였다. 그녀는 평
소의 단정한 말투를 유지할 수 없을 만큼 동요하고 있었다.

"아가씨, 평생의 마지막 싸움을 하이 휴먼과 할 수 있다면
그보다 더한 영광은 없소이다. 왕의 직계 자손이라면 잘 아실
것이오."

"나도 알아! 알지만 반처럼 담담하게 받아들일 수는 없다
고……."

타이르듯 말하는 반에게 혼란에 빠진 쿠오레가 반론했다. 머
리로는 이해하지만 마음으로는 받아들이지 못하는 것 같았다.

지라트의 힘을 가까이에서 지켜봐 온 만큼 그가 쉽게 죽는

다는 것을 상상할 수 없었던 것이다.

"쿠오레."

"……네."

"넌 나를 조금 과대평가하고 있구나."

"그렇지는—."

"아니라고 할 수는 없을 텐데?"

지라트는 방금 전까지와는 달리 위엄 있는 표정으로 쿠오레에게 말했다. 하지만 그런 모습이 어딘지 모르게 손녀를 아끼는 할아버지 같다고 나머지 세 사람은 생각했다.

"난 오래 살았다. 동료가 죽고, 그 아들도 죽고, 남겨진 손자를 돌봐주었던 적도 있지. 만년에는 내가 어째서 죽지 않는지 자주 생각하게 되었다. 그 대답을 일주일 뒤에 얻을 수 있단다."

"……."

"이건 말이다, 쿠오레. 내가 신을, 스스로 주인으로 정한 이를 한 번 떠나보냈을 때 유일하게 남았던 미련이란다."

"미련……."

"그래, 절대로 이뤄지지 않았던 바람이기도 하지."

"……네."

지라트의 말에는 비장감 따윈 조금도 없었고 싸움에 대한 의지만이 조용히 타오르고 있었다.

방 안에 있던 모두가 그 뜨거움을 느꼈다.

아무도 막을 수는 없었다. 모두가 일류 전사이기에 그것의 의미를 이해했던 것이다. 이 싸움을 막으려 한다는 건 오히려 모욕이나 다름없었다.

흥분된 감정을 드러냈던 쿠오레도 지금은 그저 고개를 끄덕일 수밖에 없었다.

"장소는 라르아 대삼림. 내 마지막 싸움이자 최대의 싸움이다. 잘 지켜보도록 해라!"

"넷!!"

초대 수왕으로서의 마지막 명령.

심복 부하와 직계 자손들은 한목소리로 그 명령을 받들었다.

맡겨진 것, 맡긴 것 | Chapter 3

"신 공! 모시러 왔습니다!"

"응?"

다음 날 아침. 신이 유즈하와 함께 복장을 갖추고 있을 때 문밖에서 목소리가 들려왔다.

어디선가 들어본 것 같다고 생각하며 신이 장지문을 열자 그곳에는 공손하게 앉은 쿠오레가 있었다.

"식사 준비가 끝났습니다. 이쪽으로 따라와 주십시오!"

"어, 그래. 고마워."

지난 저녁 식사 때 별로 입을 열지 않았기에 목소리만 듣고는 누구인지 알아볼 수 없었지만, 어째서 시녀가 아닌 쿠오레가 온 것일까.

"저기~ 어째서 쿠오레가 데리러 온 거야? 어제 저녁 식사가 됐다고 말해주러 온 건 시녀분이었는데."

신은 사람들에게 월프강의 손님으로 알려져 있었다.

"제가 나서서 대신하겠다고 했습니다."

그 말에 신의 의문이 더욱 커졌지만, 생각해보면 어제 저녁 식사 때도 이런 분위기였다.

아무래도 쿠오레의 머릿속에선 하이 휴먼, 특히 신이라는 존재가 상당히 미화된 것 같았다. 신에 대한 태도와 시선이 그걸 여실히 드러내고 있었다.

신이 지라트의 주인이라는 점도 아마 크게 작용했을 것이다. 아무래도 어린 시절부터 들어온 옛날이야기를 강하게 동경하고 있는 것 같았다.

물론 신의 입장에선 부끄러운 과거가 마음대로 각색되어 전해진 것에 지나지 않았다.

'왠지 나에 대한 왜곡된 이미지를 갖고 있는 것 같은데.'

게다가 오늘의 쿠오레는 어제보다도 더욱 기운이 넘쳐 보였다.

신은 그게 조금 걱정이 되었다.

왠지 억지로 활기차게 행동하는 것처럼 보였기 때문이었다.

신은 그 이유를 생각하면서 걸어가는 경로를 확인하다가 어제저녁과는 다른 장소로 향하고 있다는 걸 깨달았다.

"어제 갔던 넓은 방으로 가는 게 아닌 게 같은데?"

"네. 지라트 님의 방으로 안내해드리라고 하셨습니다."

어제저녁은 연회나 다름없었기에 아침은 조용히 먹자는 뜻일까.

한편 쿠오레는 일 때문에 먼저 식사를 마쳤다고 한다.

"이쪽입니다. 일행 분들도 곧 오실 겁니다. 그럼 저는 이만."

"안내해줘서 고마워."

신은 쿠오레에게 감사 인사를 하며 방으로 들어섰다. 안에
는 지라트와 반, 라짐이 앉아 있었다. 그리고 잠시 지나자 티
에라와 슈니도 들어왔다.

"그러면 먹기로 하세."

서로 아침 인사를 한 뒤 식사가 시작되었다. 나온 음식은
쌀밥, 된장국, 구운 생선과 채소 절임 등 익숙한 식단이었다.

아침 식사가 끝나자 앞으로의 일정에 관한 이야기가 시작
되었다.

"신에겐 장비 수선을 부탁했지만 그 외에 특별히 해줄 일이
없다네. 관광이라도 하면서 느긋하게 지내게나."

"그러면 도서관이 어디 있는지 가르쳐주겠어? 아니면 과거
의 자료가 보관된 곳이라도 괜찮아."

"흐음, 알겠네. 허가가 필요한 곳도 있으니 내가 손을 써두
겠네."

"고마워."

베일리히트에서는 알 수 없었던 것들이 판명될지도 모른다.
지라트의 허가가 있으면 금서 종류도 볼 수 있을 것이다.

"슈니하고 티에라는 어떻게 할래?"

"저는 신을 도울게요."

슈니는 당연하다는 듯이 대답했다. 느긋하게 쉬거나 관광
을 하는 선택지는 고려하지도 않는 모양이었다.

"저기, 나도 도서관에 따라가도 될까? 흥미가 있는데."

"같이 가려면 내가 지라트의 장비를 고칠 때까지 기다려야 할 텐데?"

"괜찮아. 고대급 무기를 고치는 거니까 그쪽도 흥미가 있어."

티에라는 신이 전에 건네준 메시지 카드를 연구하고 있었는데, 그와는 별도로 신이 하는 작업에도 관심이 있는 모양이었다.

메시지 카드의 일부 구조를 아직 해독하지 못한 상태였고 굳이 서두를 일은 아니라고 생각한 것이다.

"그러면 결정됐군. 지라트는 어떻게 하려고?"

"나는 뭐, 주변 정리를 해야겠지. 그리고 이참에 아직 가르치지 못한 스킬을 월프강에게 전수할 생각이네."

"어제 들은 이야기로는 비전秘傳의 경지에 이른 것 같던데?"

"오전奧傳까지는 거의 습득했다네. 비전서도 확실하지 않다 보니 이제 어떻게 될지는 그 녀석에게 달렸다네."

신은 어제 능력치에 대한 이야기를 들었기에 월프강이 습득한 무예 스킬의 랭크를 예상한 것이다.

【THE NEW GATE】에서 무예 스킬의 랭크는 5가지 단계로 나뉜다.

기본기 중심의 초전初傳.

레벨업을 통해 배우는 중전中伝.

특별한 퀘스트를 완수하거나 특수한 행동을 통해 익히는 비전秘伝.

그리고 초전부터 비전까지 모든 스킬을 최대한 수련한 뒤에야 배우게 되는 지전至伝.

능력치 면에서도 조건을 충족해야 했기에 최상급 플레이어만이 지전의 경지에 다다를 수 있었다. 그리고 월프강의 현재 능력치로는 비전이 한계였다.

신도 그건 납득했지만 마지막으로 지라트가 한 말에 눈썹을 찡그리고 말았다.

"비전서 사용이 실패하는 일도 있는 거야?"

조건만 충족되면 실패하는 일 따윈 없었기에 신은 놀라고 말았다. 하지만 뭔가 다른 요소가 생겼나 싶어 잠시 생각해보았다.

"무예 스킬과 마법 스킬은 양쪽 모두 사용자의 정신 상태에 좌우된다는 게 밝혀졌다네. 쉽게 말하면 정신적으로 미숙하다면 설령 능력치가 높아도 배울 수 없는 걸세."

"……그렇군. 몸과 마음을 동시에 수련해야 한다는 건가."

무도武道에서는 당연한 이야기였다. 신은 고등학교 시절에 궁도부에서 활동한 적이 있었기에 충분히 납득할 수 있었다.

몸과 마음을 단련하고 기술을 갈고닦는 것. 바로 그것이 싸움의 기술을 익히는 자의 당연한 의무였다.

"그런 걸세. 뭐, 월프강이라면 걱정 없을 테지만 말일세."

"확실히 성실해 보이더군. 전형적인 무인 같은 인상이던데."

신은 원래 있던 세계에서 진짜 달인이나 무인을 만나본 적은 없었지만, 그래도 월프강에게서는 맑은 기운을 느꼈다.

마음이 미숙한 자에게서는 나올 수 없는 기운이었다.

"어쨌든 내 자랑스러운 자손이니까 말이지. 그렇게 말해주니 기쁘군."

"손자를 자랑하는 할아범 같군. 자, 배도 채웠으니까 난 준비를 시작할게. 달의 사당을 꺼내고 싶은데 탁 트인 장소가 어디 없을까?"

"단련용 공터가 있네. 거기라면 괜찮을 걸세. 반이 안내해 주게나. 라짐은 자료 관람 허가증을 발급해 오게. 난 월프강에게 가겠네."

"알겠습니다."

신, 슈니, 티에라는 반의 안내를 받으며 저택 뒤에 펼쳐진 공터로 이동했다.

덧붙이자면 유즈하는 신의 머리 위, 카게로우는 티에라의 발밑에서 따라오고 있었다.

"잠깐 뒤로 물러나 줘."

신은 반을 뒤로 비키게 하며 초승달 모양의 목걸이를 풀었다. 그리고 그것을 공터에 던지면서 주문을 외쳤다.

"『릴리즈(해방)』!"

그 순간 목걸이가 눈부시게 빛났다.

목걸이 모양의 빛은 갑자기 크게 부풀어 오르면서 집의 형태로 바뀌었다.

그리고 빛이 사라진 곳에 달의 사당이 나타났다.

"흐음. 이게 바로 점주만이 사용할 수 있다는 기술이구려. 직접 보니 듣던 것과는 많이 다른 것 같소이다."

반은 감탄한 듯이 달의 사당을 바라보았다.

건물을 작게 줄이는 광경을 직접 봤던 티에라도 얼굴이 딱딱하게 굳어 있었다.

당연한 일이라는 듯이 아무 반응도 하지 않은 건 슈니뿐이었다.

"자, 들어가자. 반은 어떻게 할래?"

"만약 가능하다면 무기를 고치는 과정을 구경하고 싶소이다. 이런 기회는 좀처럼 없을 테니 말이오."

"오케이. 원래는 보여주지 않지만 지라트의 측근이라면 괜찮겠지. 자, 따라와."

신은 그렇게 말하며 달의 사당 안으로 들어갔다. 그리고 카운터를 지나 대장간을 향해 일직선으로 나아갔다.

다른 멤버들도 결국 모두가 뒤따라왔다.

"이건 무슨 견학이라도 온 것 같군."

"그야 궁극의 대장장이가 가진 기술을 볼 수 있는 기회가 언제 있을지 모르잖아. 누구나 보고 싶어 할 거야."

"쿠우, 보는 거 재밌어."

"그루."

티에라에 이어 유즈하와 카게로우도 한마디씩 거들었다.

유즈하가 말을 꺼내자 반은 매우 놀라는 표정을 지었다.

그러고 보니 유즈하가 말을 할 수 있다는 걸 가르쳐주지 않았던 것이다.

엘레멘트 테일이라 보통 몬스터와 달리 말을 할 수 있다고 억지로 납득시킨 뒤, 신은 작업을 시작했다.

신수라면 그럴 수 있다고 생각한 반은 특별히 더 캐묻지 않고 신의 작업에 집중했다.

"먼저 상태 파악부터 해야겠지."

신은 카드를 실체화해서 양손으로 받치듯 방어구를 들었다.

신이 마력을 불어넣자 방어구가 7가지 색으로 빛났다. 거기 맞춰 신의 머릿속에서 필요한 재료들의 목록이 작성되었다.

"……오리할콘만으로 될 것 같군."

신은 리스트를 확인한 뒤 방어구에서 한 손을 떼서 아이템 박스를 조작했다.

왼손만으로 받친 방어구는 여전히 빛을 내며, 양손으로 들고 있을 때 그대로 공중에 머물러 있었다.

신은 필요한 재료를 꺼내 실체화했다. 그러자 수정처럼 투명한 금속 덩어리인 오리할콘이 나타났다.

신이 오른손을 뻗으며 살짝 움직이자 오리할콘이 얇은 실처럼 풀려 나오기 시작했다.

"이것이…… 궁극의 기술……. 이래선 아무도 배울 수가 없겠소이다."

기묘하기 짝이 없는 광경을 보며 반은 불쑥 중얼거렸다.

반은 원래 게임 시절에 대장장이로 만들어진 캐릭터였다. 그래서 일반적인 대장장이 정도의 실력은 있었다.

그렇기에 눈앞에서 얼마나 엄청난 일이 벌어지고 있는지를 누구보다 잘 알고 있었다.

그래서 오리할콘이 스스로 형태를 바꾸는 광경을 그저 멍하니 지켜볼 수밖에 없었다.

"찢어진 부분을 보수할 거야. 방어구 전체에 오리할콘을 짜 넣어서 강도를 회복하고 마력을 주입하면―."

신은 작업에 열중한 나머지 다른 사람들의 표정은 살피지 못했다.

지금 신이 손에 든 건 지라트의 수의나 다름없었다. 최대한 경건한 마음가짐으로 작업에 임하고 있었기에 주위를 신경 쓸 여유는 없었다.

온 신경을 집중해서 최고의 상태까지 장비를 복구해야 했다. 지금 신이 해야 할 일은 그것뿐이었다.

시간으로 따지면 약 30분이 지났다.

7가지 색의 빛이 사라지자 그곳에는 감히 만질 엄두가 나지 않는 도복 타입의 방어구가 있었다. 낡고 해졌던 이전의 모습은 온데간데없었다.

"휴우, 끝났어."

신은 땀을 닦아내며 방어구를 카드로 되돌렸다.

게임이라면 몇 분 만에 끝날 작업도 실제로 해보면 제법 많은 시간이 걸린다는 걸 실감할 수 있었다. 할 수 있다는 건 직감으로 알지만 마력 조작이 아직 완전하지 않기에 일반적인 작업보다 많은 시간이 걸리고 말았다.

그래도 똑같이 마력을 사용해 마법 스킬을 사용할 때보다 정확도가 높은 걸 보면 역시 최고의 대장장이답다고 할 수 있었다.

도복처럼 유연성이 있는 고대급 장비를 수선하려면 방금 사용한 방법이 가장 효율적이었다. 다른 방법은 여러 가지 면에서 부족한 부분이 많았다.

"저기, 신. 방금 그걸 대장일이라고 할 수 있어? 나한테는 마법 스킬로밖에 안 보였는데."

"아아, 확실히 그렇게 보였겠지. 하지만 그건 대장장이 스킬을 총망라해서 사용하지 않으면 금속의 형태를 바꾸기는커녕 순식간에 품질이 떨어지고 말아."

신도 한때 그런 조건을 몰라서 오리할콘과 미스릴을 쓰레

기통에 보낸 경험이 있었다.

고생해서 모은 희귀 금속이 눈앞에서 망가지는 건 신도 마음이 아플 수밖에 없었다.

"……뭐야, 그게."

"아무래도 마력이 변질되는 것 같거든."

신은 방금 사용한 스킬의 설명란을 불러내어 확인했다.

마력 조작을 실수하면 마력이 변질되어 금속이 최저 품질로 떨어진다고 적혀 있었다.

"그리고 숙련도가 부족하면 수선할 때도 똑같은 현상이 일어나."

"설마 직접 체험해본 거야?"

"……오리할콘으로 만든 갑옷을 수리하다가 실수해서 고철 갑옷으로 만든 적이 있었어."

그 이야기를 들은 티에라는 복잡한 심정이었다.

"대장장이는 의외로 위험 부담이 큰 직업이구나."

티에라는 오리할콘이 고철로 바뀌었을 때의 손해액을 계산해보았다.

달의 사당에서 오리할콘을 취급했기에 시장 가격을 어느 정도 알고 있긴 했지만, 갑옷을 만들 정도의 양을 모으려면 얼마나 들지는 상상하기도 힘들었다.

그것이 순식간에 쓰레기가 되는 작업은 끔찍하기 이를 데 없다.

"원래는 실수해도 주괴 상태로 되돌리거나 다른 아이템에 재이용할 수 있지만 말이지. 이 방법으로는 재이용은커녕 완전히 쓰레기가 되어버리니까 피곤해."

일반적인 대장일에 실패하면 재이용 방법은 얼마든지 존재한다.

물론 재료 아이템이 그대로 돌아오는 경우는 없지만 아예 사라지는 것보다는 나았다.

게임에서는 그걸 NPC에게 팔아도 매입 가격은 0이었다.

숙련도를 올리기 위해 대체 얼마만큼의 희귀 금속을 쓰레기로 바꾸었던 걸까. 게임이 아니었다면 도저히 사람이 할 짓이 아니었다.

"그 기술이 사라진 건 기술자의 기량 때문만은 아니었구려. 오리할콘을 연습에 사용하다니, 지금의 대장장이에게는 미친 짓일 뿐이오."

"그렇겠지. 지금 오리할콘 가격이 얼마나 되는데?"

"파르닛드에서는 주먹 크기의 주괴가 백금화 단위 가격이외다. 가공할 수 있는 사람은 몇 안 되지만 다들 눈에 불을 켜고 가지려고 할 거요. 실제로 어느 정도의 가격에 팔릴지는 모르겠소이다."

"역시 엄청나군."

신이 마음먹고 검을 한 자루 만든다면 대체 어느 정도의 가격이 될까. 아이템 박스 안에 있는 각종 희귀 금속들은 다른 대장장이에게 보여줘선 안 될 것 같았다.

"금속은 팔면 안 되겠네. 자, 이야기는 이쯤 하고 다음으로 넘어가자."

신이 다음으로 꺼낸 것은 지라트의 전용 무기 【붕월】이었다. 이쪽은 방어구보다 더욱 등급이 높은 무기이기에 장갑의 표면이 조금 닳은 정도였다. 내구도도 90퍼센트 이상 남아 있었다.

하지만 신은 만전을 기하기 위해 이것도 수리했다. 이번에는 【붕월】을 작업대 위에 놓고 그 위에 소량의 주괴를 올려놓았다.

"뭐야, 저건……."

"혹시 저건……."

주괴를 본 티에라와 반이 멍하니 중얼거렸다.

그 주괴는 슈니를 제외하면 모두가 처음 보는 금속이었다.

날카롭게 빛나는 금속은 검은색이었다. 하지만 그 표면에는 크고 작은 반짝임이 있었다.

그건 마치 별들이 반짝거리는 밤하늘 같기도 하고, 수많은 은하를 품은 우주 같기도 했다.

마력에 민감한 티에라는 그 금속이 엄청난 마력을 내포하고 있다는 걸 느끼고 경악했다.

마력을 띤 금속은 수없이 봐왔지만 눈앞의 금속은 그것들을 훨씬 뛰어넘는 수준이었다. 지금 상태로도 마법의 촉매로 사용할 수 있을 것 같았다.

금속에 대해 자세히 아는 반은 그것의 정체가 뇌리를 스쳤다.

오리할콘, 아다만틴, 미스릴, 히히이로카네(역주: 일본 신화에 등장하는 전설적인 금속) 중 어디에도 해당되지 않았지만 그것들을 능가하는 금속이었다. 거기 해당되는 건 단 하나뿐이었다.

그것은 대장장이들 사이에서는 '환상'이라 불리고, 실물을 본 사람은 없다고 전해왔다.

"흡!!"

두 사람이 놀라는 가운데 신은 어느새 꺼낸 망치를 주괴와 【붕월】을 향해 내리쳤다.

끵 하는 날카로운 소리와 그로 인해 벌어지는 현상을 보며 티에라와 반은 또다시 넋을 잃고 말았다.

신이 망치를 내리치자 주괴가 녹아내리듯 사라졌다. 그리고 그 밑에 깔린 【붕월】의 흠집이 사라지면서 이제 막 완성한 물건처럼 빛나기 시작했다.

몇 번 망치로 두드리자 주괴는 완전히 사라졌고 새것이나 다름없는 【붕월】만이 자신의 존재를 뽐내고 있었다.

"좋아, 이쪽도 끝났어. 내가 만든 거지만 참 완벽하군."

완벽한 상태가 된 【붕월】을 바라보며 신은 혼자서 고개를 끄덕거렸다. 이 정도면 사용자의 어떤 요구도 만족시킬 수 있다는 확신이 있었다.

하지만 언제까지고 보고 있을 수는 없었기에 카드화해서 아이템 박스에 넣어두었다.

작업을 마치고 뒤로 돌아선 신이 발견한 건 딱딱하게 굳은 표정의 티에라와 반이었다.

슈니는 딱히 변화가 없었고, 유즈하와 카게로우는 살짝 들떴는지 쿠우쿠우, 그루그루 하고 서로 대화를 나누었다.

"신 공. 한 가지, 한 가지만 물어도 되겠소이까?"

딱딱하게 굳어 있던 두 사람 중에 반이 먼저 움직였다. 그는 신에게 다그치듯 얼굴을 들이대었다.

코끼리 타입 비스트인 만큼 엄청난 박력이었다. 신은 뒤로 살짝 물러나고 말았다.

"물어봐도 되니까 일단 진정해. 그리고 너무 가까워, 가깝다고!"

"음, 죄송하오. 하지만 방금 신 공께서 꺼낸 금속, 그건 설마 키메라다이트, 그것도 최상급의 물건이 아니오이까?"

"응? 아아, 정확히 맞혔어. 하지만 이걸 알고 있을 줄이야. 키메라다이트도 여러 종류가 있으니까 잠깐 보고 알 수 있는 녀석은 많지 않다고."

"종류를 알았던 게 아니외다. 대장장이들 사이에서 전해지는 전설 같은 것이오. 별의 반짝임을 간직한 암흑의 금속 키메라다이트. 그것으로 만든 무기는 고위 용족마저 쉽게 죽일

수 있다고 전해진다오. 단순한 상상의 산물이라고 생각하는
사람도 있을 정도라오."

"그런 거구나. 확실히 이걸 만들 수 있는 녀석은 얼마 없지.
시장에서 파는 물건도 아니었고."

게임 시절에도 상급 대장장이와 아는 사이가 아니라면 구
경하기도 힘든 물건이었다.

예전에 한 플레이어가 게임을 접으면서 키메라다이트로 만
든 무기를 시장에 팔았던 적이 있었는데, 그때도 엄청난 쟁탈
전이 벌어졌다.

상급 플레이어조차 모든 장비를 키메라다이트로 갖추는 건
어려웠다. 하나만 갖고 있어도 유명인이 될 정도였다.

물론 육천 멤버의 모든 금속 장비는 키메라다이트로 만들
어져 있었다.

"그런데 신. 방금 전과는 작업 방법이 다르던데, 뭔가 이유
가 있는 거야?"

신이 반을 진정시키자 티에라가 의문을 표시했다.

방어구를 수리한 방법이라면 굳이 망치를 사용할 필요는
없었다.

"그건 【붕월】이 최고 랭크의 무기이기 때문이지. 방금 전의
방어구와 【붕월】은 전부 고대급이지만 그중에서도 급이 나뉘
거든. 방어구는 고대급 중에서도 중급이야. 금속을 마력과 함
께 짜 넣은 실을 사용했으니까 그 방법이 빠르면서도 효율적

이었어. 반면에 【붕월】은 상급이거든. 이런 아이템은 내가 마력을 사용해서 직접 다듬어야 해. 방어구와 똑같은 방법으로 고칠 수는 있지만 이쪽이 효율적이고 실패할 확률도 적어."

티에라도 같은 등급 안에서 격차가 존재한다는 건 알고 있었다. 하지만 최상급이자 세계의 조각이라 불리는 고대급 아이템까지 그런 기준이 적용될 줄은 상상조차 하지 못했다.

신의 설명에 따르면, 등급이나 무기의 성질에 따라 가장 적합한 관리 방법이 있다.

다른 방법으로도 가능하긴 하지만 아까 말한 변질이 일어날 가능성이 훨씬 높아지는 것이다.

물론 적합한 방법을 사용하고 기량만 뛰어나다면 실패할 위험은 거의 없었다.

"대장일은 잘 모르지만 내 인식을 바꿀 수밖에 없겠어. 그 정도로 정밀한 마력 조작은 마법사에게도 쉽지 않아."

"마력 조작은 어디에나 필요한 거야. 생산직은 높은 경지로 올라갈수록 마력 조작 실력이 많이 요구되지."

"연금술도 그렇지만, 높은 단계로 올라간다는 게 역시 쉬운 일이 아니구나. 지금까지는 실력에 조금 자신이 있었는데 앞으론 어디 가서 명함도 못 내밀겠어."

티에라는 연금술사로서 충분히 훌륭한 실력을 갖고 있었지만 그것이 어디까지나 지금 시대의 기준이라는 걸 깨닫고 살짝 좌절했다.

신이 살던 시대였다면 견습 수준도 못 된다는 생각이 들 수밖에 없었던 것이다.

다만 분야가 전혀 다르긴 해도 정점에 달한 자의 실력을 보니 티에라도 느끼는 게 있었다.

"천천히 해나가면 돼. 실력이라는 게 그렇게 쉽게 올라가는 건 아니니까."

신은 티에라의 어깨를 가볍게 두드리며 대장간 밖으로 나갔다. 할 일이 끝났기에 다른 이들도 함께 거실로 나왔다.

그러자 가게 입구가 열리는 소리가 들려왔다. 타이밍을 봐선 라짐인 것 같았다.

"신 공. 이건 자료 보관소의 제한 구역 열람 허가증입니다. 받으십시오."

"고마워."

가게에 들어온 라짐은 예상한 대로 허가증을 건네주었다.

이제 볼일도 끝났기에 모두가 밖으로 나온 뒤 달의 사당을 다시 수납했고, 신과 티에라는 슈니의 안내로 자료 보관소로 향했다.

그리고 반과 라짐은 저택 쪽으로 돌아갔다.

저택 뒤편을 통해 에리덴 시가지로 나가자 티에라는 엄청난 인파에 놀라고 말았다.

베일리히트에서도 사람은 많았지만 어디까지나 휴먼이 많

앉을 뿐이었다. 비스트나 픽시처럼 인간과는 다른 특징을 가진 종족은 많지 않았다.

그러나 이곳은 비스트의 나라였다. 여러 가지 동물의 특징을 지닌 수많은 비스트가 길을 꽉 메우고 있었다.

동물에 가까운 모습으로 옷을 입고 두 다리로 걷는 타입이나 사람의 몸에 꼬리와 귀만 달린 타입 등 전부 제각각이었다. 그래서인지 많은 비스트가 모이자 압도적인 광경이 연출되었다.

"비스트를 많이 봐왔다고 생각했는데, 수가 많으니까 느낌이 전혀 다르네."

"겉모습이 가장 제각각인 종족이니까."

게임 시절에는 인간의 몸에 머리만 동물인 상태로 해두는 플레이어도 있었다. 자유롭게 조합할 수 있어서 좋다는 건 신과 잘 아는 비스트가 했던 말이었다.

"비스트가 아닌 분들이 비스트의 기분을 낼 수 있는 아이템도 있었죠."

슈니가 말하는 건 장착과 분리가 가능한 동물 귀와 꼬리 같은 아이템이었다. 소위 말하는 코스프레 아이템이었다.

그것은 의외로 여성 플레이어에게 인기가 있었다. 그리고 남성 플레이어들이 여성들에게 장착해달라고 애원하는 아이템이기도 했다.

"그러고 보니 저도 몇 개 가지고 있었네요."

"혹시 그건가!"

슈니는 허리의 파우치에서 꺼내는 척을 하며 아이템 박스에서 카드를 꺼냈다. 그것은 전에 신이 슈니에게 건넨 코스프레 아이템 세트였다.

아이템을 실체화하자 슈니의 머리카락에 맞춰 조정된 은색의 강아지 귀와 복슬복슬한 꼬리가 그녀의 손 위에 나타났다.

예전에 신을 포함한 육천 멤버가 폭주하며 만들어낸 아이템으로, 품질을 극한까지 추구한 데다 각종 옵션도 딸려 있었다. 단순한 코스프레 아이템이라 부를 수 없을 정도였다.

"대단하네요. 진짜하고 똑같아요."

"신과 레드 님, 캐시미어 님, 헤카테 님의 합작품이에요. 진짜와 똑같아야 한다면서, 착용하면 자동적으로 타 종족의 특성을 숨겨주는 기능이 있죠……. 어떤가요?"

슈니는 그렇게 말하며 코스프레 세트를 장비했다.

그러자 바로 엘프 특유의 긴 귀가 사라지고 머리 위에는 강아지 귀, 꼬리뼈 부근에는 꼬리가 생겨났다. 하이 엘프 미녀가 하이 비스트 미녀로 변신한 것이다.

덧붙이자면 현재 슈니는 핫팬츠와 부츠, 청색 셔츠와 기장이 긴 재킷을 입고 있었다.

달의 사당의 유니폼은 아무래도 눈에 띄었기에 오늘은 활동하기 편한 모험자식 복장을 착용한 것이다.

무릎까지 내려오는 재킷 위로 찬 벨트에 파우치가 달려 있었다.

게임 시절의 장비 중 하나로 재킷은 배 언저리에서 좌우로 갈라져 있어 다리의 움직임을 방해하지 않았다. 슈니는 배 부분만 단추를 채워둔 상태였다.

그 이유는 두 가지였다. 첫 번째는 모든 단추를 채울 만큼 춥지 않아서, 두 번째는 가슴 때문에 단추를 완전히 채울 수 없어서였다.

게임에서는 갑옷이든 드레스든 장비하는 사람의 체격에 자동으로 맞춰지도록 되어 있지만 일부러 그 기능을 뺄 수도 있었다.

슈니의 옷은 육천의 여성 멤버 중 한 명인 헤카테의 감수하에 만들어졌고 성능이 좋기만 한 게 아니었다. 헤카테의 말에 따르면, 미녀·미소녀에게 섹시하거나 귀여운 의상을 입히고 싶다는 생각은 남자만 하는 게 아니다.

여성적인 매력을 드러내는 데 중점을 둔 옷은 남자의 로망을 체현해낸 듯한 슈니의 몸매와 어우러져 원래의 목적을 충분히 달성해내고 있었다.

벨트로 조여진 가느다란 허리와 대비되면서 가슴이 더욱 강조되어 보였다.

그런 상태의 슈니가 부끄러운 듯이 뺨을 살짝 붉히며 감상을 묻고 있었다.

"……굉장히 잘 어울려."

인형 같은 반응밖에 할 수 없었던 게임 시절과 달리, 지금의 슈니에게 '어떤가요?'라는 말을 들으면 어울린다는 대답밖에 할 수 없었다.

평소와는 다르게 활동적인 의상도 강아지 귀와 잘 어울렸다.

한편 슈니도 신의 대답을 들은 순간 얼굴이 더욱 빨개졌다. 자신의 말이 도발적이었다는 걸 뒤늦게 깨달은 것 같았다.

"……에, 엘프는 너무 눈에 띄니까 비스트로 변장하면 주위에 잘 녹아들 수 있어요. 밖에 있을 때는 이 모습이 좋을 거예요. 자, 자료 보관소로 가죠, 안내할게요."

슈니는 빠르게 말하며 급한 걸음으로 걸어가 버렸다. 뒷부분을 말할 때는 거의 숨도 쉬지 않은 것 같았다.

만약 투명해지지 않았다면 엘프 특유의 긴 귀가 새빨갛게 된 것이 모두에게 보였을 것이다.

슈니의 머리 위에서 흔들리는 강아지 귀도 왠지 빨개진 것 같은 느낌이 들었다.

"저런 스승님은 처음 봤어."

"실은 나도 그래."

신은 슈니를 뒤따르며 티에라의 말에 동의했다.

하지만 두 사람도 눈에 띄지 않는 게 좋다고 생각하며 아이템을 꺼내 비스트의 외모로 바꾸었다.

티에라는 신이 갖고 있던 것을 빌렸다. 이쪽은 고양이 귀였다.

신은 슈니의 뒤를 쫓으며 설마 자신에게 보여주고 싶어서 변신한 게 아닌가 하는 상상을 했다.

자의식 과잉일 뿐이라고 일단 부정해보지만, 혹시 정말 그러면 어떡할지 생각하게 되는 걸 보면 이미 늦은 것 같았다.

게임 때의 슈니는 어딘가 비서처럼 냉정 침착하고 유능한 여성이었다. 그때는 사무적인 대화밖에 나누지 못했기에 오늘 같은 모습은 찾아볼 수 없었다.

여러 가지로 자신의 인식을 바꿀 필요가 있을 것 같았다.

'나쁘지 않다고 생각하는 걸 보면 나도 참 어지간하군.'

신은 슈니에 대한 호감도가 높아지고 있다는 걸 자각하면서 그녀를 따라 걸음을 서둘렀다.

✝

슈니가 가진 의외의 일면을 발견한 지 몇 시간 뒤. 신은 에리덴의 자료 보관소에 혼자 있었다.

슈니의 안내를 받아 자료 보관소에 도착한 뒤에 허가증을 보여주고 관람 제한 구역에 들어가서 『영광의 낙일』과 그 후 일어났던 일들을 조사하고 있었던 것이다.

베일리히트에서 보았던 것과는 달리 일반에 공개되지 않는 자료였기에 내용도 차원이 달랐다.

신이 알고 싶던 정보도 적지 않게 찾아볼 수 있었다.

"『영광의 낙일』 뒤에 벌어진 천재지변…… 역시 지역에 따라서 피해에 차이가 있군. 라스트 던전과의 거리 때문은 아닌 건가……. 지맥?"

신은 작은 소리로 중얼거리며 자료에서 얻은 정보를 머릿속으로 정리해갔다.

자료에 따르면, 천재지변은 지맥이라는 것과 관련이 있는 것 같았다.

만화나 소설에서 자주 볼 수 있는 것처럼 대지를 흐르는 기 氣의 순환 같은 것일까.

자료를 정리한 자의 추측이긴 했지만, 대륙이 갈라진 곳은 대부분 지맥의 흐름이 큰 장소였다고 한다.

신이 데스 게임에서 마지막으로 들어갔던 던전—【이계의 문】이 있던 장소는 지맥이 집중되는 장소 중 하나였다는 것도 자료에서 찾아볼 수 있었다.

"그러고 보니 유즈하는 지맥에 간섭해서 피해를 억제했다고 했었지."

계약한 상태이긴 해도 역시 몬스터의 입장은 허락되지 않았기에 지금 유즈하는 신의 머리 위에 없었다. 접수 데스크 여직원의 감시하에 입구에서 대기 중이었다.

신은 그런 유즈하가 전에 했던 말을 떠올렸다.

"지맥도 내가 이쪽 세계로 온 것과 관계가 있는 걸까? 하지만 게임 때는 그렇게 중요한 개념이 아니었는데."

지맥에 관련된 이벤트가 없었던 건 아니지만 대부분 기간

한정 이벤트였고 자세한 설정까진 기억이 나지 않았다. 알 수 있는 건 고작해야 강한 지맥이 흐르는 곳은 몬스터가 발생하기 쉬워진다는 정도였다.

하지만 이것 역시 확실한 근거가 있는 건 아니었다.

다만―.

'자료에 나온 대로 지맥이 모이는 파워 스팟인 던전과 관련이 있다면, 비슷한 장소를 찾아내서 원래 세계로 돌아갈 수 있으…… 려나?'

쉽게 떠오르는 가설 중 하나였지만 단순한 만큼 설득력이 있었다.

만약 이 정도로 간단하다면 더 바랄 것이 없었다. 신은 그런 생각을 하며 다음 자료를 손에 들었다.

《신…… 신~?》

"응?"

그로부터 1시간 뒤.

신이 자료에 집중하고 있을 때 유즈하에게서 심화가 들려왔다.

《왜 그래?》

《배고파……. 밥 안 먹어~?》

유즈하의 말을 듣고 시간을 확인하자 벌써 12시가 지나 있었다. 너무 열중한 나머지 시간이 흐르는 것도 잊어버린 모양이다.

《미안. 금방 갈게. 슈니, 들려?》

《네. 무슨 일인가요?》

《이제 슬슬 점심을 먹자. 유즈하가 배고프다고 하거든.》

《알았어요. 입구로 갈게요.》

신은 심화로 슈니를 불러내며 한발 먼저 제한 구역을 빠져 나왔다.

일반 구역에서 자료를 찾아보던 티에라를 데리고, 입구에서 기다리는 유즈하와 카게로우에게 돌아간 것이다.

신은 모두가 합류하자 유즈하를 맡아준 여직원에게 감사 인사를 한 뒤 자료 보관소를 뒤로했다.

"슈니는 뭔가 알아냈어?"

"아니요, 눈에 띄는 내용은 별로 없었어요. 역시 던전이 소멸했다는 게 안타깝네요. 직접 조사할 수 있다면 조금이나마 단서를 찾을 수 있을 텐데요…….."

"뭐, 이미 없어진 건 어쩔 수 없잖아. 슈니 덕분에 알게 된 사실도 있고, 조급해할 필요는 없어."

신은 어깨를 축 늘어뜨리는 슈니를 위로했다.

슈니가 아니었다면 그가 사라진 뒤의 자세한 정보를 알 수 없었던 게 사실이었다.

오히려 신이 떠나게 될지도 모르는데도 정보 수집에 협력 해준다는 게 신에게는 미안할 뿐이었다.

《쿠우, 저기서 좋은 냄새 나.》

《응? 아아, 그러네. 가보자.》

신은 재촉하는 유즈하의 목소리를 듣고 마음을 다잡았다. 아직은 슈니에 대한 미안한 마음을 직접 표현할 수는 없을 것 같았다.

식사 뒤에는 저택 주변을 잠시 구경하다가 다시 자료 보관소로 돌아왔다.

밤에는 저택에서 쉬고 낮에는 자료 보관소에 틀어박히는 날들이 반복되었다.

그 밖에도 쿠오레의 부탁에 대련 상대가 되어주거나 월프 강의 스킬 전수를 구경하는 등 심심할 일은 없었다.

라르아 대삼림에 사전 답사를 갔을 때는 티에라의 레벨업도 겸했다. 레벨이 낮은 상태라면 카게로우에게 계속 의존할 수밖에 없었기 때문이다.

상한 능력치가 정해져 있다 해도 조금이라도 강해지고 싶다는 티에라의 의지를 신은 존중했다.

그러는 사이 남은 시간은 순식간에 흘러갔다.

†

지라트와 재회한 지 일주일이 지났다.

신 일행은 이른 아침부터 라르아 대삼림을 향해 출발했다.

신이 개조한 마차를 카게로우가 끌고 달렸다.

마차에는 신, 지라트, 슈니, 티에라, 월프강, 쿠오레, 반, 라짐, 유즈하가 타고 있었다.

"좋은 날씨로군."

"으음, 전투하기 딱 좋은 날일세."

마부석에는 신과 지라트가 앉아 있었다. 그들은 긴장된 분위기와는 딴판으로 마치 낚시라도 하러 가는 듯이 가볍게 대화를 나누었다.

"컨디션은 어때?"

"최고일세. 몸과 마음이 모두 뜨겁게 끓어오르고 있다네."

히죽 웃는 지라트에게서는 억누를 수 없는 패기가 넘쳐흘렀다. 재회했을 때보다도 기운이 날카로워졌다는 걸 신은 느낄 수 있었다.

틀림없이 오늘이 최고조인 것 같았다.

"지금 당장이라도 시작하고 싶네만, 다른 사람들을 관전석까지 데려가는 게 먼저일세."

"이 앞쪽의 언덕이라고 했지?"

"그래, 그곳이라면 아슬아슬하게 볼 수 있을 걸세. 전에 선정자끼리 결투했을 때도 그곳에서 지켜봤거든."

예전에 타국의 선정자끼리 싸울 때 지라트가 심판을 봤다고 한다.

전투력이 낮은 자들의 경호도 겸해서 언덕 위에서 지켜봤다고 하는데, 지라트가 옆에 있으면 다들 든든했을 거라고 신은 생각했다.

대결한 선정자는 각각 휴먼과 비스트였다. 능력치는 양쪽 모두 400 전후였고 승부는 종이 한 장 차이로 비스트가 이겼다고 한다.

"기술이나 힘을 사용하는 방법이 서툴긴 했지만 나쁘지 않은 싸움이었다네."

그런 이야기를 나누는 사이 땅이 주변보다 몇 단계 높게 솟아오른 장소가 보이기 시작했다. 작은 풀만 자라난 정도라 정상 부근이라면 상당히 넓은 범위를 둘러볼 수 있었다.

표정을 확인하는 건 무리일 테지만 싸우는 건 신과 지라트였기에 무슨 일이 벌어지는지 알아보지 못할 리는 없었다.

관전자들의 안전을 고려하면 최고의 관전 장소라 할 수 있었다.

"그러면 우리는 여기서 대기하고 있을게요."

"아아, 만약에 유탄 같은 게 날아오면 잘 처리해줘."

신은 마차를 카드 상태로 되돌리며 만약의 사태에 대비해 달라고 슈니에게 말했다. 물론 괜찮을 테지만 혹시 모를 사태가 벌어지면 피해가 클 수밖에 없었다.

"알았어요. 지라트를 잘 부탁할게요."

"저기, 잘하고 와."

"신, 파이팅~."

"그루."

"다녀올게."

신은 슈니, 티에라, 유즈하, 카게로우에게 고개를 끄덕여 보이며 지라트 쪽을 돌아보았다.

그는 파르닛드의 일행과 마지막 인사를 나누고 있었다.

"뒷일은 잘 부탁하겠네."

"무운을 빕니다."

해야 할 말은 이미 다 전했으리라. 반과 라짐은 왼 손바닥으로 오른 주먹을 감싸며 짧은 인사말만 남겼다.

"초대 수왕의 가르침은 평생 잊지 않겠습니다. 나라와 백성은 제게 맡겨주십시오."

지라트가 없는 파르닛드를 짊어지게 될 월프강은 가슴을 펴며 그렇게 선언했다. 그의 표정은 어딘지 모르게 지라트와 닮아 있었다.

힘찬 목소리에서 묻어나는 패기는 그야말로 수왕다웠다.

"……초대 수왕의 이름에 부끄럽지 않은 전사가 되겠습니다."

옆에 선 쿠오레는 눈물을 글썽이면서도 지라트를 똑바로 바라보며 맹세했다. 마지막 가는 길에 한심한 모습을 보일 수 없다는 듯이 절대로 고개를 숙이지는 않았다.

지라트는 그런 모습을 만족스럽게 바라보며 신을 향해 걸어왔다.

　작별은 끝났다. 이제 해야 할 일은 하나밖에 남지 않았다.

　"가세나."

　"그래."

　그 말과 함께 신과 지라트가 달려나갔다.

　갑작스러운 가속 때문에 둘의 모습이 흐릿하게 보였다. 그
들은 아무것도 가로막지 않는 언덕의 사면을 순식간에 달려
내려간 뒤 숲 속으로 진입했다.

　"저렇게 활짝 웃는 왕은 처음 보는군."

　"마지막으로 본 게 언제였던가."

　숲 속으로 사라지는 두 사람을 지켜보며 반과 라짐은 작은
소리로 대화를 나누었다. 그들 역시 어린아이처럼 웃던 지라
트와 똑같은 얼굴을 하고 있었다.

†

　신과 지라트는 나무들 사이를 빠져나가며 숲의 중심을 향
해 직진했다.

　라르아 대삼림은 엄청나게 넓었다. 현실 세계의 홋카이도
보다 넓다고 하면 그 크기를 짐작할 수 있을 것이다.

　중심을 향해 가는 건 주위에 피해를 주지 않기 위해서였다.
정말로 안전을 기한다면 최소 20케메르는 떨어져야 했다.

그렇게 멀어지면 원시遠視 스킬로도 보이지 않을 거라 생각할 테지만, 꼭 그렇지만은 않았다.

왜냐하면 신과 지라트가 달려 나가는 길 위로는 폭발이 일어난 것처럼 흙먼지와 나무들이 솟구치는 것이 보였기 때문이다.

모습이 보이지 않는다 해도 그런 파괴의 흔적들이 그들의 존재를 표시해줄 것이다.

한동안 나란히 달리던 두 사람은 중간부터는 서로 떨어졌다. 숲의 중심으로 향하면서도 서로의 거리가 점점 벌어지고 있었다.

10분 뒤, 피어오르는 흙먼지가 사라지자 두 사람이 움직임을 멈췄다는 걸 알 수 있었다.

약 5케메르를 사이에 두고 양자가 대치했다.

비스트의 몇 가지 결투법 중에서 오늘 선택된 것은 가장 오래된 방식이었다. 그 규칙에 따르면, 라르아 대삼림에서 벌어지는 전투에서는 대결하는 자의 역량에 맞춰 거리를 벌려야 했다.

이것은 서로의 무기에 따른 핸디캡을 없애기 위해서였다.

얼핏 근거리 타입에 불리한 것처럼 보이지만 빽빽한 나무들이 시야를 가려주기 때문에 기습을 하기 쉬워진다.

원거리 타입은 갑자기 거리가 좁혀져서 패배할 일은 없지만 나무들 때문에 사선射線을 잡기 힘들어진다.

이렇게 되면 누가 먼저 상대를 발견하는지가 가장 큰 관건이 된다. 원래는 50메르 정도의 거리면 충분하지만 이번에는 두 사람의 실력이 엄청나다 보니 양쪽이 자연스레 거리를 벌리기로 결정되었다.

이 싸움에 심판은 없었다. 심판을 보는 사람이 위험하기 때문이기도 하지만 애초에 신과 지라트 사이에서 승패 따윈 의미가 없었다.

싸우는 것 자체가 목적인 것이다. 심판 따윈 오히려 방해만 될 뿐이다.

두 사람은 각자의 위치에서 서로를 향해 전의를 불태우며 보이지 않는 상대를 주시했다.

신은 리미트를 조절해 능력치를 게임 때와 동일하게 맞추었다. 봐주는 것은 아니었다. 초월자나 임계자 같은 칭호의 혜택을 없앤 건 그래야 지라트와 함께 지낼 때의 수치로 싸울 수 있기 때문이었다.

신의 힘을 증폭한 칭호는 틀림없이 데스 게임이 시작되었을 때 생겨난 것이다. 최후의 던전에서 보스인 오리진을 쓰러뜨리고 얻은 그것들은 일반적인 플레이로는 결코 입수할 수 없었다.

왜냐하면 이계의 문이라 불린 던전과 그곳에 있던 오리진은 전부 데스 게임과 함께 출현했기 때문이다.

자신을 주인이라 불러준 상대와 싸우면서 그런 반칙을 사용하는 건 무례하기 짝이 없는 짓이었다. 언젠가 제한을 없앤 능력치로 싸워야 할 때가 올지도 모르지만, 적어도 지금은 아니었다.

이것은 지라트를 배웅하기 위한 일종의 의식이다. 자신의 힘으로 싸워야만 의미가 있었다.

한편 지라트는 보조계 무예 스킬을 사용해 자신의 능력을 강화했다. 그는 신의 능력치가 자신을 상회한다는 건 이미 옛날부터 알고 있었다. 그리고 그 차이를 조금이라도 메우기 위해 노력을 아끼지 않았다.

신은 지라트에게 칭호에 대해 말해주면서, 사용하지 않겠다는 뜻도 함께 전했다. 지라트는 그것이 고마우면서도 분하기도 했다.

자신이 신의 입장이었어도 똑같이 했을 거라는 건 쉽게 상상할 수 있었다. 그래서 그가 자신이 원래 가진 힘만으로 승부를 내려는 마음 자체는 고맙게 느껴졌다.

그러나 한편으로는 모든 힘을 쏟아낸 신과 싸우고 싶기도 했다. 그렇게 되었을 때 순식간에 승부가 난다고 해도 말이다.

지라트는 아주 짧은 시간 동안 생각에 잠겼다. 그가 가장 만족할 수 있는 최후를 맞이하기 위해서였다.

지금 이 순간 신과 지라트는 서로의 존재에게 모든 신경을 곤두세웠다.

그래서 양쪽의 준비도 동시에 끝났다. 둘은 서로의 기척을 통해 그것을 알 수 있었다.

그리고—.

스으으으읍…….

두 사람은 크게 숨을 들이마신 뒤 미리 짠 것처럼 똑같은 스킬을 발동했다.

"으으으으으으으으으으라아아아아아아아앗!!"

개전 신호처럼 쏘아져 나간 것은 맨손계 무예 스킬 『낙포파落砲波』였다.

적의 주의를 끌어 낮은 확률로 마법 스킬의 영창을 중단시키는 기술—그런 스킬 설명을 비웃기라도 하듯이 양자가 내쏜 낙포파는 라르아 대삼림을 크게 가로질렀다.

풍술계 마법 스킬의 상급 기술에도 필적하는 그것은 직경 1메르를 넘는 큰 나무를 한꺼번에 쓰러뜨리고 경로 위에 있던 대형 몬스터까지 날려버리며 정확히 중간 지점에서 격돌했다.

공격에 담긴 에너지는 상쇄되는 대신 압축되듯이 하나로 뭉쳤고, 다음 순간 그 에너지를 전방위로 방출했다. 확산된 에너지는 충격파로 바뀌어 주변을 파괴하기 시작했다.

대지를 뒤흔드는 충격과 함께 폭심지를 중심으로 사방이 초토화되었다. 수령이 몇백 살이나 되는 큰 나무와 땅에 묻혀 있던 거대한 바위가 상공 수십 메르까지 솟구쳤다.

그것들이 낙하하면서 2차 재해를 일으켰지만 정작 본인들은 전혀 신경 쓰지 않았다. 그들은 낙포파를 전부 내쏘자마자 이미 이동하고 있었다.

신이 멀리서 마법 스킬을 사용한다면 근접전에 특화된 지라트가 불리했다. 하지만 신은 원거리에서 일방적으로 공격할 수 있다는 이점을 버리고 지라트를 향해 돌진했다.

두 사람의 속력이라면 낙포파가 충돌한 지점에 도착하기까지는 많은 시간이 걸리지 않았다.

나무들이 튀어 오르고 땅이 드러난 즉석 링에 두 사람의 모습이 거의 동시에 나타났다.

신은 【진월】을, 지라트는 【붕월】을 장비한 채 더욱 거리를 좁혀나갔다.

"시이이이인!"

"지라트으으!!"

신의 상단 공격을 지라트의 오른 주먹이 막아냈다. 달려온 기세가 그대로 실린 무기가 요란한 소리를 내며 격돌하면서 불꽃이 튀었다.

날카로운 금속음과 함께 두 사람을 중심으로 대지에 균열이 생겨났다. 격돌하면서 튕겨져 나온 에너지가 대지를 찢어 놓은 것이다.

"크크, 여전히 묵직하군."

"하하, 아무렇지 않게 받아냈으면서 무슨 소리야."

치열하게 무기를 맞댄 채 서로를 칭찬하는 두 사람의 미소는 어딘지 모르게 섬뜩해 보였다.

이런 결투에서는 양쪽의 실력이 높을수록 아주 사소한 일 격도 치명상이 될 수 있었다.

그러나 지금 신과 지라트는 서로가 웬만한 공격에는 죽지 않을 거라고 확신했다.

정확한 근거는 없었다. 단지 직감으로 아는 것이다.

—이런 공격으로는 지라트를 쓰러뜨릴 수 없다!!

—이 정도로는 신을 쓰러뜨릴 수 없다!!

두 사람은 무기를 튕겨내며 다시금 거리를 벌렸다.

신은 중단 자세로 지라트를 기다렸다. 그 이빨로 얼마든지 공격해보라는 듯이.

지라트는 비스듬히 선 채로 기를 모았다. 자신의 기술을 어 디 한번 받아보라는 듯이.

…….

잠시 동안 조용한 시간이 흘러갔다.

그리고 하늘에서 떨어진 큰 나무가 두 사람 사이에 떨어졌 을 때 그들의 모습이 동시에 사라졌다.

그리고 연이어서 금속음과 파쇄음이 들렸다. 아무것도 가 로막지 않는 링 위에서 공중에 불꽃이 튀었고 대지가 파괴되 었다.

속도는 신이 빨랐다. 섬광처럼 빠른 참격은 일말의 주저 없 이 지라트를 향해 쏟아졌다.

그에 반해 지라트는 반응 속도가 더 뛰어났다. 괜히 근접전에 특화된 것이 아니었다.

공격에 대한 반응 능력과 순간적인 판단력, 그리고 500년의 전투 경험에서 오는 공격 예측. 수많은 싸움을 경험하고 한때 신의 싸움을 옆에서 지켜봐 온 지라트는 능력치에서 앞서는 신의 참격까지도 전부 예측해냈다.

오른쪽 상단에서 내리치는 참격을 피하며 칼끝을 【붕월】로 튕겨냈고, 뒤이은 돌려차기를 몸을 숙여 피해냈다.

허공을 가를 때의 풍압만으로도 엄청난 폭풍을 일으키는 신의 공격에도 주눅 들지 않으며, 지라트는 숙인 자세에서 솟구치듯이 주먹을 내뻗었다.

연속으로 뻗어나가는 주먹은 보조계 마법 스킬 【인챈트·하이 블로우(타격 강화)】로 더욱 강화되었다.

일격으로도 튼튼한 성벽을 부술 만큼의 위력이 담긴 주먹에 추가적인 강화 마법이 걸린 셈이다. 그런 공격이 눈에 보이지 않는 속도로 날아온다면 웬만한 상대는 버텨낼 수 있을 리가 없었다.

하지만 그것을 받아내는 신 역시 보통 사람은 아니었다.

현재의 능력치는 신이 가장 익숙한 수치였다. 신수 클래스의 몬스터와 싸울 때도, 육천 멤버들끼리 대결할 때도, 오리진을 쓰러뜨릴 때도 바로 지금의 능력치였다.

따라서 지금 신은 자신의 신체 능력을 완벽히 파악하고 있었다. 검을 휘두르는 팔도, 대지를 박차는 다리도 신이 생각한 대로 움직였다. 지라트라는 최고의 상대와 싸우고 있기 때문인지, 결투 전까지는 불완전하던 마력 조절까지 어느새 안정되어 있었다.

칭호를 통해 강화된 수치였다면 더욱 제어하기 쉬웠을 것이다.

하지만 지금 상태라면 호흡하듯이 자연스럽게 마력을 사용할 수 있었다.

그렇기에 힘을 아낄 필요는 없었다. 신은 날아오는 지라트의 주먹을 보며 애검에 마력을 불어넣었다.

지라트의 주먹처럼 보조계 마법 스킬【인챈트·하이 엣지(참격 강화)】의 효과를 받아 반짝이는 칼날이 공기를 갈랐다.

주먹과 칼날이 서로를 부수기 위해 연속으로 맞부딪쳤다.

지라트의 주먹을 신의 칼이 튕겨낼 때마다 서로의 무기에 담긴 마력이 상쇄될 틈도 없이 주위로 방출되었다. 치열하게 싸우는 두 사람 주위로 소규모의 폭발이 일어날 때마다 지형이 바뀌었다.

그러다가 한층 큰 충격을 주위로 흩뿌리며 두 사람은 거리를 벌렸다.

그리고 둘은 즉시 이동하기 시작했다. 한 곳에서 계속 싸워봐야 끝이 없다는 생각에 전투 방식을 바꾼 것이다.

방금 전까지와는 달리 빠르면서도 파괴의 흔적을 남기지 않으면서 숲 속을 질주했다. 시야에서 상대의 모습이 사라졌지만 고작 그 정도로 서로를 놓칠 리는 없었다.

그들은 이미 오감뿐만 아니라 육감까지도 날카롭게 곤두서 있었다. 게다가 보조계 무예 스킬인 【심안】과 【직감】까지 사용 중이었기에 서로의 기척을 숨기는 건 불가능했다.

지라트가 사각死角에서 뻗어오는 칼날을 주먹으로 튕겨내면 신은 머리 위에서 날아오는 권격拳擊의 폭풍을 검과 몸놀림으로 피해냈다. 종횡무진 펼쳐지는 공격은 머리 위, 정면, 좌우와 등 뒤, 때로는 지면에서도 날아왔다.

그럼에도 아직 서로의 몸에는 공격이 한 번도 명중되지 않았다. 능력치 차이 때문에 지라트의 공격이 맞지 않는 건 어떻게 보면 당연했다.

하지만 신의 공격이 지라트에게 스치지도 못하는 건 어째서일까. 신과 지라트 사이에는 무슨 수를 써도 뛰어넘을 수 없는 벽이 아직 존재하는데도 말이다.

지라트는 대담하게 웃었다.

"아아, 멀었어, 멀었군. 역시 기존의 기술로는 이게 한계인가."

"몸풀기는 끝난 거지? 이제 슬슬 보여주는 게 어때? 아까부터 어색하기만 하다고."

"크크, 들킨 건가. 숨긴다고 숨겼는데 말이지."

"직접 싸우면서도 내가 모를 거라고 생각했어? 훤히 다 보인다니까."

"그런 말 말게. 자네와 싸우기 위해 만들어낸 기술이니까 조금은 뜸을 들이고 싶지 않겠나."

칼날과 주먹으로 불꽃을 튀기고 숲을 가로지르면서 두 사람은 실없는 대화를 나누었다.

흥분해서인지 조금 거칠게 말하는 신에게 지라트가 웃어 보였다.

양쪽의 공격 모두 한 번만 맞아도 무사하지 못할 위력이었지만 두 사람이 대화를 나누는 모습은 친한 친구 사이처럼 보였다.

서로 잘 알고 있는 것이다. 지금까지는 진심이긴 해도 전력을 다하진 않았다는 것을.

싸움이 시작된 지 약 10분.

이제 전력을 다한 전투가 시작되려 하고 있었다.

✝

신과 지라트가 충돌할 때마다 숲의 일부가 소멸했고 구덩이와 쓰러진 나무들이 참혹한 광경을 연출하고 있었다.

유일하게 다행인 점은 이상을 감지한 동물들이 위험이 적은 숲의 바깥쪽으로 이동했다는 점이었다. 두 사람은 싸움에 열중하면서도 피해가 숲의 중심부에만 미치도록 하고 있었다.

그런 광경을 【원시】스킬로 간신히 확인하던 관전자들의 반응은 주로 2가지로 나뉘었다.

"……."

"초대 수왕의 진짜 실력…… 설마 이 정도일 줄이야."

"굉장해……."

"쿠우~."

"그, 그루……."

티에라는 멀리서 펼쳐지는 광경을 보며 할 말을 잃었다. 월프강은 처음 보는 지라트의 모습에 감탄했다. 쿠오레와 유즈하는 흥분을 감추지 못했다. 카게로우는 눈을 동그랗게 뜨고 있었다.

"이제 슬슬 무르익은 것 같네요."

"으음, 여전히 요란한 워밍업이구먼."

"뭐, 그래야 우리의 왕답지 않겠는가."

슈니와 반, 라짐은 이제 시작이라는 듯이 냉정하게 상황을 주시했다.

신과 지라트의 진짜 능력을 알고 있는가에 따라 반응은 극명하게 달랐다.

"스승님, 저런데도 아직 진짜로 싸우는 게 아니라고요?"

"네. 신은 아직 마법 스킬을 거의 사용하지 않았고, 지라트도 새로 고안한 전투 방식을 보여주지 않았으니까요."

"스승님도 저 정도로 강한 분이셨죠."

"어떻게 싸우느냐에 따라서는 지라트 상대로도 고전할 수 있어요."

은연중에 자신이 더 강하다고 말하는 슈니를 보며 티에라는 한 번 더 할 말을 잃고 말았다. 슈니가 강하다는 건 알고 있었지만 신과 지라트의 싸움을 보게 된 지금은 자신의 상상력이 얼마나 빈곤했는지를 잘 알 수 있었다.

게다가 현재 전투 중인 두 사람은 아직 진짜 실력을 완전히 드러내지 않았다고 한다. 티에라는 자신이 아무렇지 않게 대하던 동료가 얼마나 대단한 존재였는지를 진정으로 알게 되었다.

"아버님, 이게 하이 휴먼과 지라트 님의 싸움이군요."

"슈니 공의 이야기로는 아직 전부 보여주진 않은 것 같지만 말이지. 나도 비전을 전수받으면서 많이 강해졌다는 느낌을 받았지만, 이런 싸움을 보고 나니 한참 부족하다는 생각이 드는구나."

"신 씨에게 부탁해서 대련을 해봤는데 지라트 님과 비슷한 정도라고 생각했어요. 하지만 그렇지 않았네요."

"초대 수왕님이 머리를 숙일 정도의 인물인데 우리가 어떻게 그 힘을 꿰뚫어 볼 수 있겠느냐."

멀리 떨어진 언덕까지 들려오는 폭음을 들으며 월프강과 쿠오레는 부녀끼리 이야기를 나누었다. 그러는 동안에도 그들의 시선은 신과 지라트의 싸움을 조금이라도 놓치지 않기 위해 정신없이 움직였다.

"이제 슬슬 상황이 바뀌겠군."

"으음, 지금까지는 기존의 기술로만 응수했으니 말이네."

"그게 하이 휴먼에게 통할 수 있을는지."

"글쎄, 그건 우리 왕께 달려 있지 않겠는가."

지라트가 가진 비장의 카드를 알고 있는 반과 라짐은 흥분하지도 달관하지도 않으면서 그저 조용하게 전황을 지켜보고 있었다.

†

격렬하게 울리던 소리가 그쳤다.

대지와 대기를 뒤흔들던 진동이 멈추었다.

숲 속에서 마지막 충돌로 생겨난 공간에서 그 원흉들이 대치했다.

"선언하겠네. 이제부터 나는 그저 날카로운 송곳니일 뿐일세."

이제부터가 진짜 싸움이다.

지라트는 그렇게 말하며 모든 힘을 해방했다.

찾아온 변화는 두 가지였다.

하나는 지라트의 몸을 뒤덮은 아우라가 희미하게 일렁였다는 점.

그리고 또 하나는 몸을 가늘게 떨며 늑대의 모습으로 변신했다는 점이었다.

한쪽은 기분 탓일 수도 있는 미세한 변화였고, 다른 한쪽은 비스트의 종족 보너스에 따른 외모 변화였다.

그러자 신도 마법 스킬을 발동했다.

그는 지라트의 겉모습이 크게 바뀌진 않았지만 낙담하거나 방심하진 않았다. 지라트가 자신에게 이빨을 꽂아 넣겠다고 말한 것이다. 그것이 단순한 변화일 리는 없었다.

"와봐. 내 모든 것을 쏟아내서 상대해줄 테니까."

신이 그렇게 말하는 것과 동시에 그의 주위로 7가지 속성의 상급 마법 스킬이 전개되었다.

하얀 불꽃부터 고속으로 회전하는 물, 붉은 번개, 뱀처럼 머리를 쳐든 흙까지, 이쪽 세계의 마법사가 보면 졸도할 만한 기술이 영창도 없이 차례차례로 발동되었다.

하지만 신의 주위를 둘러싼 마법 스킬 앞에서도 지라트는 조금도 표정을 바꾸지 않았다.

당연한 일이었다. 만약 이 정도로 동요한다면 이빨을 꽂아 넣겠다는 말은 헛된 꿈에 지나지 않는다.

"―가겠네."

짧은 한마디. 그 말과 함께 지라트의 몸이 사라졌다.

아니, 그렇게 착각을 불러일으켰다.

"앗!!"

사전 동작이 없는 고속 이동과 상급 선정자조차 반응하기 힘든 속도.

그러나 이것으로도 신의 감시망을 벗어나진 못했다. 신은 놀라면서도 지라트를 계속 포착해냈다.

신이 전개한 마법 중 하나인 붉은 번개가 지라트를 향해 쏟아져 나갔고―.

"안 맞는다네."

희미하게 스치지도 않으며 숲을 불태웠다.

"그런가, 바로 그거였군!! 여기까지 온 건가!!"

번개 공격을 피한 지라트를 향해 신은 웃으며 외쳤다.

뇌술雷術과 광술光術. 마법 스킬 중에서도 가장 빠른 속도를 자랑하는 이 두 가지는 피하고 싶다고 해서 피해지는 것이 아니었다. 그것은 보조 스킬로 상황 예측이 가능해진 상태에서 AGI가 900을 넘어도 될까 말까 한 일이었다.

지라트의 AGI는 800 정도였다. 아무리 신체 능력을 강화해도 900을 넘길 수는 없었다.

그러나 지라트는 뇌술을 피해냈다. 게임에서는 불가능했던 일을 가능하게 만든 것이다.

"기다려왔네, 이 순간을."

지라트는 번개가 지나가면서 남긴 열기 속에서 뜨거운 숨을 말과 함께 뱉어냈다.

그는 수많은 전장을 거치고 기술을 갈고닦으며 자신의 한계를 넘을 방법을 찾아왔다.

어디까지 갈 수 있을지, 어디까지 할 수 있을지, 지라트 본인도 알 수 없었다.

그럼에도 단 한 가지의 확신이 있었다.

"지금, 바로 지금이—."

그렇다. 분명 이 순간만이.

"자네에게 내 이빨을 꽂아 넣을 순간일세!!"

지라트가 가속했다.

번개를 피할 때보다도 빠르게.

신이 내쏜 광술마저 피해내면서.

지라트는 자신의 한계점, 그 꼭대기에 발을 내디뎠다.

비명을 지르는 몸을 억지로 굴복시키며 눈앞의 표적을 향해 돌진해갔다.

"우오오오오오오오오오오오옷!!"

최고 속도를 유지한 채로 내뻗은 주먹은 불과 몇 분 전과는 비교도 되지 않는 위력이었다. 한 줄기 빛처럼 등 뒤에서 달려드는 지라트의 일격을 신은 손에 든【진월】로 받아냈다.

"이걸로 쓰러뜨릴 수 있다고 생각한 건 아니겠지?"

신은 간단하게 반응하며 지라트에게 말했다.

"물론일세."

그러자 지라트 역시 당연한 반응이라는 듯이 눈썹 하나 까딱하지 않았다.

지라트는 한계로 이어지는 길에 발을 내디뎠고 드디어 눈앞에 펼쳐진 정점을 보았다.

그러나 신은 이미 그 정점 위에 있는 것이다. 의표를 찌른 공격에 일격을 당할 만큼 만만하지는 않았다.

"그런 능력은 처음 보는군. 어떻게 강화한 거야?"

"슈니에게라도 물어보게나. 이 싸움이 끝난 뒤에 말일세!!"

지라트는 포효와 함께 맨손계 무예 스킬 【폭타爆打】를 발동하며 신에게 달려들었다.

아무리 능력치 차이가 있어도 질량은 어쩔 수 없었다. 지금의 지라트라면 강력한 밀어내기 효과가 있는 【폭타】를 사용해 신을 강제적으로 튕겨낼 수 있었다.

지면에 발을 쓸리며 뒤로 밀려나는 신을 향해 지라트는 다시 한 번 돌격했다.

거리를 벌리면 승산이 없었고 시간도 이제 많지 않았다. 따라서 승부는 지라트가 끝까지 공격할 수 있느냐에 달려 있었다.

발을 내디딘 땅이 부서지면서 지라트의 모습이 사라졌다.

"그르으으아!!"

"쉬잇!!"

왼쪽에서 날아오는 주먹을 향해 신은 검을 갖다 댔다. 공격은 반드시 등 뒤에서만 오는 게 아니었다. 지라트가 그런 단조로운 공격을 할 리는 없었다.

불꽃이 사라지기도 전에 지라트의 모습이 또 한 번 사라졌다. 최대 속도를 유지한 채로 신의 주위를 맴돌며 사각뿐만 아니라 정면에서도 공격을 감행해왔다.

신은 생각했다. 지라트의 경이적인 능력 상승은 신이 아는 지라트의 한계를 초월하는 수준이었다. 그렇다면 아직도 무언가를 숨기고 있는 건지도 모른다.

마법을 전개할 것인가, 접근전으로 몰고 갈 것인가. 아니면 상대의 의표를 찌를 것인가. 신은 지라트의 움직임을 관찰하며 다음 수를 생각했다.

지라트도 움직이지 않는 신을 공격하면서 어떻게 해서 혼신의 일격을 가할지 생각하고 있었다.

지라트로서는 신이 마법 스킬을 사용하는 것보다도 그 자리에서 움직이는 게 더욱 치명적이었다. 만약 신이 숲 속을 종횡무진 움직인다면 그것만으로도 지라트의 승산은 사라진다.

지라트에게는 스킬과 야수화에 의한 강화뿐만 아니라 아츠에 의한 강화까지 걸려 있었다. 그리고 그런 3중 강화를 생명력을 소비해서 억지로 유지하고 있는 것이다.

지라트의 한계를 넘은 움직임은 이 싸움에 모든 것을 걸었기에 가능했다. 그래야 비로소 동등하게 싸울 수 있는 것이다.

섣불리 움직여서 이동 거리가 늘어나면 그것만으로도 시간이 부족해질 수 있었다. 하지만 이런 상황이 오래 지속되지는 않을 것이다.

신은 그를 전력으로 상대한다고 말했다. 이대로 얌전히 있을 리가 없었다.

"……이제 슬슬 이쪽에서 간다."

신은 짧게 말하며 땅을 박찼다. 그리고 자신을 향해 돌격해 오던 지라트를 향해 있는 힘껏 검을 휘둘렀다.

"칫!!"

지라트는 날아드는 검을 【붕월】로 흘리면서 동시에 몸을 기울였다. 옆으로 밀려날 뻔한 상황에서 간신히 모든 충격의 방향을 아래쪽으로 바꾸는 데 성공한 것이다. 그는 엎드린 자세로 착지하는 것과 동시에 상반신을 일으켰고, 머리 위를 향해 주먹을 내뻗었다.

"인챈트!!"

두 사람의 목소리와 무기가 격돌하는 소리가 겹쳐졌고 충격으로 주변의 나무들이 뿌리째 뽑혀 나갔다.

신은 이동계 무예 스킬 【비영飛影】에 의한 급격한 방향 전환과 함께 추가 공격을 가했고, 지라트는 그것을 보지도 않고 반응해냈다.

자신의 공격 범위 안에 들어오면 무의식중에 몸이 움직였다. 서로의 전투 스타일부터 성격까지 너무나 잘 알고 있었기에 지라트의 반응은 정확했다.

특히 신은 지라트가 체득한 이쪽 세계의 전법을 알지 못했다. 그래서 지라트는 보다 정확하게 신의 스킬을 예측할 수 있었다.

"시간이 없다면서. 소모전이나 하고 있어도 괜찮은 거냐!!"

신은 검이 닿을 만큼 짧은 거리에서 크게 소리쳤다.

지라트가 어떤 식으로 능력을 강화했는지는 모르지만 적어도 제대로 된 방법이 아니라는 건 싸워보면 알 수 있었다. 오랫동안 소모전을 벌인다면 신이 유리해질 뿐이었다.

그런 건 신이 바라던 싸움이 아니었다.

'지라트도 그런 걸 원하지 않을 거라고!!'

그런 생각과 함께 신은 검을 든 손에 힘을 주었다.

"대답해!! 지라트으으!!"

지라트는 강력한 일격을 가한 뒤 그 반동을 이용해 뒤로 물러났다.

"크크, 그래, 자네 말이 맞네. 정말이지, 강화가 너무 잘돼서 나도 모르게 욕심이 났나 보군."

신의 말에 지라트도 쓴웃음을 지었다.

지금까지 대체 무슨 생각을 했던 것일까. 예전의 자신이었다면 신이라는 최대 목표 앞에서 힘을 온존한다는 생각은 절대 하지 않았을 것이다.

지라트는 그런 생각을 숨과 함께 토해내며 방금 전까지의 사고를 파기했다.

신이 움직이면 승기를 놓친다? 체력이 버티지 못한다?

그런 건 여유롭게 싸울 수 있을 때나 하는 생각이었다.

"아니, 아니지. 힘을 남겨둔 채로는 자네에게 이빨을 꽂아 넣을 수는 없을 테니!!"

지라트는 그렇게 외치며 돌진했다. 그리고 신의 외침에 대한 대답으로 정면에서 일격을 날렸다.

신은 피하지 않았다. 내리친 검으로 상대의 공격을 튕겨내는 것으로 지라트의 외침에 대답했다.

스킬도 기교도 없는 단순한 일격이었다. 하지만 그 공격에 담긴 마음이 무기를 통해 서로에게 전해졌다.

"핫, 하하하."

"큭, 크하하."

달인끼리는 언어가 아니라 기술의 응수로 대화한다고 한다.

"하하하하하하하하하핫!!"

그래서 두 사람은 더 이상 아무 말도 하지 않았다.

말하지 않아도 알 수 있었다. 무기를 맞댈 때마다 전해져 왔다.

서로의 입에서 흘러나오는 건 웃음뿐이었다.

"이야아아아아앗!!"

신이 검술과 물 마법의 복합 스킬 【설월화雪月花】를 발동해서 사정거리 밖에서 얼음 칼날을 날리면—

"그으으아아앗!!"

지라트는 주먹에 불꽃을 두르며 얼음 칼날을 부수었다. 그리고 불꽃이 사라지기 전에 주먹을 앞으로 쭉 뻗었다.

신에게는 닿을 수 없는 거리였다. 하지만 내뻗은 주먹에서 에너지 덩어리가 발사되었고 주먹에 둘렀던 불꽃과 함께 신의 몸을 덮쳤다.

맨손과 화염 마법 복합 스킬 【작공灼空】과 맨손계 무예 스킬 【원당遠当】을 조합한 반격이었다.

"이 정도쯤은!!"

일반적인 【원당】의 몇 배에 달하는 1메르 크기의 불꽃 탄환을 신은 검을 휘둘러 양단했다. 【진월】에 부여된 효과로 검신에 접촉한 마법 스킬을 무효화할 수 있었다.

물론 검에 닿은 모든 마법을 없앨 수 있는 건 아니었고, 무예 스킬처럼 순수한 에너지는 무효화할 수 없었다. 방금 지라트의 일격을 베어낸 건 거기에 불꽃 마법이 부여되어 있었고 신의 능력치가 높았기 때문에 가능한 일이었다.

그러나 마법을 베어낼 수 있다는 건 전투에서는 매우 유용했다. 이번에는 방어 용도로 사용했지만 원래는 결계 스킬을 뚫기 위해 사용하는 경우가 많았다. 그것만으로도 공격하는 쪽은 훨씬 더 유리해진다.

그러나 이번에는 그게 오히려 불리하게 작용했다. 지라트는 신이 【원당】을 벨 수 있다는 걸 알았기에 불꽃을 두른 채로 스킬을 사용한 것이다.

지라트는 거대한 화염탄에 숨어 있다가 검을 휘두른 직후의 신에게 공격 스킬을 사용했다.

맨손계 무예 스킬 【사교蛇絞】였다.

상대의 움직임을 방해하는 뱀 모양의 에너지가 신의 팔을 휘감았다.

"봐주진 않겠네."

신에게는 그런 구속도 순식간에 무효화되었지만 두 사람의 싸움에선 그런 짧은 순간이 절호의 기회로 작용했다.

"지전至伝—."

신의 움직임이 멈춘 순간. 지라트는 혼신의 일격을 가했다.

그것은 한 가지 계통의 모든 무예 스킬을 익힌 자만이 쓸 수 있는 오의奧義였다.

무예 스킬의 궁극기.

"절가絕佳아아아아아!!"

맨손계 무예 스킬 【지전·절가】. 발동 전의 짧은 순간 동안 기를 모아야 하는 이 스킬은 동작 자체는 단순하게 앞으로 주먹을 내지르는 것뿐이었다. 리치도 짧고 빈틈도 많았다.

그 대신 기술의 위력은 수많은 무예 스킬 중에서도 최강급이었다. 대인전에서는 일격에 상황을 뒤집을 수 있다고 평가될 정도였다.

그런 기술을 지금의 지라트가 사용한다면 신이 생각하는 것 이상의 위력을 발휘할 것이다.

"으, 으아아아아아아아앗!!

신은 뻗어오는 주먹을 간신히 【진월】로 막아냈다.

그러나 아무리 신이라도 아슬아슬한 방어로는 제대로 공격을 받아낼 수 없었다. 어떻게 손을 써보기도 전에 강하게 튕겨나가며 숲에 처박혔다.

"커헉, 역시 엄청나군."

신은 큰 나무를 몇 그루나 쓰러뜨리며 수십 메르를 날아갔다. 정통으로 맞진 않았지만 대미지가 온몸에 퍼지는 것이 느껴졌다.

아무리 능력치 차이가 어느 정도 남아 있다지만 지전 클래스의 무예 스킬은 위력의 차원이 달랐다. 신이 있던 곳 주위의 숲이 케메르 단위로 초토화된 것이 그 위력을 여실히 보여주고 있었다.

신은 몸을 일으켜 지라트에게 돌아가려고 했다. 이쪽 세계에서는 스킬 사용 후의 경직 시간이 사라졌지만 【절가】는 반동이 큰 스킬이었다. 게임에서도 사용 뒤에는 일정 시간 동안 움직일 수 없고 적지 않은 대미지를 입는다. 그래서 신은 지라트가 바로 추가 공격을 할 수 있다고는 생각하지 못했다.

바로 그 때문에 등 뒤에서 오는 공격에 대한 반응이 늦어지고 말았다.

지라트는 소리도 기척도 없이 땅을 미끄러지듯 신에게 달려온 것이다.

마치 신의 생각을 읽고 있던 것처럼 순간의 빈틈을 노린 돌격이었다. 스킬의 반동조차 강제로 없앤 지라트의 눈은 사냥감을 노리는 맹수처럼 형형하게 빛났다.

"—윽!!"

풍술 스킬을 통해 주먹을 뻗는 소리마저 없앤 공격을 신은 【진월】의 칼자루로 튕겨냈다.

그리고 최소한의 움직임으로 몸을 회전해서 바로 뻗어온 지라트의 반대쪽 주먹을 왼팔의 보호구로 막아냈다.

장갑끼리 부딪치는 금속음이 울려 퍼졌다. 신이 아니었다면 팔을 잃을 수도 있는 공격이었다.

이제 서로의 거리는 수십 세메르였다. 신의 영역을 지라트가 침식해 들어갔다.

맨손계 무예 스킬 【역파(逆波)】—그것은 전에 신이 사용한 【투파】의 파생 기술이다. 힘을 적의 내부가 아닌 외부에서 단숨에 파열시키는 일점 돌파 기술이었다.

이런 지근거리에서는 지라트 자신도 적지 않은 대미지를 입을 테지만 이미 그런 것은 신경조차 쓰지 않았다.

그러나 신도 왼팔에 집중되는 압력을 느끼며 가만히 있지는 않았다. 즉시 맨손계 무예 스킬 【쇠 튕겨내기】로 【역파】의 대부분을 흘려 넘겼지만, 그럼에도 막아내지 못한 충격으로 인해 왼팔이 튕겨나갈 수밖에 없었다.

그러나 방어로 대미지를 경감한 신보다는 지라트의 타격이 더 컸기에 금방은 움직이지 못할 거라고 신은 생각했다.

하지만 지라트는 멈추지 않았다. 대미지 따윈 전혀 입지 않은 것처럼 다음 스킬을 사용한 것이다.

무너진 자세를 억지로 바로잡으며 발동한 것은 맨손계 무예 스킬【팔화장八華掌】.

그 이름 그대로 8번의 연속 공격이었다. 하지만 신은 이미 그것을 전부 꿰뚫어 보고 있었다. 이쪽 세계에서도 연속 공격에는 정해진 모션이 존재했기 때문이다.

이쪽 세계에는 스킬이란 육체를 사용한 마법이라는 말이 있었다.

스킬마다 정해진 형태는 일종의 주문 영창이라 할 수 있었고 뻗어나가는 일격은 발동된 마법에 해당되는 것이다. 그래서 무예 스킬은 중간에 동작을 바꾸기가 매우 어려웠고, 억지로 바꾸려 하면 위력도 떨어질 수밖에 없었다.

설령 그런 법칙을 모른다 해도 신은 스킬의 모션을 숙지하고 있었기에 지라트의 공격에 쉽게 대처할 수 있었다.

신은 지근거리에서의 무예 스킬 격돌로 자세가 무너지면서도 상대의 주먹과 발차기를 최소한의 움직임으로 피해냈다.

그리고 마지막으로 날아오는 뒤돌려차기에 맞춰 신이 반격하려고 힘을 모았을 때 또 한 번 예상치 못한 일이 벌어졌다.

신의 앞을 발차기가 통과한 직후, 축으로 삼은 다리를 빠르게 바꾸어 몸을 회전한 지라트의 발차기가 신의 머리를 향해 날아든 것이다.

그건 틀림없이 맨손계 무예 스킬【쌍륜双輪】의 연속 돌려차기였다.

"으윽—?"

신은 얼굴을 향해 날아온 발차기를 【진월】로 받아냈지만 너무나 가벼운 위력이었기에 눈썹을 찡그렸다.

그러나 그 위화감의 정체를 확인할 틈도 없이 지라트는 다음 행동에 나섰다. 신의 칼을 발판 삼아 공중으로 뛰어오른 뒤 몸을 회전하며 스킬을 발동한 것이다.

신의 머리 위에서 회전하며 발동된 맨손계 무예 스킬 【비천飛泉】의 내려차기가 신을 그 자리에 묶어놓았다.

기술을 받아낸 신의 발이 대지가 함몰되면서 땅에 파묻혔다. 그러나 그 정도의 위력으로도 결정적인 타격을 주지는 못했다.

메인 직업이 사무라이인 신은 탱커처럼 방어력이 뛰어난 것도 아니고 튼튼한 방패를 장비하고 있는 것도 아니었다.

그러나 신이 들고 있는 검은 고대급 무기인 【진월】이었다. 웬만한 방패와는 비교도 안 될 만큼 단단했다.

게다가 무기로서의 성능도 최상급이었기에 평범한 검으로는 불가능한 방어와 공격의 양립이 가능했다. 이것은 보통 강도를 중시한 대검 사용자에게나 가능한 전투 방식이었다.

게다가 신의 무기가 【진월】이 아니었다면 지라트의 지전 클래스 기술을 막을 수는 없었을 것이다.

"쉿!!"

신은 발이 땅에 파묻힌 채로 공중에 있는 지라트를 향해 반격하듯이 【진월】을 휘둘렀다.

지라트는 신이 검을 휘두르는 것보다도 빠르게 이동계 스킬 【비영】으로 거리를 벌렸다.

신은 적지 않게 놀랐다. 지라트는 지금 게임 때는 상상도 할 수 없는 움직임을 보여주고 있었다.

반동을 이용한 【절가】는 물론이고 【팔화장】부터 【쌍륜】, 【비천】으로 이어지는 연속기는 공격을 받아낸 입장에서도 훌륭하게 느껴졌다.

지라트는 이런 전법을 사용하기 위해 대체 얼마만큼 단련을 거듭해왔던 것일까.

단 한 가지 분명한 것은 이것이 모든 것을 쏟아낸 지라트의 실력이라는 점이었다. 하이 휴먼의 발을 땅에 붙여놓을 정도의 진정한 강자라고 할 수 있었다.

그렇게 생각하자 신도 지라트처럼 분한 감정을 느꼈다.

자신이 아직도 게임이었을 때의 감각으로 싸우고 있었다는 걸 알아차렸기 때문이었다.

이쪽 세계에서 이미 사람을 상대로 싸워보긴 했지만 제대로 된 싸움은 아니었다. 아마도 그래서일 것이다. 그는 아직도 진정한 싸움이 무엇인지를 알지 못했다.

그래서 지라트에게 계속 끌려다녔던 것이다.

"……한심하군. 목숨을 건 상대에게 건방지게 굴다가 결국 이런 꼴이라니."

치명타를 맞지 않은 건 능력치와 지금까지 쌓아온 전투 경험 덕분이었다. 그러나 그것도 지금은 지라트에게 따라잡히고 있었다.

이대로 간다면 머지않아 가볍지 않은 타격을 입고 말 것이다.

"……안 돼. 그럴 순 없어."

신은 생각했다. 초대 수왕이 원한 싸움 상대가 그 정도여선 안 된다.

이상한 칭호 없이도 이렇게나 엄청난 상대라고, 지라트의 마지막 싸움에 어울리는 상대라고 모두가 생각할 수 있어야 했다.

이것이 한계인가?

"—아냐."

이것이 지라트의 주인의 싸움인가?

"—아냐."

압도적이어야 했다. 타의 추종을 불허해야 했다.

그것이 하이 휴먼. 정상에 선 자였다.

"……미안, 지라트. 난 아직 전력을 다한 게 아니었어."

게임 때처럼 싸우는 건 이제 끝났다. 지금부터는 신도 전력을 다해서 싸울 것이다.

"지전—."

어차피 작은 기술은 무의미했다. 신은 지라트와 마찬가지로 궁극의 기술로 자신의 뜻을 드러냈다.

동작 자체는 검을 높이 들어 올렸다가 아래로 내리치는 것뿐이었다.

하지만 그 검에는 모든 것이 담겨 있었다.

"천참天斬!!"

하늘을 벤다는 이름의 이 일격은 찰나에 가까운 속도로 지라트를 향해 쏟아졌다.

"—!!"

지라트도 신이 자신의 위치를 계속 파악하고 있다는 건 알았지만, 그럼에도 눈을 크게 뜰 수밖에 없었다. 신이 내리친 검은 지라트의 눈에도 흐릿하게 보였던 것이다.

본능과 직감에 따르는 몸이 생각하는 것보다 먼저 움직였다. 강화에 강화를 거듭한 육체와 지라트의 엄청난 반응 속도가 맞물리며 간신히 직격은 피할 수 있었다.

"크윽!"

하지만 타격이 없는 건 아니었다. 싸움에 영향을 끼칠 정도는 아니지만 지라트의 도복 어깻죽지가 찢어지고 피가 배어났다.

같은 지전이지만 【천참】은 지라트의 【절가】보다 많은 힘이 한 곳에 집중된다.

공격을 막은 지라트의 등 뒤로는 【천참】으로 절단된 대지가 단면을 드러냈다.

그러나 현재까지는 두 사람이 입은 대미지가 크게 차이 나진 않았다.

다만 지라트는 신이 내뿜는 기척이 희미하게 변화했다는 걸 느꼈다. 지금의 일격에서도 신이 무언가를 결의했다는 것이 전해왔다.

"……크, 크크크, 그렇게 나와야지."

다 큰 어른도 보면 도망칠 만큼 섬뜩한 미소를 지으며 지라트는 중얼거렸다. 지금 이 순간도 죽음을 향해 나아가고 있지만 그는 즐거워서 견딜 수 없었다.

좀 더 빨리, 좀 더 강하게. 그 몸에 이빨을 꽂아 넣을 때까지.

"그아아아아아아아앗!!"

지라트는 대지를 박차며 달렸다.

【천참】 역시 【절가】처럼 반동이 큰 기술이었다. 당연히 사용 뒤의 빈틈도 컸다. 그것을 노리고 지라트는 달려갔다. 지금의 지라트라면 신을 공격하기까지 2초도 걸리지 않았다.

"이야아아아아아아앗!!"

그때 신의 포효가 울려 퍼졌다.

지라트의 주먹이 닿기 직전에 반동으로 경직되어 있던 신의 팔이 위로 솟구쳤다.

칼날이 번득이며 지라트의 주먹과 부딪쳐 불꽃을 튀겼다.

그것은 게임 때는 불가능했던 움직임이었다.

그리고 그 검이 뒤집혔다. 반동을 줄이는 방법을 알아낸 건 아니었다. 압도적인 능력치를 이용한 강제적인 제어였다.

그러나 바로 그것이 정답이었다. 기술의 반동을 없앨 수는 없었다. 그렇다면 모든 힘을 쥐어짤 수밖에 없는 것이다.

호를 그리며 뻗은 칼날에 신이 발동한 검술계 무예 스킬 【제비 베기】의 움직임이 더해졌다. 공중에서 급가속한 칼날이 한 번 더 지라트의 몸을 상처 입혔다.

—너도 해냈는데 내가 못 할 리가 없잖아?

—그래, 오히려 늦었을 정도지.

서로의 웃음이 깊어졌다. 입 밖으로 나오지 않는 말이 무기를 통해 전해왔다.

그리고 싸움의 마지막이 가까워졌음을 직감했다.

"—!!"

두 사람은 웃음을 거두며 동시에 무기를 겨냥했다.

신은 【진월】을 치켜들었고 지라트는 두 주먹을 옆구리에 모았다. 서로가 다음에 어떻게 행동할지를 알고 있는 것처럼 동시에 준비가 갖추어졌다.

마주 보는 시선이 조용하게 작별을 고했다.

『지전—.』

이것이 마지막이다. 그것을 서로 이해하고 있었던 것이다.

지전—최후를 장식하는 데 이보다 좋은 기술은 없었다.

"절가!!"

"천참!!"

스킬이 발동되면서 두 사람의 모습이 흐릿하게 사라졌다. 다음 순간, 공간을 뒤흔드는 충격과 함께 격렬한 충돌음이 울려 퍼졌다.

지근거리에서 펼쳐지는 지전의 격돌. 신과 지라트를 중심으로 사방의 지면이 함몰되었다.

맞부딪치는 힘은 끝없이 강해졌고 튕겨 나간 희미한 에너지들이 주위를 철저하게 파괴했다.

너무 강한 힘의 반발로 튕겨 나가는 경우도 있지만 양쪽 모두 아무렇지 않게 계속 지전 스킬을 사용했다.

게임에서는 불가능했던 지전 기술의 응수. 그것은 사용자뿐만 아니라 서로의 무기에도 엄청난 부담을 주었다.

파직 하고 금이 가는 소리가 들렸다. 그것은 과연 누구의 무기에서 나는 소리였을까.

아무리 서로의 무기에 무기 파괴 공격 무효 효과가 있다 해도 내구도는 존재했다. 따라서 고대급 무기라 해도 절대로 망가지지 않는 건 아니었다.

그러나 서로의 무기가 비명을 지르는 소리를 들으면서도 양쪽 모두 힘을 줄이지 않았다. 조금이라도 물러나는 순간 패배한다는 걸 알고 있기 때문이었다.

"으으으으으으으으으으으으으으으으으옷!!"

부딪치고, 떨어지고, 또다시 부딪쳤다.

얼핏 팽팽해 보이던 상황에서 지라트가 서서히 밀리기 시작했다.

당연한 일이었다. 두 사람의 능력은 호각이 아니었으니까. 한 방 한 방의 위력과 몸에 대한 부담이 명확한 차이를 드러내고 있었다.

그랬기에 지라트는 마지막 비장의 카드를 꺼냈다.

"지전!!"

그것은 목숨을 내던진 자만이 쓸 수 있는 기술이었다.

지라트의 온몸에서 색이 빠져나갔다. 그리고 지근거리에서 신의 【진월】과 맞대고 있던 오른 주먹의 힘이 강해졌고 왼 주먹에도 힘이 모였다.

주먹을 뒤덮은 하얀빛은 지라트의 생명력 자체였다. 생명의 마지막 불꽃이 바로 지금 환하게 불타올랐다.

"―괄천갑括穿甲!!"

그것은 갑옷이나 보호구에 큰 대미지를 주는 기술이었다. 섬광 같은 일격이 가진 【진월】에 작렬했다.

무언가가 갈라지는 소리가 점점 커졌다.

지라트는 지전 스킬의 다중 발동으로 인한 부담을 한 몸에 받으면서도 힘을 계속 쏟아냈다.

"지전의 동시 사용인가. 반칙이잖아."

지라트의 일격을 받아내며 신이 투덜거렸다. 하지만 물러서진 않았다. 신도 반격하듯 지전을 발동하면서 【진월】에 【인 챈트·하이 엣지(참격 강화)】를 중첩했다.

두 사람은 지금 낼 수 있는 최고의 힘을 맞부딪쳤다.

끝났다는 걸 깨달은 건 어느 쪽이 먼저였을까.

팽팽하게 맞부딪친 시간은 한순간일까, 몇 초일까. 아니면 몇 분일까.

"—!!"

먼저 한계에 달한 건 서로의 무기였다. 【진월】의 칼날이 산 산조각 나고 【붕월】의 장갑판 역시 깨져버렸다.

그러나 무기가 부서져도 두 사람은 멈추지 않았다.

신은 남은 칼자루를 쥐고 양손을 내린 지라트를 향해 나아 갔다.

그러자 지라트도 양 주먹을 앞으로 내밀며 신을 향해 돌진 했다.

신은 바로 지라트의 양손을 쳐내려고 했다.

그러나 주먹 자체에 스킬이 발동되는 【절가】와 【괄천갑】 앞 에서 아무 스킬도 실리지 않은 【진월】의 칼자루는 무력하기만 했다.

"잡았다아아아!!"

신의 팔을 왼 주먹으로 튕겨내고 무방비가 된 몸통에 지라 트의 오른 주먹이 작렬했다.

힘껏 뻗어나간 주먹이 신의 코트를 찢으며 명치에 닿더니

―툭 하는 소리를 내며 움직임을 멈췄다.

"크윽!! ―?"

잔뜩 긴장하고 있던 신은 지라트의 주먹이 예상외로 약하자 한 걸음 물러나며 의아한 표정을 지었다.

물론 능력치 덕분에 즉사할 일은 없지만 신은 상당한 대미지를 각오하고 있었다. 그러나 그의 몸을 때린 것은 전혀 위력이 없는 주먹이었다.

신은 자신을 향해 뻗은 주먹을 향해 시선을 내렸다가 다시 지라트를 바라본 뒤에 납득했다.

"……지라트."

"……."

지라트는 아무 대답도 하지 않았다. 그저 주먹을 내민 상태에서 경직되어 있었다.

"지라―."

"듣고, 있네……. 커헉."

다시 한 번 부르는 신의 말을 지라트가 가로막았다. 동시에 피를 조금 토하며 그 자리에 무릎을 꿇었다.

"이봐, 지라트!"

"으, 윽. 아무래도…… 여기까지인가 보군."

신이 부축하려 했지만 지라트는 한 손을 들며 제지했다. 회복 따윈 소용없다는 걸 알고 있었던 것이다.

"……마지막에 한 방 먹고 말았어. 역시 지라트야."

"크크, 500년이란 세월을 헛되게 산 게 아닐세. 결국 내 이빨을 확실히 꽂아 넣었군."

지라트는 새파랗게 질린 얼굴로 이를 드러내며 웃었다. 드디어 주인을 따라잡았다고 자랑하는 듯한 미소였다.

"큭…… 어쨌든 내 오랜 바람은 이루어졌다네. 신, 오늘 한 방 먹인 상으로 내 마지막 부탁을 들어주겠나?"

비틀거리며 일어선 지라트는 자신의 마지막 바람을 이야기했다. 그 말을 들은 신은 잠시 망설이다 결국 승낙했다.

신은 간신히 일어선 지라트에게서 10메르 정도의 거리를 벌렸다. 그리고 조용히 【리미트】를 해제했다.

동시에 힘의 분류가 터져 나왔다. 지라트와 싸울 때의 힘이 미지근하게 느껴질 만큼 엄청난 기운이 주위를 압도했다.

"이 정도일 줄이야……."

신에게서 뿜어져 나오는 기운을 받아내면서도 지라트는 계속 그 자리에 서 있었다. 그의 마지막 바람은 신의 모든 힘을 해방한 일격에 의한 『마무리』였다.

지라트에게는 이제 더 이상 싸울 힘이 남아 있지 않았다. 그래서 최후의 시련을 극복해낸 신의 힘을 확실히 지켜보고 싶었던 것이다.

신은 자세를 잡았다. 부서진 【진월】은 아이템 박스에 넣어두었기에 맨손이었다. 애초에 무기 따윈 필요하지 않았다.

신이 취한 자세는 【절가】의 모으기 동작이었다. 지라트는 얄궂은 일이라고 생각했다.

"……잘 가."

"잘 있게나."

짧은 인사와 함께 신이 한 걸음 앞으로 내디뎠다. 하지만 그 한 걸음이 엄청난 속도였다. 지라트의 눈은 신의 움직임을 조금도 따라잡지 못했다.

그러나 알 수 있었다. 지라트는 자신에게 다가올 일격 앞에서 찰나의 순간 신을 감지해냈다.

압도적인 힘과 넘쳐흐르는 마력. 모든 것을 따돌리는 속도.

그 모습이 바로 지라트가 동경해오던 주인의 모습이었다. 기억 속에 남은 옛 모습보다 지금의 신이 훨씬 강했다.

계속 최강의 존재로 남아주길 바라면서도 언젠가는 이겨보고 싶었던 상반된 마음이 지금 지라트 앞에서 실현되었다.

'아아, 이것이야말로 나의─.'

그의 마지막 생각은 울려 퍼지는 굉음 속으로 사라져갔다.

†

"끝난 것 같네요."

짧은 정적과 그 뒤의 한층 커다란 폭발. 나무들을 쓰러뜨리며 숲을 횡단할 기세로 나아가던 충격파가 멈추었다.

슈니뿐만 아니라 언덕 위에 있던 모두가 대결이 끝났음을 깨닫고 있었다.

"……."

높은 능력치를 자랑하는 월프강과 카게로우도 아무 말도 하지 않았다. 아니, 아무 말도 할 수 없었다.

그들은 온몸의 털을 곤두세우며 경계하고 있었다.

최후의 일격. 그 엄청난 위력에 할 말을 잃은 것이다. 누가 사용한 것인지는 알고 있지만 계속 심장이 두근거릴 만한 힘의 파동이었다. 싸우지 않고서도 패배를 깨닫게 하는 패왕의 위엄을 느낄 수밖에 없었다.

그와 최근에 알게 된 사람들은 평소의 모습에서는 상상조차 할 수 없는 거친 기운에 숨을 삼켰다.

그래서일까. 모두가 침묵하는 가운데 슈니 혼자 태연한 모습이었다.

"언제까지 멍하니 있을 수는 없어요."

그 한마디에 모두가 퍼뜩 정신을 차렸다. 자신들의 왕이 최후를 맞이한 것이다. 정신을 놓고 있을 때가 아니었다.

"누가 이쪽으로 와요."

"저건 아마도……."

황급히 주위를 살피던 쿠오레와 월프강이 자신들을 향해 누군가가 다가온다는 걸 발견했다. 언제 접근했는지 언덕 바로 밑까지 와 있었다.

나타난 그림자는 하나였다. 무언가를 짊어진 채 언덕 위로 올라오고 있었다.

당연히 그건 신과 지라트였다. 잠이 든 것처럼 눈을 감은 지라트를 신이 짊어진 것이다.

모두 기다리지 않고 언덕을 내려갔다.

"신, 그 옷……."

"아아, 지라트한테."

찢어진 코트를 보고 티에라가 걱정스럽게 말했지만 신의 태도에서 심각한 일은 아니라는 걸 깨닫고 안심하는 것 같았다.

"마차를 꺼낼게. 지라트를 부탁해."

"알겠소이다."

신은 아이템 박스를 조작하기 위해 지라트의 유해를 반과 라짐에게 맡겼다. 마차를 꺼낸 뒤에는 짐칸 후방에 눕히고, 그가 움직이지 않도록 고정했다.

"지라트 님……."

가만히 누워 있는 시신을 보고 쿠오레가 울먹거리며 말했다. 어깨를 힘없이 늘어뜨렸고 머리 위의 늑대 귀도 축 처져 있었다.

겉으로 드러나진 않았지만 월프강 역시 어딘지 모르게 의기소침해 보였다.

설령 본인이 원한 최후였다 해도 뒤에 남은 사람들의 슬픔은 어쩔 수가 없었다.

"얼굴을 들어, 너희들."

그런 두 사람에게 신이 말을 건넸다. 지금까지와는 달리 위엄 있는 목소리였다.

"신 공?"

"너희들의 왕은 나에게, 하이 휴먼에게 이빨을 꽂아 넣었어. 그 녀석은 분명히 나와 똑같은 경지에 이르렀던 거야."

그건 이쪽 세계에서 살아가는 이들에게는 불가능한 일로 여겨졌다.

한계의 끝. 결코 도달할 수 없다고 알려진 경지.

싸움을 생업으로 삼는 자라면 한 번쯤은 꿈꾸는 지고의 정점.

"자랑스러워하라고! 너희 왕은 정점에 올라선 전사였어. 울고 싶으면 너희가 해야 할 일부터 끝낸 뒤에 울어!!"

슬퍼해도 좋다. 울어도 좋다. 하지만 지금은 그럴 때가 아니었다.

월프강은 이제부터 지라트의 죽음을 온 나라의 백성에게 알려야만 했다. 장례식도 대대적으로 열릴 것이다. 쿠오레 역시 현재 수왕의 딸로서 해야 할 역할이 있었다.

한번 슬픔에 잠겨버린 뒤에 다시 일어난다는 건 쉬운 일이 아니었다. 죽은 사람을 생각하는 마음이 깊을수록 당사자는 더욱더 힘들어진다.

소중한 사람을 잃을 때의 아픔과 괴로움, 상실감은 신도 잘 알고 있었다.

그렇기 때문에 말할 수 있었다. 지금은 아직 그럴 때가 아니라고. 지금은 지라트의 삶을 칭송하면서 보내줄 때라고.

"지라트라면 그렇게 말하지 않겠어?"

월프강과 쿠오레가 얼굴을 들었다.

"……신 공……."

"마음 써주셔서 감사드립니다."

신도 가혹한 말이라는 건 알고 있었다. 감사받을 만한 일은 아니었다. 그렇지만 지금은 그렇게 할 수밖에 없었다.

"아가씨도 우르도 그렇게 낙담하지 마시오. 왕의 얼굴을 한번 보시오."

이번에는 반이 두 사람에게 말했다. 여담이지만 우르는 친한 사람들이 월프강을 부르는 애칭이다.

"만족하시는 얼굴이지 않습니까. 이걸 보고도 미련이 남는 죽음이라 생각하는 이는 아무도 없을 것입니다."

라짐 역시 두 사람을 격려하기 위해 말을 꺼냈다. 라짐의 말처럼 지라트의 얼굴은 희미한 미소를 띠고 있었다.

긴 시간을 함께 보낸 반과 라짐은 지라트가 무슨 생각을 하며 세상을 떠났는지 잘 알 수 있었다.

그들 역시 슬퍼했다. 그러나 안도하는 마음이 더 강했다.

지라트가 수명에 대해 숨기긴 했지만 라짐과 반은 눈치채고 있었다. 그렇기에 미련 없이 세상을 떠날 수 있었다는 것에 대한 기쁨이 더욱 컸던 것이다.

구차하게 오래 사느니 마음껏 싸우다 죽는 것이 전사로서 살아온 자에게 어울리는 길이었다.

"맞아. 계속 슬퍼하면 지라트 님이 비웃으실 거야."

"아아, 그렇구나."

지라트와 가장 가까웠던 두 사람의 말에 쿠오레와 월프강도 마음을 추스른 것 같았다.

이제는 그들도 지라트의 죽음을 직시하며 미래를 향해 나아갈 준비가 되어 있었다.

†

마차가 에리덴에 있는 지라트 저택에 도착하는 데는 그렇게 많은 시간이 걸리지 않았다.

반과 라짐이 시신을 안치했고, 월프강의 지시로 각 부서 책임자와 간부 들이 소집되었다. 지라트의 죽음을 알리자 놀라거나 슬퍼하거나 어딘지 모르게 안도의 표정을 짓는 등 반응이 제각각이었다.

라르아 대삼림에서 무슨 일이 벌어지고 있다는 걸 눈치챈 사람도 있었던 것 같았다. 아무래도 파르닛드까지 싸우는 소리가 들렸던 모양이다.

거기에 지라트의 죽음을 연관해서 누구와 싸웠냐고 묻는 이도 있었다.

"초대 수왕의 최후에 어울리는 분이셨네."

월프강은 신의 이름을 말하지 않았다. 그저 지라트의 마지막 싸움에 그보다 적임자는 없다고 단호하게 선언했다.

그게 누구인지 궁금해하는 게 당연했지만 사람들 대부분은 같은 하이 휴먼의 부하 중 한 사람일 거라고 짐작했다. 슈니, 슈바이드와 자주 대련했다는 건 주위에서도 알고 있었고 그 외의 멤버들도 실력을 의심할 필요는 없었다.

납득하지 못하던 자들도 실제로 지라트의 시신과 대면하고 얼굴을 확인하자 월프강의 말이 맞았다는 걸 깨달았다.

이것은 무인이 많은 파르닛드이기에 나올 수 있는 반응이었다.

모두가 납득한 뒤로는 일이 매우 빠르게 진행되었다. 그날 중에 각 부족에게 연락이 되었고 모두가 일치단결한 가운데 장례식 준비가 시작되었다.

은퇴한 지 오래됐다지만 지라트는 틀림없는 건국의 아버지였다. 당연히 국가적인 장례식이 될 수밖에 없었다.

일주일도 되기 전에 많은 사람과 물자가 파르닛드에 모여들었고 장례식이라기보다는 축제가 벌어진 것처럼 떠들썩했다.

파르닛드의 각 부족 외에도 국교를 맺은 나라에서도 사자를 보내왔다.

신은 장례식 준비 중에 특별히 할 일이 없었기에 매일 자료 보관실에 들락거리며 시간을 보냈다.

그리고 지라트가 죽은 지 10일 뒤. 파르닛드 수연합 견족의 수도 에리덴에서 초대 수왕 지라트 에스트레아의 장례식이 거행되었다.

신과 슈니도 당연히 식에 참가했다.

슈니는 지라트의 비보를 듣고 왔다고 하자 아무 의심 없이 통과되었다. 신은 슈니와는 다른 곳에서 전신 갑옷을 장비한 채 지라트를 배웅하는 이들과 함께 서 있었다.

참례자는 전장에서 쓰던 장비를 그대로 착용하고 온 경우가 많았고, 갑옷을 입은 신 역시 유명한 전사처럼 보였다. 지라트의 전쟁 경력이 워낙 길다 보니 그의 전우였던 사람들이 서로를 전부 알아보는 건 아니었다.

장례식에는 국가의 상층부와 각 부족의 족장과 그 아들들, 은퇴한 장군 등 쟁쟁한 인물들이 모여 있었다. 엘프와 픽시 집락에서 온 대표까지 보였다.

그리고 맨 앞줄에는 왕인 월프강과 그의 딸 쿠오레가 서 있었다.

그 옆에는 슈니와 다른 한 명—파르닛드의 동맹국인 용황국 킬몬트의 대표이자 신의 4번째 서포트 캐릭터인 슈바이드 에트락이 있었다.

흑요석 같은 비늘과 붉은 눈을 가진 하이 드래그닐이었다. 신의 파티에서 최전방을 담당하다가 나라를 세웠다는 공통점이 있는 만큼 서로 깊이 교유했다고 한다. 두 나라의 거리가 상당히 멀었지만 간신히 시간에 맞춰 도착한 것 같았다.

신은 그 모습을 보고 반가워서, 장례식 분위기가 진정되면 만나러 가야겠다고 생각했다.

장례식은 엄숙하게 진행되었고 문제 하나 없이 조용히 끝났다. 지라트의 시신은 역대 왕들이 잠든 땅에 매장된다고 한다.

대지에서 태어나 대지에서 살아가다 대지로 돌아간다. 그것이 많은 비스트들의 인생관이었다.

식 마지막에 늑대 타입, 개 타입, 여우 타입 비스트들이 일제히 울음소리를 냈다. 마지막까지 훌륭히 싸운 전사를 위한 장송곡이었다.

많은 사람들이 지켜보는 가운데 지라트의 시신은 왕의 묘에 묻혔다.

†

장례식이 끝나자 신은 저택으로 돌아왔다. 월프강과 정부의 관료들은 앞으로의 국가 운영에 대해 상의할 일이 산더미처럼 많아서 한동안은 돌아오지 못한다고 한다.

"옆에 앉아도 되겠소이까?"

무릎 위의 유즈하를 쓰다듬으며 정원을 멍하니 바라보던 신에게 반이 말을 걸었다. 그 뒤에는 라짐의 모습도 보였다.

"회의에 참석하지 않아도 되는 거야?"

"우리 같은 노병이 나설 자리는 아니외다."

반이 신의 옆에 걸터앉으며 말했다. 그리고 그 반대편에 라짐이 앉으며 동의했다.

"그렇지요. 나랏일은 이미 다른 이들에게 맡겨둔 지 오래되었습니다."

두 사람의 분위기는 평온했고 신의 눈에는 당장이라도 사라질 것처럼 불안하게 보였다.

"너희들은 이제부터 어떻게 하려고?"

"여행을 떠나려 하오."

"여행?"

"네, 동료도 기다리고 있으니까요."

"……그렇군. 가서 잘 지내."

동료도 기다리고 있다는 반의 말과 그를 둘러싼 분위기에서 신은 묘한 느낌을 받았다. 두 사람이 정한 미래를 왠지 알 것 같았다.

"……저기, 두 사람이 보기에 지라트는 어떤 녀석이었어?"

몇 분의 침묵 뒤에 신의 입에서 그런 말이 나왔다.

"위대한 분이셨지요."

"누구보다도 뛰어난 전사셨소."

반과 라짐은 그를 그리워하듯 눈을 감으며 말했다.

가장 먼저 선두에 서서 길을 제시하던 인도자. 압도적인 전투력을 가진 영웅.

"고독한 분이셨지요."

"외로움을 많이 타는 분이셨소이다."

누구와도 견줄 수 없는 용자. 고독한 왕.

엄청난 전투력 때문에 전장에서는 혼자서 싸울 때가 많았
다고 한다.

슈니나 슈바이드가 없었다면 정말로 쭉 혼자 싸워야 했을
거라고 두 사람은 말했다. 그러면서도 제법 동료 복은 있었다
고 한다.

"동료를 깊이 생각하는 분이셨지요."

"싸움밖에 할 줄 모르는 분이셨소."

그래서 지라트 주위에는 사람들이 모여들었다.

동료를 위해 무기를 들고, 습격해오는 몬스터를 쓰러뜨리
고, 지각 변동의 혼란 속에서 부족들을 통솔했다. 마치 옛날
이야기에 나오는 영웅처럼 말이다.

흔한 영웅담과 다른 부분이라면 그가 왕이 되고 싶어 하지
않았다는 점이었다. 지라트는 순수한 전사였기에 다른 분야
는 영 재능이 없었다.

민중은 지라트를 원했지만 지라트는 자신이 통치 능력이
없다는 걸 자각하고 있었다. 굳이 따지자면 장군 쪽이 적성에
맞는 것이다.

덕분에 그를 보좌하게 된 자들—반과 라짐은 그 필두였다

―도 많이 고생했다고 한다. 그런데도 떠나려는 자가 아무도 없었다는 걸 보면 모두가 지라트를 깊이 신뢰했음을 알 수 있었다.

엄청난 전투력을 가졌으면서도 외톨이가 되지 않았던 건 분명 그 덕분일 것이다. 전장과 일상에서의 차이가 심했다고 라짐과 반은 입을 모아 이야기했다.

"그렇구나. 알려줘서 고마워."

덕분에 신이 모르는 지라트의 모습을 엿볼 수 있었다.

"신 공. 다시 한 번 감사 인사를 하고 싶소이다."

"뭐야, 갑자기."

반이 자세를 고치며 신에게 머리를 숙였다. 시선을 돌리자 라짐 역시 똑같이 고개를 숙이고 있었다.

"이봐, 너희들……."

"우리 왕의 바람을 들어주신 것을 어찌 감사드려야 할지 모르겠습니다."

"그만둬. 정말로 어쩌다 보니 이렇게 된 것뿐이니까."

그렇다. 이쪽 세계로 돌아온 건 단순한 우연이었고 고맙다는 말을 들을 만한 일이 아니라고 신은 생각했다. 게다가 신이 만약 돌아오지 않았다면 지라트는 아직 살아 있을지도 모른다.

"저희는 그렇지 않다고 생각합니다."

라짐은 고개를 들며 말을 이었다.

"끝없는 삶은 장수 종족이 아닌 우리 비스트들에게는 고통일 뿐입니다."

라짐은 말했다. 비스트의 평균 수명은 휴먼과 크게 다르지 않았다. 오래 산다 해도 기껏 120년 정도였다.

수백 년을 살아가는 사람도 분명 있긴 하지만 전체적으로 보면 극히 일부에 지나지 않았다. 유구한 시간을 살아가는 엘프와 픽시에 비하면 짧디짧은 인생이라 할 수 있었다.

하지만 그걸로 충분한 것이다. 엘프에게는 엘프의 삶이 있고 픽시에게는 픽시의 삶이 있는 것처럼 비스트에게는 비스트만의 삶이 있었다. 그중에서 혼자 길을 벗어난다는 건 굉장히 괴로운 일이었다.

주변 사람들이 태어났다 죽는 것을 지켜봐야 한다. 똑같은 시대를 살아가던 사람들이 자신만 남겨둔 채 떠나가 버린다.

그것은 지라트의 정신을 서서히, 하지만 확실하게 좀먹었을 것이다.

"우리는 짧은 생을 살아가는 자들이오. 지나치게 긴 생은 끝없는 감옥이나 다름없소이다. 그곳에서 우리 왕을 해방시켜주신 신 공께 감사하지 않을 수가 없소."

†

반과 라짐이 돌아가고 난 뒤 주위는 완전히 어둑어둑해져 있었다. 저녁은 알아서 먹겠다고 해두었기에 신을 부르러 오는 사람은 없었다.

달빛이 비치는 가운데 신은 툇마루에 그저 가만히 앉아 있었다. 유즈하는 몸을 둥글게 만 채 잠들어 있었다.

"……어서 와."

슈니가 다가온 걸 보고 신이 말을 건넸다. 신은 시신이 매장되는 걸 지켜본 뒤 바로 저택으로 돌아왔지만, 슈니는 특수한 입장인 만큼 금방 빠져나올 수 없었던 것이다.

결투가 끝난 뒤의 신은 겉으로는 지금까지와 아무것도 달라진 게 없는 것처럼 보였다.

그러나 슈니가 느끼기에는 아무 변화도 없다는 것 자체가 부자연스러웠다. 그래서 그의 곁에 있어주고 싶었지만 장례식에서 빠질 수는 없었다.

사람들과의 인사가 한차례 끝난 뒤 저택에 돌아와 신의 기척을 찾아 이동하자 툇마루에 앉아 밤하늘을 올려다보는 그를 발견할 수 있었다. 하지만 그의 옆얼굴은 달빛 속으로 녹아 사라질 것처럼 불안해 보였다.

그녀는 슬며시 다가가 신을 끌어안았다. 앉아 있던 탓에 신의 얼굴이 슈니의 가슴에 안기는 자세가 되었지만 표정에도 큰 변화는 없었다.

"……슈니?"

신이 놀라며 슈니의 이름을 불렀다. 그러나 그런 목소리도 어딘지 모르게 패기가 없었다.

"지금의 신은 어딘가로 사라져버릴 것만 같아요."

그건 신기하게도 신이 반과 라짐에게서 받은 느낌과 비슷했다. 슈니는 가슴속에서 들끓는 불안함을 지워내려는 듯이 신을 안은 팔에 더욱 힘을 주었다.

"뭐든지 좋아요. 제가 할 수 있는 일이 있으면 말씀해주세요."

무엇을 할 수 있을지는 본인도 몰랐다. 하지만 조금이라도 기운을 되찾아주길 바라는 마음으로 꺼낸 말이었다.

잠시 뒤에 신이 대답했다.

"아까 반하고 라짐이 왔었거든."

신은 천천히 두 사람과의 대화 내용을 말해주었다. 슈니는 신을 끌어안은 채로 그의 목소리에 귀를 기울였다.

"반하고 라짐이 하는 말이 조금은 이해가 가."

"네."

"지라트 본인이 원했던 일이라는 것도 알고 있어."

"네."

"나도 다 납득하고 상대한 거야."

"네."

이야기를 하면서 신의 목소리가 떨리기 시작했다.

이쪽 세계에 돌아온 뒤에 신이 지라트와 보낸 시간은 굉장히 짧았다.

그러나 헤어져 있던 시간을 메꾸듯이 최후의 싸움에서는 무기를 통해 서로의 마음을 맞부딪칠 수 있었다. NPC나 데이터가 아닌 진짜 지라트와 말이다.

함께 보낸 시간의 길이는 두 사람에게 아무 상관 없었다.

그래서 이것은 어떻게 보면 당연한 반응이었다.

설령 본인이 원했다 해도. 주위 사람들이 전부 납득했다 해도. 그래도…….

"'친구'가 죽는 건…… 참 슬프네……."

괴로웠던 것이다. 최후를 지켜본 것도 신이었으니까.

"……울어도 돼요. 신은 해야 할 일을 다했어요. 이제 슬퍼해도 괜찮아요."

신을 끌어안은 슈니 역시 눈앞이 눈물로 흐려지는 걸 깨달았다.

슬프지 않을 리가 없었다. 괴롭지 않을 리가 없었다. 슈니에게도 지라트는 소중한 친구였던 것이다.

달빛 아래서 오열하지도, 울음소리를 내지도 않고.

그저 눈물만이 계속 흐르고 있었다.

달빛 아래에서 붙어 있던 두 그림자가 천천히 떨어졌다.

그들의 눈동자에는 슬픔을 뛰어넘은 자들만이 가질 수 있는 강한 빛이 깃들어 있었다.

달이 더욱 기울며 지평선에서 태양이 고개를 내밀었다.
세상이 빛에 물들어가는 광경을 신은 조용히 지켜보았다.

수인의 도시에서 | side story

THE NEW
GATE

지라트와의 결투를 사흘 앞둔 어느 날.

"파르닛드는 휴먼의 국가보다 활기가 넘치는 것 같아."

"같은 비스트라 해도 관습이나 문화는 부족마다 다르니까요."

신이 생각 없이 꺼낸 말에 쿠오레가 성실하게 대답했다.

신이 지라트가 사는 에리덴에 온 지 이미 나흘이 지난 뒤였다.

슈니와 티에라가 자료 보관소에만 틀어박혀 있는 건 좋지 않다고 잔소리를 했기에 모처럼 도시를 관광하기로 한 것이다.

그 말을 들은 쿠오레가 바로 안내역을 자청해서 지금에 이르렀다.

지금 신의 옆에는 쿠오레밖에 없었고 그의 머리 위에서 늘어진 유즈하를 제외하면 다들 티에라의 레벨업을 도우러 가 있었다.

티에라가 슈니의 손에 이끌려 가며 탐탁지 않은 표정을 짓는 것 같았지만 아마 기분 탓일 것이다. 신은 그녀가 훌륭히 성장해서 올 테니 괜찮다고 스스로에게 거짓말을 했다.

"지금까지는 제가 추천하는 장소만 돌아봤지만, 신 공은 특별히 가보고 싶은 곳이 있으십니까?"

파르닛드의 수도는 왕이 어느 도시에 거주하느냐에 따라 바뀐다. 따라서 현재의 수도는 이곳 에리덴이었다.

슈니는 집락이라고 말했지만 당연히 마을보다는 훨씬 규모가 컸다.

하루 만에 전부 돌아보기는 어려울 것이다.

"가보고 싶은 곳이라……."

쿠오레가 이미 어느 정도 안내해주었기에 당장은 생각나지 않았다.

"글쎄…… 응?"

어떻게 할지 생각하던 신의 눈에 어떤 가게의 간판이 보였다. 그것을 본 신은 별생각 없이 머리 위에서 늘어진 유즈하를 들어 자신의 눈앞에 가져갔다.

"쿠우?"

갑자기 손에 들린 유즈하는 '왜 그래?'라고 말하는 듯이 짧게 울었다.

"그러고 보니 유즈하의 털이 푸석푸석해진 것 같아."

육천 멤버들은 캐시미어가 길들인 몬스터와 놀아주면서 시간을 보낼 때가 많았다.

털이 잘 손질된 몬스터를 끌어안고 복슬복슬한 느낌에 빠져들 때가 많았기 때문인지 신은 동물의 털 상태에 대해 어느 정도는 알 수 있었다.

물론 게임에서는 그런 기능이 존재하지 않았다. 하지만 가

만히 보고 있으면 털 상태가 살짝 나빠진 것 같은 느낌이 드
는 게 사실이었다.

"잠깐 저 가게에 들렀다 가도 될까?"

"저곳 말입니까? 아아, 그렇습니까. 알겠습니다."

가게 간판을 본 쿠오레는 신이 무슨 생각을 하는지 금방 이
해하고 동의해주었다.

문을 통해 가게에 들어가자 개 타입 비스트 여성이 맞이해
주었다.

"어서 오십시오. 무엇을 찾으시나요?"

그 여성은 신 옆에 선 쿠오레와 품에 안긴 유즈하를 번갈아
보더니 다시 흐뭇한 시선으로 신을 바라보았다.

아무래도 엉뚱한 오해를 하고 있는 것 같았다.

"동물용 브러시나 빗을 보러 왔는데요."

"알겠습니다. 이쪽으로 오세요."

여성에게 안내받아 간 곳에는 다양한 형태의 크고 작은 브
러시들이 진열되어 있었다. 천천히 구경하라고 말하는 점원
에게는 눈길조차 주지 않으며 신은 브러시들을 살펴보기 시
작했다.

아무래도 종족에 따라 좋아하는 재질이 다른 것 같았고, 똑
같은 모양의 제품도 소재에 따라 가격이 제각각이었다. 다만
개, 늑대, 여우의 경우는 취향이 비슷해서 공용 제품도 존재
했다.

"굉장한데. 비스트들은 역시 다들 개인용 브러시를 갖고 있는 건가?"

"많이 신경 쓰는 사람들은 직접 재료를 구하기도 합니다."

그리고 쿠오레 역시 자신만의 브러시를 갖고 있다고 한다.

"엄청 신경 쓰나 보네. 그러고 보니 캐시미어에게 받은 브러시는 아직도 쓸 수 있으려나?"

브러시에 대한 비스트들의 애착에 감탄한 신은 문득 그런 생각이 떠올랐다.

최고봉 조련사였던 캐시미어가 직접 만든 작품. 게임 시절에 지라트에게 빗질을 해줄 때는 제법 기분이 좋아 보였다.

"천천히 관광하기엔 시간이 부족하니까 가끔씩은 유즈하를 위해 뭔가를 해줘야겠지."

"쿠우!"

털 관리용 아이템을 몇 가지 구입하고 나서 신 일행은 가게를 나왔다.

저택까지 돌아온 뒤 신은 자기 방 앞의 툇마루에 앉아 아이템 박스에서 예전에 쓰던 빗 【그루 마이스터】를 꺼냈다.

겉모양은 짙은 갈색의 흔해 보이는 브러시였다.

그러나 손잡이 부분은 세계수의 가지로 만들어졌고 털 부분은 【타일런트 · 브리스톨】이라는 레벨 800 이상의 거대한 털 뭉치 몬스터에게서 얻어낸 재료가 쓰였다.

덧붙이자면 설명문에는 『이것만 있으면 당신도 빗질 마스터. 최고의 털 상태를 그대에게』라고 적혀 있었다. 빗질만 하면 개와 고양이, 말 형태의 몬스터의 호감도가 상승하는 슈퍼 브러시였다.

원래는 빗질용 브러시에도 여러 종류가 있다고 하는데 이 브러시는 털 빠짐 방지, 보풀 제거부터 잔털 제거까지 해내는 마법 아이템이었다.

"가만히 있어."

신은 그렇게 말하며 유즈하의 등에 브러시를 갖다 댔다. 일단은 부드럽게 풀어주듯이 빗질을 시작했다.

"쿠우……."

신은 힘을 너무 주지 않도록 주의하며 엉킨 털을 풀어나갔다.

조심스러운 손놀림으로 반복되는 빗질에 기분이 좋았는지 유즈하는 힘없이 울었다.

"……."

그런 유즈하를 쿠오레가 부럽게 쳐다보고 있었다.

도시 안내도 끝났기에 그만 돌아가도 됐지만 신이 유즈하를 빗질해준다고 하자 꼭 보고 싶다며 따라온 것이다.

신도 특별히 거절할 이유는 없었기에 따분할지도 모른다고 말하며 승낙했다.

어렸을 때부터 지라트의 이야기를 들으며 신을 동경하게 된 쿠오레는 유즈하를 정성껏 빗질해주는 모습을 보며 자신도 모르게 이런 생각을 하고 말았다.

—부, 부탁하면 안 되려나?

—아니, 하이 휴먼이신 분께 그런 실례를 범할 수는 없어, 응.

—하지만, 하지만…….

비스트에게 이성이 빗질이나 털 관리를 해준다는 건 특별한 의미—연인이나 가족 같은 친밀한 관계이거나 상대에 대한 호감 표시 등 —가 있었다.

여성이 남성에게 그것을 부탁한다는 게 반드시 고백의 의미를 가지는 건 아니지만, 역시 특별한 일이라는 것은 분명했다.

귀와 꼬리를 꿈틀거리며 쿠오레가 혼자 고민하고 있자 툇마루 저편에서 익숙한 인물이 나타났다.

"음? 신인가. 도시 구경을 하러 간 것 아니었나?"

"가끔은 파트너에게 서비스를 해주려고. 빗질하는 중이었어."

"그렇군. 흐음…… 모처럼의 기회이니 나도 좀 부탁할 수 있겠나?"

"아아, 곧 끝나니까 조금만 기다려줘. 그러고 보니 이 브러시도 캐시미어가 지라트를 위해 만들어준 거였지."

지라트는 그런 대화를 나누며 신의 옆자리에 앉았다.

몇 분 만에 유즈하의 빗질이 끝나고 이번에는 야수로 변한 지라트의 빗질이 시작되었다.

"……."

쿠오레는 그런 광경을 보고 깜짝 놀랐다. 지라트가 죽은 아내 이외의 누구에게도 빗질을 시키지 않았다는 건 쿠오레도 잘 알고 있었기 때문이었다.

그러나 지금 눈앞에서는 눈을 감고 누운 지라트의 털을 신이 정성껏 빗질해주고 있었다.

그런 모습은 마치 주인의 무릎 위에 누운 대형견 같았다. 늑대 타입의 비스트는 개 취급당하는 것을 싫어하지만 쿠오레는 자꾸만 그런 생각이 들었다.

쿠오레는 두 사람이 서로를 얼마나 신뢰하는지 느꼈다.

'지라트 님의 저런 얼굴은 처음 봤어.'

야수로 변하면 표정을 알아보기 힘들어지지만, 똑같이 늑대 타입의 비스트인 쿠오레는 지라트가 온몸의 힘을 빼고 편히 쉬고 있다는 걸 잘 알 수 있었다.

지라트는 유즈하보다 체격이 훨씬 컸지만 결국 30분도 걸리지 않고 빗질이 끝났다.

"으음, 오랜만에 시원하군."

"그것 참 잘됐네."

"자, 이번 기회에 쿠오레도 해달라고 하는 게 어때?"

"네?!"

쿠오레로서는 바라 마지않던 일이었지만 생각지도 못한 전개였기에 큰 소리를 내고 말았다.

"난 괜찮지만 그래도 되는 거야? 몬스터인 유즈하나 남자인 지라트면 몰라도 쿠오레는 여자잖아. 이런 걸 이성이 해준다는 건 이상한 의미를 가지는 경우가 많던데."

신은 의심스러운 눈초리로 지라트를 바라보았다. 관련 지식은 없어도 이런 행위에 어떤 의미가 있는지 짐작 가는 부분이 있었던 것이다.

"내 주인이 내 자손의 털을 빗질해준다는데 누가 뭐라고 할 수 있겠나? 쿠오레도 기대하고 있는 것 같았고 말일세."

"앗?! 지, 지라트 님?!"

지라트의 발언에 쿠오레의 얼굴이 새빨갛게 달아올랐다. 사실이었기에 부정하는 말이 바로 나오지 않았다.

무언가를 말하려는 듯이 잠시 몸을 버둥거리더니, 결국은 고개를 푹 숙이며 기어 들어가는 목소리로 '네'라는 대답이 흘러나왔다.

"으음, 그러면 최대한 조심해서 할 테지만 여자를 빗질해주는 건 처음이야. 만약에 너무 힘이 들어간 것 같으면 바로 말해줘."

"알겠습니다. 잘 부탁드립니다."

야수로 변한 쿠오레는 지라트와 마찬가지로 신에게 몸을 맡겼다.

그러자 즉시 뒤통수 쪽에 브러시가 닿는 감촉이 느껴졌다. 엉킨 털을 잡아당겨 아프지 않도록 느릿하지만 신중하게 빗질하고 있다는 것을 잘 알 수 있었다.

"……앗! ……윽…… 으음."

도구가 좋기 때문일까. 아니면 신의 기술이 좋기 때문일까.

보통 브러시로는 느껴본 적 없는 좋은 기분에 쿠오레의 입에서 묘한 신음이 새어 나왔다. 브러시로 쓰다듬을 때마다 기분이 점점 편안해지고 있었다.

몇 분도 지나지 않아 쿠오레는 꿈을 꾸는 기분에 빠져들었다.

"크큭, 아무래도 마음에 들었나 보군."

"쿠우, 신 잘해."

지라트와 유즈하가 자신들도 안다는 듯이 고개를 끄덕거렸지만 쿠오레는 눈치채지 못했다. 마치 극상의 마사지라도 받는 듯한 기분에 자연스레 입꼬리가 올라갔다.

"좋아, 끝났어."

"아흐으…… 고맙습―앗?! 내가 방금 뭘?!"

지라트가 웃었다.

"언제나 남들 앞에서는 긴장을 풀지 않더니만."

"으으…… 조금 방심했다고 해야 할지, 아무튼 아니라고요!"

자기 방에 혼자 있을 때나 나올 법한 목소리를 남이 들었다는 것이 너무나 부끄러웠다.

다만 신이 머리나 목을 쓰다듬어주자 조금이나마 마음이 편안해졌다. 앞을 보자 그녀와 마찬가지로 신의 손길을 느끼며 편히 쉬고 있는 지라트가 있었다.

어느새 지라트의 몸 위에서 유즈하가 축 늘어져 있었다.

그 모습을 보고 쿠오레는 흐뭇하게 미소 지었다.

잠시 뒤에 돌아온 티에라와 슈니는 그때의 신이 애견들에게 둘러싸인 견주 같았다고 이야기했다.

지라트가 떠나기 불과 며칠 전의 일이었다.

언젠가 동료들과 함께했던 나날들처럼 마음이 따뜻해지는 시간이었다.

스테이터스 소개 | s t a t u s

THE**NEW**
GATE

이름 : **츠바키 이그니트**

성별 : 여성

종족 : 로드

메인 직업 : 권투사

서브 직업 : 없음

모험가 랭크 : E

소속 길드 : 없음

●능력치

LV: 133

HP: 3179

MP: 1532

STR: 310

VIT: 225

DEX: 373

AGI: 297

INT: 121

LUC: 54

●전투용 장비

머리 붉은 비단 리본

몸   가죽 가슴받이【VIT 보너스(미)】

팔   없음

다리 바람의 스커트【AGI 보너스(약)】

액세서리1 백수정 목걸이【상태 이상 내성 상승(미)】

무기 강철 장갑

●칭호

●체술 수련자

●스킬

●조기(아츠 병용 가능)

●영격

●쇠 팅겨내기

etc

기타

●없음

※ 보너스 상승치 미〈약〈중〈강〈특

이름 : **가이엔 그레이그**

성별 : 남성

종족 : 드래그닐

메인 직업 : 사무라이

서브 직업 : 기사

모험가 랭크 : A

소속 길드 : **없음**

● **능력치**

LV : 187

HP : 4490

MP : 1881

STR : 439

VIT : 524

DEX : 310

AGI : 233

INT : 176

LUC : 70

● **전투용 장비**

머리 없음

몸 마우(魔牛)의 가슴받이【VIT 보너스(약)】

팔 없음

발 마사(魔糸)의 바지【AGI 보너스(약)】

무기 유키시구레[속성 공격(얼음), 투과 능력을 가진
몬스터에 대해 대미지 40%, 검술계 무예 스킬【설월화
(雪月花)】사용 가능]

● **칭호**

● 마검의 주인

● 검술 사범

● **스킬**

● 쇄인

● 조기

● 설월화

etc

기타

● 없음

이름 : 지라트 에스트레아
성별 : 남성
종족 : 하이 비스트

메인 직업 : 마권사
서브 직업 : 수전사
모험가 랭크 : 없음
소속 길드 : 육천

●능력치

LV: 255
HP: 9167
MP: 5223
STR: 881
VIT: 672
DEX: 739
AGI: 787
INT: 536
LUC: 67

●전투용 장비

머리　지열(地裂)의 이마 보호구【STR 보너스(특),
　　　감각 방해 무효】
몸　　지열의 도복【VIT 보너스(특), DEX 보너스(특)】
팔　　없음
발　　지열의 다리 보호구【AGI 보너스(특), 구속 무
　　　효, 디버프 무효】
액세서리1　신화의 귀걸이
무기　붕월【무기 파괴 공격 무효, 투과 능력 무효, 마법
　　　무효(주력 부분만), 공격 속도 상승, 사용자 제한】

●칭호

●맨손의 정점
●마갑의 주인
●체술의 정점
●통솔자
●수인자(獸忍子) 보유자
etc

●스킬

●절가
●심안
●작공
●사교
●낙포파
etc

기타

●초대 수왕
●신의 서포트 캐릭터 No.3

이름 : 월프강 에스트레아
성별 : 남성
종족 : 하이 비스트

메인 직업 : 마권사
서브 직업 : 수전사
모험가 랭크 : 없음
소속 길드: 없음

●능력치

LV: 210
HP: 7772
MP: 4980
STR: 702
VIT: 578
DEX: 611
AGI: 678
INT: 338
LUC: 58

●전투용 장비

머리　없음
몸　　흑사자의 도복【VIT 보너스(강)】
팔　　없음
발　　용수염의 바지【AGI 보너스(강)】
액세서리1　오리할콘 반지【INT 보너스(중), 상태 이상
　　　　　　내성 상승(중)】
무기　신아(牙)【투과 무효, 무기 파괴 내성(중), 장비
　　　에 대한 추가 대미지(중), 사용자 제한】

●칭호

●맨손 기술의 달인
●체술의 달인
●통솔자
●마법사의 천적
●수인자 보유자
etc

●스킬

●심안
●작공
●사교
●조기
●쌍륜
etc

기타

●현재 수왕

이름 : **쿠오레 에스트레아**

성별: 여성

종족: 하이 비스트

메인 직업 : 수전사

서브 직업 : 사냥꾼

모험가 랭크 : 없음

소속 길드: 없음

●능력치

LV: 179

HP: 6334

MP: 3709

STR: 644

VIT: 532

DEX: 601

AGI: 660

INT: 429

LUC: 77

●전투용 장비

머리　레인저 해트【VIT 보너스(미)】

몸　　녹비수(綠翡獸)의 재킷【VIT 보너스(중), DEX 보너스(약)】

팔　　녹비수의 팔 덮개【STR 보너스(중), DEX 보너스(약)】

발　　마사의 스커트【AGI 보너스(중)】

액세서리1　비취 귀걸이【상태 이상 내성(중)】

무기1: 오리할콘의 단검【무기 파괴 내성(중), 투과 능력을 가진 몬스터에 대해 대미지 60%】

무기2: 성수(聖樹)의 단궁【차지샷 사용 가능, 마력 자동 회복(중)】

●칭호

●맨손 기술 사범

●체술 사범

●궁술 사범 대리

●검술 수련자

●수인자 보유자

etc

●스킬

●심안

●조기

●질풍 쏘기

●선풍 베기

●사자 물기

etc

기타

●수왕의 영애